Petra Noam Maier • Die Konturenlose

D1618752

Petra Noam Maier

Die Konturenlose

Roman

FRIELING

Die Schreibweise in diesem Buch entspricht den Regeln der neuen Recht-schreibung.

Die Deutsche Bibliothek CIP-Einheitsaufnahme
Maier, Petra Noam:
Die Konturenlose : Roman / Petra Noam Maier. Orig.-Ausg., 1. Aufl. Berlin :
Frieling, 2002
ISBN 3-8280-1661-8

© Frieling & Partner GmbH Berlin
Hünefeldzeile 18, D-12247 Berlin-Steglitz
Telefon: 0 30 / 76 69 99-0

ISBN 3-8280-1661-8
1. Auflage 2002
Umschlaggestaltung: Graphiti GmbH, Berlin
Bildnachweis U4: Archiv der Autorin
Sämtliche Rechte vorbehalten
Printed in Germany

Für Dr. Heidi Pirchner

Ich danke dem Bundesverband der Kehlkopflosen e. V. sowie dem Verein der Kehlkopflosen und Halsatmer Österreichs für die freundliche Unterstützung.

1

Mein Name ist Kai.

Ich bin Kai und drehe mich, torkle um mich selber, immer wieder. Dunkelbraunes Haar fegt mir ins Gesicht, und während ich meinen Kopf übermütig mit geschlossenen Augen im Nacken kreisen lasse, rieche ich Shampoo, das entfernt nach Orange duftet. Ich fühle mich. Ich fühle mich, wie ich hier bin, umarme meinen Oberkörper, bis meine Hände zu den Schultern wandern, streiche über mein erhitztes Gesicht.

„Genug, ich habe genug, hört auf!", schnaufe ich unter Lachen, und vier fordernde, verschwitze Hände lassen von mir ab und hören auf, mich zu drehen. Ein Glucksen kommt aus ihrer Richtung, das durch meinen müden Kopf hallt. Schwindlig torkle ich zu Boden und bleibe dort ermattet liegen, das Gesicht zur Hälfte auf meine Knie gestützt. Ich werfe den beiden Zwillingen Alex und Martin, die sich nun ebenfalls nach der Balgerei vor mich sinken lassen, einen schelmischen Blick zu.

Ich bin kokett, das weiß ich. Besonders jetzt in diesem Augenblick bin ich es.

Mit gesenktem Kopf und weit aufgerissenen, nach oben gerichteten Augen blase ich aus einem Mundwinkel in meine Stirnfransen hinauf, die mit dem Lufthauch nach oben flattern.

Die Zwillinge kriechen nun auf allen Vieren zu mir, und ich beginne wieder lachend zu schreien. In allen Ecken ist die Party bereits eingeschlafen, und als mir vier Hände sanft die Lider schließen und die beiden schweren Körper aus den Lippen heiße Atemströme gegen meinen Hals blasen, wird es auch in unserem Winkel still.

Am nächsten Nachmittag erwache ich mit rasenden Kopfschmerzen. Stöhnend reibe ich mir die brennenden Augen und werfe einen Blick durch das Zimmer, was mir nur ein verschwommenes Bild wiedergibt.

Ich liege neben einem Sofa am Fußboden, eine dünne, abgewetzte Decke um mich gehüllt. Rund um mich im Raum liegen unzählbare Zigarettenkippen, leere Flaschen stehen aneinander gereiht die Wand entlang. Ich bin die einzige hier im Zimmer, obwohl ich glaube, bevor ich einschlief, noch einige andere gesehen zu haben, die sich ebenfalls in die Ecken hier zurückgezogen hatten.

Meine Zwillinge, die ich flüchtig von meinem Nebenjob als Verkäuferin in einer kleinen Boutique kannte, sind verschwunden. Doch ich finde einen kleinen

Zettel auf dem Sofa liegen. „Kai! Du kannst prima küssen, wir haben dich lieb!" Benommen stehe ich auf und wanke mit weichen Beinen zur Tür hinaus, nicht ohne beim Türrahmen eine Verschnaufpause einzulegen.

Im nächsten Zimmer sieht es katastrophal aus, einige schlafen quer über den Boden verstreut. Ein Mädchen zu meinen Füßen dreht sich seufzend im Schlaf um und rollt nackt aus ihrer Decke. Die Adern an ihrem Hals sind im Traum fest angespannt. Ich beuge mich zu ihr hinab und lege einen Zeigefinger auf ihre Schlagader, lasse ihn darauf entlangfahren. Ihre Haut zittert unter der Berührung. Ich denke daran, wie es wohl wäre, könnte ich mit spitzen Eckzähnen diesen weißen Hals aufreißen und ihm den Traum aussaugen, der in sanften Wogen durch das Innere des Mädchen bis hinaus in ihren Körper fließt und diesen mit Bildern tränkt. Langsam richte ich mich wieder auf. Sie ist hübsch. Sie würde dann für immer mir gehören. Ich schlendere quer durchs Zimmer zur nächsten Türe und versuche, den letzten Abend klar zu überdenken.

Wir hatten uns nach einer kleinen Modenschau zum Feiern hier in der Wohnung von jemandem getroffen, den ich nicht kannte; ich hatte mich an die mir flüchtig bekannten Zwillinge Alex und Martin geheftet, da ich auch die meisten anderen zuvor noch nie gesehen hatte.

Mit unverwandtem Blick besehe ich mir jetzt die Verwüstung in einem Zimmer nach dem anderen. Vor mir in der Garderobe hängt ein Spiegel mit verschnörkeltem, kitschig goldenem Rahmen, und mein Spiegelbild sieht mich bleich, aus glasigen Augen, mit aschfahler Haut und riesigen, geweiteten Poren an.

Ich fahre mir seufzend durch das wirre Haar.

Nach einem kurzen Überlegen beschließe ich, meine Schuhe und meine Tasche zu suchen, um mich davonzustehlen, bevor noch jemand anderer aufwacht.

Die Sonne sticht mir unangenehm in die Augen, als ich über den Gehsteig vor dem Haus marschiere, doch ein schneidend kalter Wind zwingt mich, meine Jacke mit dem ewig klemmenden Reißverschluss fest an meinen frierenden Körper zu pressen.

Ich bin im letzten Monat 22 Jahre alt geworden und studiere Schauspielerei. Daneben haben wir in einer privaten Produktion gerade mit den Proben für ein neues Stück begonnen, in dem wohl kleinsten und armseligsten Theater Wiens, was aber nichts daran ändert, dass es *unser* Theater ist.

Den Job als Verkäuferin habe ich seit einigen Monaten. Im Grunde hasse ich alles, was mit Mode zu tun hat. Das Verkaufen ist ein Job. Und es ändert nichts daran, dass ich mich in meinen verschlissenen Bühnensachen am wohlsten fühle, die allesamt an den Ärmeln ausgebeult sind. Das kommt von dem ewigen Ziehen an den Ärmelrändern mit den Fingern, so als wäre mir ständig kalt. Dabei friere ich doch gar nicht.

Ich schlage die kleine Seitenstraße zu meinem Wohnhaus ein und berühre inmitten des kleinen Rasenstreifens mit den Kastanienbäumen mit einem kurzen Satz in die Hocke die ersten braunen Kastanien dieses Herbstes, die dort in der weichen Erde zwischen den Grasbüscheln liegen.

Als ich die Wohnungstür aufsperre, sausen meine beiden Hündinnen, die feuerroten Setter Echo und Psyche, aus einem entlegenen Winkel auf mich zu und drängen mich zu ihren Futternäpfen. Ich öffne eine Dose, die ich ihnen in den Napf löffle, und nehme einen Fleischbrocken auf, der zu Boden fällt. Eine der Hündinnen leckt ihn mir mit glatter Zunge aus der Handfläche.

Alles ist so einfach. Ich selbst empfinde mich als einfach. Ich bin nicht viel, und das wenige, was ich zu sein glaube, ist gerade so viel, dass es in die Köpfe der anderen passt, wenn sie an mich denken. Dabei bin ich klein und beweglich genug, um leichtfüßig von einem Kopf in den anderen springen zu können, wie es mir gefällt.

Das Leben in mir drinnen kribbelt, ich kann es pochen spüren, lege ich die Finger an die Schläfen. Oder an die Innenseiten der Handgelenke.

Das Leben draußen gehört nicht mir, es fliegt mit dem Wind. Und trotzdem kommt es mir oft so vor, als wäre ich auch dort überall. Ich fühle mich winzig und gerade darin manchmal so schier unendlich groß wie der Kosmos.

Ich bedecke das Gesicht mit meinem angewinkelten Arm und spüre meinen warmen Atem in der Beuge des Ellenbogens.

Am Oberarm pulsiert eine Wunde, von der ich nicht weiß, wo sie hergekommen ist. Als ich blinzle, bemerke ich darin die Abdrücke von Zähnen.

Von einer plötzlich einlullenden, angenehmen Erschöpfung werde ich in den Schlaf gerissen und dämmere bald in einem leichten Traum vor mich hin.

Ich bin Kai, einfach Kai. Man darf mich nicht verurteilen. Einfach nur gern haben, bitte. Sonst nichts. Schließlich ist alles so einfach. Kai mit drei Buchstaben, das ist so kurz und so schnell in einem freundlichen Tonfall ausgesprochen, da merkt man gar nicht, dass man überhaupt spricht. Glaub es mir.

Als ich aufwache, fühle ich die Göttin in mir.

Ich glaube an die Göttin, welche die Welt erschaffen hat, uns alle hat sie geboren. Der Ursprung allen Seins ist sie. Die Urmutter. Die Höchste aller Mütter. Und oft, so wie jetzt eben, kann ich es fühlen, wie sie für kurze Zeit in mich schlüpft, sodass die Haut von innen brennt.

Ich versuche, an der Arminnenseite die Haut ein wenig aufzukratzen, um sie zu berühren, doch da ist sie auch schon wieder fort.

Schläfrig rappele ich mich auf und werfe einen Blick auf die Uhr. Ich habe heute noch eine Probe für das neue Stück, und zwar genau in 40 Minuten, deswegen beschließe ich, mich jetzt schon auf den Weg zu machen.

Als ich aus dem Fenster in den Innenhof schaue, gießt es draußen in Strömen. Mit einem Handgriff angele ich nach meiner Lederjacke, mit einem anderen nach dem Schirm, während ich mit dem Fuß die Türe aufdrücke. Echo saust plötzlich neben mir vorbei in den Gang hinaus und rennt die Treppe hinab, an ihrem freudigen Bellen erkenne ich, dass die beiden Flügeltüren zum Innenhof offen stehen.

Seufzend ziehe ich die Türe hinter mir zu und hüpfe die Stiegen hinunter, um pfeifend in den Hof zu rennen. Das üppige Gras leuchtet in einem regennassen, satten Grün, und von dem alten, knorrigen Baum, dem alle seine Äste bis zu Stümpfen gestutzt worden sind, rinnt das Wasser in schmalen Bächen hinab. Aus den Augenwinkeln erkenne ich das klatschnasse Hinterteil meines Hundes, wie es durch den verrosteten Gitterzaun auf die Straße verschwindet. Also drehe ich mich um die eigene Achse und renne vor das Haustor, um dort meinen Hund am Halsband zu packen.

Ich knie mich auf die nasse Straße und spüre, wie die Nässe durch den Stoff meiner Jeans dringt. Echo versucht, mich wieder hinein ins Haustor zu ziehen, um nun selbst ihren kleinen Ausflug zu beenden, doch ich halte sie fest. Die Hündin ist stark, ich bin es nicht, so zieht sie mich ein Stück über den Gehsteig, doch ich ramme meine Absätze in den Boden.

Mit einem kräftigen Atemzug lege ich mein Gesicht in das nasse Hundefell und schließe die Augen. Ich rieche Natur und Tier, fühle mich, als wäre ich auf dem Land. Doch als ich dabei eine Hand auf den asphaltierten Gehsteig lege, ein 10-Groschen-Stück und Kaugummipapier ertaste, zerreißt das Bild in mir, und ich mache die Augen wieder auf. Echo zieht wieder, und diesmal gebe ich nach. Nachdem ich sie in die Wohnung zurückgebracht und meinen Schirm nach einigem Überlegen zurückgelegt habe, mache ich mich durch den Regen auf zum Theater.

Ich streiche über meine feuchten Knie, will Klümpchen von Erde spüren, vielleicht einige darin hängende ausgerissene Halme blühenden Klees, an dem ich die weißen Fähnchen ausrupfen könnte, um die innen liegenden zuckersüßen Spitzen abzubeißen. Doch ich finde dort nicht, was ich suche, und gehe einen Takt schneller.

Als ich im Theater ankomme, sind bereits die meisten da, sie begrüßen mich mit Umarmungen. Ich lächle rundherum in den Raum, beiße die Zähne aufeinander und merke, dass das Gefühl im Kiefer dabei dem ähnelt, wie wenn einem das Gesicht nach heftigem Lachen schmerzt.

Wir fangen sofort mit der Wiederholung einer bekannten Szene an.

Eine Weile suche ich vergebens meinen hellbraunen Überwurf in der Garderobe, bis ich ihn verknautscht hinter der Bühne wiederfinde und ihn einfach über meine nasse Jeans stülpe. Marie, ein Mädchen aus der Gruppe, kommt mit derselben sackartigen Bekleidung aus der Garderobe hinter dem seitlichen Vorhang hervor und empfängt mich mit einem Lächeln, als sie mir entgegenschlurft, nach einigen Schritten, die sie auf mich zukommt, erkenne ich im blendenden Scheinwerferlicht nur mehr die Umrisse ihres Gesichtes und die leuchtenden Haarspitzen ihrer wirren, rotblonden Locken.

Wir binden uns beide gegenüberstehend mit einem dünnen Band die Haare zu einem Knoten im Nacken zusammen, jede die ihren, und schlüpfen in dieselben schwarzen, schweren Stiefel, die uns die Requisiteurin polternd auf die Bühne wirft.

Wir müssen völlig identisch aussehen, wir wurden nicht zuletzt für die beiden Hauptrollen ausgesucht, weil sich unsere Gesichtszüge ein wenig ähneln. Die Schminke sollte dann den Rest erledigen und uns vollends wie Zwillinge aussehen lassen.

Der Rest der Truppe schlappt in braunen Sandalen und pechschwarzen Umhängen aus der Garderobe hervor, einige schleifen noch eilfertige Helfer hinter sich her, die ihnen mit Trippelschritten folgen und mit einer Hand noch schnell irgendwo eine Sicherheitsnadel befestigen, um den Umhang grob zu fixieren.

Schließlich sind wir startklar, und die vermummten Gestalten bilden an den hinteren und seitlichen Grenzen der Bühne einen Halbkreis um Marie und mich, und das Licht der seitlichen Scheinwerfer wird schemenhafter.

Unser Regisseur Andi setzt sich im Schneidersitz vor die Bühne, die Ellenbogen auf die Knie gestemmt.

Marie und ich stellen eine Person und ihr Unterbewusstsein dar, welche sich von einer Sekunde zur anderen als zwei Menschen gegenüberstehen. Eine innere Stimme, die mit einem Mal, herausgeschlüpft aus dem Körper, Gestalt annimmt und sich dem eigenen Ich gegenüberstellt.

Drohend stehen wir uns gegenüber, zum ersten Mal, unwissend, was hier geschieht. Die Glieder gespannt, die Oberkörper aggressiv nach vorne zueinander gerichtet, ein jeder Muskel angespannt und bereit für einen Ausbruch.

Wir betrachten uns mit bebendem Atem von oben bis unten. Zögernd heben wir die Hände und berühren uns mit den Fingern im Gesicht, jeweils an der gegenüberliegenden Seite wie im Spiegelbild, beginnen uns langsam im Kreis zu drehen. Gleichzeitig streichen unsere Fingerspitzen die Schläfen entlang, die Augen erregt aufgerissen, die Stirne verzweifelt in Falten gelegt.

Kaum merklich hebt die eine jetzt die Schultern und gibt im Nacken nach, der Kopf rollt fließend Richtung Brustbein, worauf die andere prompt mit einem Abbiegen in der Hüfte reagiert, der Oberkörper schnellt angriffslustig bei diesem Zeichen von defensivem Rückzug nach vorne, die Arme weiten sich herrisch angewinkelt erhoben zur Seite, während die Zweite sie immer näher an den Körper klemmt.

Von einer Sekunde zur nächsten vertauschen sich die Gebärden, der zusammengesunkene Oberkörper stößt unvermittelt nach vorne und drängt den anderen damit energisch zurück, immer weiter, das Kinn hebt sich, und der drohend hervorgefunkelte Blick lässt den gegenüberliegenden Kopf zu Boden nicken.

Wir bewegen uns weiter rhythmisch und langsam im Kreis, bis wir stehen bleiben und, uns gegenseitig fixierend, nach hinten weichen, Schritt für Schritt, lassen uns dabei nicht aus den Augen, bis wir plötzlich an die äußersten der starren, regungslosen Säcke stoßen.

Prompt tritt Leben in die schwarzen Gestalten, sie packen uns an den Schultern und drehen uns um uns selbst in Richtung Mitte des Halbkreises im Hinteren der Bühne, sie drehen uns immer wieder, um uns an den nächsten schwarzen Sack weiterzureichen, der uns brutal an den Schultern oder an der Hüfte packt, dabei energisch in die Knie geht und uns weiterschleudert, immer weiter und weiter, bis wir taumeln und stolpern. Eine Darstellung des haltlosen, irren Wahnsinns der Person, gleichzeitig ein solch schauriges, unheimliches Bild, dass es uns beim Spielen kalt über den Rücken läuft.

Dies sollte so lange weitergehen, bis wir uns in der Mitte treffen, dort uns beinahe berühren und von der letzten Gestalt nach vorne geworfen werden, wo wir daraufhin polternd stürzen und auf dem Bauch zu liegen kommen, die Köpfe auf den Brettern zur Seite gelegt und die Gesichter zueinander gerichtet. Nach Realisierung dieses Blickes in die gegenseitigen Augen springen wir dann sofort mit bebenden Gliedern wieder auf und beginnen den Dialog.

Doch es kommt anders, und in all der Konzentration und Spannung krachen Marie und ich heftig zusammen, sodass wir unweigerlich zu Boden stürzen, uns im Fall lachend umklammern und in einem wirren Haufen über die Bühne rollen.

Die schwarzen Säcke verlieren ihre Körperspannung und lachen mit uns; stöhnend stehen wir auf und humpeln schwindlig zur Bühnenseite, um uns mit geröteten Wangen anzulehnen und uns atemlos ins Gesicht zu grinsen.

Andi sitzt noch immer im Schneidersitz vor der Bühne und trommelt mit den Fingern in gespielter Empörung einen schnellen Takt auf seine Knie, bevor er sich ächzend erhebt und auf uns zukommt, die Arme sarkastisch in die Hüften gestemmt.

„Ich habe gar nicht gewusst, dass ihr zwei eine Schwäche für Symbolik habt; wenn ihr allerdings das nächste Mal eine Abweichung des Stückes im Sinn habt, dann besprecht es vorher mit mir, ansonsten …" Der Rest endet in einem prustenden Gelächter, in das er mit uns einsteigt.

In einer Pause sitze ich mit Marie auf den Treppen der Bühne. Im naturalen Zustand ist sie mir nun kein bisschen mehr ähnlich, sie sieht genauso aus, wie sie heißt, und ich zähle ihre Sommersprossen auf der blassen Haut, während sie mir irgendetwas erzählt.

Ich glaube, es sind welche dazugekommen, falls so etwas überhaupt möglich ist. Vielleicht gibt es irgendetwas, was die Dinger vermehren und neue entstehen lässt. Kummer vielleicht, oder Freude.

„Die Improvisationsübungen im Unterricht gestern Abend waren katastrophal. Ich bin anscheinend nicht dafür geschaffen, es wird Zeit, dass ich das einsehe." Sie legt ihre langen Beinen ausgestreckt die Stufen der Bühne hinunter. „Die Ebendorfer gibt mir immer zu verstehen, dass ich ein jedes Gefühl falsch auslege und einordne, als würde ich bei jedem Einfühlen in die Dinge den Kopf in ein falsches Loch zu mir hineinstecken. Dann kommt sie her und dreht einfach alles um, was aus mir heraus entsteht, packt meine Reaktionen, um sie brutal auf den Kopf zu stellen … um sie angeblich zurechtzurücken. Ich bin hier die reinste Fledermaus."

In einer wirren, rotblonden Locke, die ihr ins Gesicht hängt, verfängt sich das Scheinwerferlicht und bleibt als schimmernde Lichtpünktchen darin hängen. Ich warte darauf, dass die glimmenden Fleckchen ihre Haarsträhne entlang wie auf einer Wendeltreppe herunterkullern, und würde am liebsten meine hohle Handfläche heimlich darunterschieben, um sie aufzufangen.

Unser Schauspielunterricht. Wir in der Schauspielschule, und ich gehöre dazu. Es ist schön, etwas zu haben, womit man sich identifizieren kann; damit ist man immer noch etwas, wenn man sich im Grunde als gar nichts mehr fühlt.

Ich kneife die Augen zusammen und halte meinen Daumen davor. Er überdeckt nun fast die Hälfte des ganzen Saals, nimmt unglaublich viel Platz ein. Wie groß müsste ich dann eigentlich erst als Ganzes sein …

Als die Probe beendet ist, beschließen wir, noch einen Sprung in unser Stammlokal ein paar Straßen weiter zu gehen. Alle sind ausgelassen und fröhlich, es ist heute gut gelaufen. Wir springen über den Gehsteig wie kleine Kinder, man sieht den Mond schon am Himmel. Ich nehme wieder meinen Daumen und lasse ihn verschwinden. Ihn aufzuhängen würde ich mir nicht zutrauen.

Peter entkorkt mit dem Dosenöffner an seinem Schlüsselbund eine Bierflasche, ein Teil vom geschüttelten Inhalt schäumt auf den Gehsteig. Die Flasche geht durch die Runde und ist leer, als wir beim Lokal ankommen.

Marius legt einen Arm über meine Schulter und plaudert drauflos, wir lachen zusammen, und ich ärgere mich darüber, dass sich um seine Augen kleine Lachfältchen tummeln. Die hätte ich auch gerne. Doch Marius ist ein ganzes Stück älter als ich, neben ihm bin ich die Kleine. Überall anders bin ich das allerdings auch, wenn man es genau nimmt.

„Warum bist du so furchtbar still, kleine Kai?", wispert er mir ins Ohr, dass es kitzelt. Ich zeige ihm meinen Trick mit dem Daumen, und gemeinsam lassen wir Tische und Stühle und Menschen im Lokal verschwinden.

Ich bin sicher, er würde es sogar zustande bringen, den Mond aufzuhängen.

2

„Prost, Kinder!", ruft Andi und sieht der Reihe nach jedem in die Augen. Die Atmosphäre, die immer in unserer Gruppe herrscht, beginnt uns jetzt komplett zu verschlucken, die absolute Nähe zueinander, die wir brauchen, um aus uns selbst herauszuwachsen. Um dann miteinander etwas ganz Großes zu erschaffen. Eine psychische wie körperliche Nähe, die mich um den Verstand brachte, so beklemmend konnte sie auf mich wirken.

Genau dieser Zusammenhalt ist es auch, der mich oftmals zu Boden drückt und mich einschnürt, sodass ich mich nicht selten dabei ertappe, wie ich mich auf bewusste, ruhige Atemzüge konzentriere. Vielleicht war ich einfach nicht gemacht für eine Gemeinschaft. Andererseits war sie gleichzeitig genau das, was ich zum Leben zu brauchen schien. Aus unserer Gruppe sauge ich mein Lebenselixier. Dies alles scheint mir zu kompliziert, um darüber nachzudenken, es gilt es einfach zu leben.

Die Türe geht auf, und herein kommt unsere neue Choreographin für die Tanzeinlagen im Stück, die uns wahrscheinlich vorher gesehen hatte, als wir die Bühne verließen.

„Und noch ein lautstarkes Prost an die Frau, die uns gewiss der Himmel geschickt hat!", fügt er mit einem koketten Blinzeln in ihre Richtung hinzu, als sie lächelnd zu uns herübersaust, und diesmal stoßen wir in der Mitte des Tisches gleichzeitig mit unseren Weingläsern an.

„Morgen wird es heiß hergehen, wenn die Visagistin kommt, macht euch auf einiges gefasst", beginnt Andi und streckt sich nach hinten aus, legt beide Arme auf die Banklehne. „Wann ist sie denn da? Proben wir dann bereits mit der Schminke?", will jemand wissen.

„Nein, das wäre nur ein Chaos. Ich würde vorschlagen, wir probieren erst einmal aus, um überhaupt mal darüber Ordnung zu schaffen, wie wir uns alles vorstellen. Einige Charaktere im Laufe des Stücks sind ja sehr kompliziert. Mit der Ausnahme von einigen wenigen vielleicht", räumt Andi lächelnd ein und lenkt unsere Blicke auf ein Mädchen, das eine Rolle als kleines Kind im Stück hat und als zartes, zerbrechliches Mädchen mit hüftlangen hellblonden Locken und riesigen wasserblauen Augen aus ihrer kauernden Sitzhaltung zu uns hochblickt.

„… da fehlt im Grunde gar nichts mehr zur fertigen Figur."
Ich lächle dem zarten Persönchen zu, und sie wirft einen scheuen Blick in meine Richtung. Wir kennen uns nicht sehr gut, sie spricht nicht viel. Aber jetzt in

diesem Augenblick spiegle ich mich in ihren Augen, wenn ich genau hineinsehe, und es kommt mir so vor, als wäre ich ein Teil dieses kleinen Menschen, der so offen seine Zerbrechlichkeit nach außen kehrt. Als ob ich im Grunde in ihr drinnen stecke und mich aus ihren Augen heraus traurig anblicke.

Ich nicke mir selbst zu in ihren Pupillen, doch als sie den Kopf ein wenig wendet, flackert nur mehr eine Tischkerze darin, und ich bin verschwunden. Vielleicht verbrannt. Womöglich wollte ich es mich selbst nur schnell wissen lassen, dass ich mich hier in ihrem Inneren in die Flammen stürze. Adieu, Selbst, ich gehe jetzt – komme allein zurecht!

Ich sehe zu, wie Marius plötzlich aus einem Hemdknopfloch einen Grashalm zupft.

Ich weiß aus seinen Erzählungen, dass er nachmittags immer in seinem Garten im Gras döst und Gedichte schreibt. Die meisten anderen wissen das mit Garantie nicht, möchte ich wetten, und trotzdem fragt keiner. Hier bei uns war alles Sensible, Verträumte selbstverständlich, die kleinen Dinge das höchste Maß. Jemand nimmt ihm den Halm aus den Händen und hält ihn vor die Lippen, bläst dagegen, bis ein kleiner, verletzlicher Pfeifton ertönt.

Einige andere probieren es, lassen den Grashalm durchwandern. Bei jedem erklingt ein anderer Ton. Als ich ihn an meine Lippen halte, kitzelt der Lufthauch daran, als es pfeift. Ich spüre an den Lippen, wie sich mein Ton mit all den anderen, die bereits verhallt sind und doch immer noch irgendwo auf der Oberfläche versteckt schlummern, vermengt und zu einem gemeinsamen, lautlosen Ton zerfließt. Ich wünschte, ich könnte ihn hören. Ich lausche konzentriert, und trotzdem schaffe ich es nicht. Zwirble den Grashalm zwischen Daumen und Zeigefinger, bis er sich unendlich oft zusammendreht, nun müßten die Töne eigentlich absplittern und auf die Tischplatte herabrieseln. Ich wische mit einer Handfläche über den Tisch und besehe sie danach genau, ob ich die Splitter nun vielleicht in meine Handlinien gefegt habe. Jetzt müsste ich eine Wahrsagerin zum Handlesen aufsuchen. Sie könnte nun all die Menschen zählen, von denen ich kleine Körnchen ihres Innenlebens, mit einem Pfiff herausgehaucht, liebevoll in Hautfältchen trage.

Peter und Marius beginnen am Tisch herumzualbern, indem Peter einen Salzstreuer in die Hand nimmt, um ihn als Mikro zu verwenden und Marius zu interviewen.

„Wie fühlen Sie sich dabei, im aktuellen Stück gegen Ende auf einem Holzstuhl an einer Seite der Bühne zu sitzen, zweifelsohne eine atemberaubende Schlüsselszene, in der sich wichtige Fäden entwirren?"

„Nun, ich bin natürlich überaus stolz darauf, eine solch verantwortungsvolle Aufgabe zu übernehmen, und zweifle nicht daran, dass das gesamte Stück durch meine geniale Besetzung immens an Bedeutung gewinnt. Ich musste lediglich beantragen, dass man die Bühnenbretter auf meinen Teint abstimmt, was bedauerlicherweise zunächst verabsäumt wurde, bei dieser Laieninszenierung aber selbstverständlich zu verzeihen, außerdem wurde der Stuhl so umgebaut, dass die Lehnen knapp unter meinen muskulösen Schultern enden, was meine charismatische Männlichkeit stark unterstreicht."

„Streut bloß kein Salz aus mit dem Streuer", murmelt ein Mädchen im Hintergrund. „Wenn ihr uns die Premiere versaut, verprügeln wir euch …"

Prompt wendet sich Peter mit dem Salzstreuer in ihre Richtung.

„Kommen wir zu Ihnen, die zu der unumstrittenen Ehre gelangt, in einer grauen Robe einen Mauerteil zu spielen. Gewiss können Sie uns einige tief schürfende Erkenntnisse der höheren Sphären des Make-ups und Maskenbildens näher bringen, die Sie in den Erfahrungen gesammelt haben, sich für diese Szene dezent zu schminken, frei nach dem Motto: ,Wie man Mauerblümchen wenigstens mit Graffiti schmückt' …"

Nur aus einem Augenwinkel bemerke ich plötzlich, wie beim Eingang des Lokals zwei Hände heftig hin und her in meine Richtung winken.

Ich drehe mich zur Seite und sehe, dass die Hände zu einer mir bekannten jungen Frau gehören, die steif neben der Eingangstüre steht und sich nicht an unseren Tisch traut.

Es ist Martina, die Leiterin der Gehörlosenschule, in der ich früher Kurse belegt habe, um die Gebärdensprache zu lernen.

Als ich freudig aufstehe, zieht sie die Augenbrauen hoch und den Mund zu einem Lächeln.

„Hallo, was machst denn du hier? Dass du mich überhaupt noch erkennst …", gebärde ich durch das Lokal und gehe auf sie zu.

„Ich warte auf ein paar Freunde von mir, wir treffen uns heute Abend alle hier. Man hat uns gesagt, dass sie hier gute Weine haben", gebärdet sie zurück und rollt mit einem Nicken genießerisch die Augen.

Wir ziehen ein paar Blicke der umliegenden Tische auf uns und sie alle zeigen interessierte Neugierde.

„Bist du oft hier?"

„Ja, ab und zu. Ich gehe mit meinen Leuten vom Schauspielkurs immer hierher."

Sie lässt sich an einem freien Tisch nieder und zeigt einladend auf den Sessel gegenüber von ihr. Ich lasse mich darauf sinken.

Hinter ihrer Schulter sehe ich die Türe aufgehen und einige mir bekannte Gesichter kommen herein, sie lassen einen Blick durch das Lokal schweifen. Martina folgt meinem Blick und wendet sich fragend nach hinten; als sie ihre Freunde sieht, winkt sie diese strahlend zu sich herüber und stellt mich vor, was gar nicht notwendig ist. Ich erinnere mich wieder, einen jeden Einzelnen habe ich schon irgendwann kennen gelernt. Sie erkennen mich ebenfalls.

„Was ist denn zur Zeit in der Gehörlosenschule los? Machen viele eine Dolmetscherausbildung?"

„Einige, aber du fehlst darunter. Lässt du dich nicht doch noch dazu überreden?"

„Warum warst du nicht beim letzten Gehörlosentreffen, Kai? Diesmal war das unverzeihlich, das Büffet war von mir vorbereitet …"

„Ich hatte eine Probe …"

„Komm doch wieder zu uns zurück!"

Kreuz und quer fliegen die Hände durch die Luft, und ich konzentriere mich lachend auf alle Seiten, damit mir nichts entgeht.

Ein ergrauter Mann erzählt mir vom letzten Gehörlosentreffen, und weil das Mädchen neben mir ebenfalls auf mich einspricht, wobei ich aus den Augenwinkeln davon nur Wortfetzen verstehe, halte ich ihr mit einem plötzlichen Griff grinsend die Hände fest, um mich auf einen einzigen konzentrieren zu können und trotzdem nichts Wichtiges zu verpassen.

Das Mädchen strampelt um Hilfe und rudert mit den Füßen, bis ich sie lachend wieder loslasse und sie im Scherz eine Flut von Empörungen auf mich loslässt. Wir blödeln herum, bis mir etwas Wichtiges einfällt.

„Könntet ihr bitte wieder einmal für mich einen Zettel an die Pinnwand hängen, für Dolmetscherjobs? Ich habe im Moment nicht so viel zu tun, da kann ich mir öfters freinehmen, wenn jemand privat wen zum Übersetzen braucht …"

Als mir alle zunicken, laufe ich zur Kellnerin und borge mir einen Block mit Kugelschreiber. Ich schreibe einen kurzen Text mit meiner Adresse und Faxnummer auf, um ihn mit fragend geneigtem Kopf über dem Tisch von einem zum anderen wandern zu lassen. Martina nimmt ihn schließlich an sich und lässt ihn in ihrem Kalender verschwinden.

„Wenn du möchtest, kannst du auch zusammen mit mir eine gehörlose Kinder-gruppe betreuen. Nach dem Schulunterricht spielen wir gemeinsam, gehen in Parks und auf Sportplätze. Überlege es dir doch mal."

Ich zucke mit den Schultern und nicke verlegen. Ihr Angebot freut mich, und ich verspreche, darüber nachzudenken.

Glücklich lehne mich zurück und bemerke, dass meine Schauspielerkollegen lächelnd zu mir herüberschauen; ich sehe nichts als eine gebogene Linie von zu mir gerichteten Köpfen. Ich erwidere ihr Lächeln. Fühle mich wohl und geborgen an diesem Tisch und konzentrierte mich auf ein Gespräch zwischen Martina und einem schüchternen Jungen neben ihr, von dem ich nicht alles verstehe. Ich erfahre, dass er aus Italien kommt, und die Gruppe lässt sich interessiert von seinem Betriebswirtschaftsstudium in Rom erzählen.

Es ist schön, sich zu einer Gruppe von Leuten zugehörig zu fühlen, schön, so etwas wie ein Zuhause im Beieinandersein zu finden. Meine andere Runde aus der gegenüberliegenden Seite des Lokals löst sich langsam auf, die ersten gehen und verabschieden sich bei mir mit zahlreichen Küssen.

Ein jedes Tür-Öffnen und -wieder-Schließen, wenn jemand von ihnen das Lokal verlässt, fühlt sich so an, als würde ein Teil von mir mit ihnen aus dem Raum wandern. Ich schrumpfe ein wenig. Als keiner von drüben mehr da ist und ich mich zu den Gehörlosen vorbeuge, um mit ihnen bis tief in die Nacht zu tratschen, ist es nur die Hälfte von mir, die hier sitzt und plaudert.

Ein Geteiltsein ohne Schmerzen. Diese Nahtstelle fühle ich intensiv durch meinen Körper ziehen, wenn sie auch nicht wie eine Wunde pulsiert. Könnte sie auch gar nicht, denn dann würde sie ja heilen ... doch hier ist kein Geheiltwerden notwendig, alles ist perfekt, wie es ist.

Ich bestehe aus zwei Hälften. Dies sind die beiden Welten, die mich ergänzen und zu einem Stück formen! Dies alles bin ich ...! Ich fühle mich sehr glücklich.

Ich liege zu Hause auf dem Sofa ausgestreckt, eine kalte Hundeschnauze liegt an meinem Hals. Eine friedlich seufzende Hundenase, wenn ich mit zwei Fingern immer wieder leicht darüber streiche.

... was ist, Selbst, tun wir uns weh und treten für ein paar Minuten in unser beider Nähe?

... Mir soll es recht sein. Nun gut, dann sag schon etwas!

... Was soll ich denn sagen?

... Ich stehe jetzt vor dir, du kannst mich sogar von oben bis unten eingehend betrachten und sagst gar nichts zu mir? Nun sprich doch, wie du mich findest.

... Ich soll sagen, wie ich dich finde? Ich bin es gewohnt, gemustert zu werden, wie einzigartig ich bin.

… Wie kannst du es überhaupt erwarten, betrachtet zu werden, solange ich zu sehen bin?

… Wer sollte daran interessiert sein, dich zu sehen, wenn es zur gleichen Zeit möglich ist, mich anzusehen?

… Ich nehme deinen Anblick zum Beispiel gar nicht zur Kenntnis.

… Was bist du für eine Gestalt, dass dich meine Einzigartigkeit in eine solche Verzweiflung bringt?

… Ich in Verzweiflung? Weshalb sollte deine Anwesenheit mich in Verzweiflung bringen? Nie könntest du dich an meiner eigenen Einzigartigkeit messen.

… Das Leben überdeckt uns beide, dich wie mich. Doch es würde sicher eine größere Freude empfinden, wüsste es über meine Einzigartigkeit Bescheid.

… Nie könntest du einzigartig sein, solange ich hier bin, damit verglichen werden kann.

Ich fühle mich innerlich zerrissen, so sehr zerrt mein Selbst nun an mir, ich ertrage seine Gegenwart nicht mehr. Ich wünschte, ich hätte jetzt in diesem Augenblick Leute um mich herum, die mich von mir ablenken.

Ich brauche einen Grashalm! Einen, der über viele Lippen schon gewandert ist. Damit ich ihn zwischen den Zähnen zerkauen kann und spüre, wie Menschen plötzlich auf meiner Zunge sitzen.

Ich fahre mit der Zunge über den Gaumen. Doch dort ist niemand. Ich beiße mir auf die Zungenspitze und schmecke den metallischen Geschmack von Blut. Nein, so schmecken Menschen nicht.

Diesen Vormittag stehe ich wieder einmal in der kleinen Boutique in der Innenstadt, wir bekommen gerade eine neue Lieferung von Wintermode herein. Ich tippe die Sachen in den Computer und kenne mich nicht im Geringsten dabei aus, was ich tue. Wir haben erst vor kurzem auf Computer umgestellt, und ich simuliere geschäftige Kompetenz, indem ich mit zwischen die Lippen gepresster Zungenspitze konzentriert auf die Tastatur eintippe.

Doch der Geschäftsführer schielt hinter mir, den Telefonhörer zwischen Ohr und Schulter geklemmt, über meine Schulter und ertappt mich bei meinen Bemühungen. „Guten Morgen … F 2 … F 2 !", murmelt er in den Hörer. Das „F 2" gilt allerdings mir, er tippt mir bei diesen Worten in einem rhythmischen Dreivierteltakt auf die Schulter, und bedeutet, dass ich diese Taste betätigen soll.

Ich schmunzle in mich hinein, ob der fremde Anrufer jetzt wohl gerade irritiert über die Bedeutung dieser Kombination rätselt und womöglich darin einen geheimen Code befürchtet. Als eine Kundin das Geschäft betritt, flüchte ich erleichtert vom Computer und stöbere durch die Regale, um ihr einige T-Shirts, nach denen sie fragt, herauszuziehen. Sie verschwindet nach freudiger Zustimmung mit dreien davon in die Umkleidekabine.

Ich lehne mich inzwischen an den Ladentisch und überkreuze im Stehen die Beine. Halte den Kopf schräg nach unten geneigt, sodass mir das Haar ins Gesicht fällt. Draußen trommelt ein grässlicher Nieselregen unregelmäßig gegen das Vordach des Geschäfts. Als ich den Blick hebe, linse ich durch den Spalt des Vorhangs, den das Mädchen nicht ganz zugezogen hat. Sie zieht eines der T-Shirts gerade mit hoch über den Kopf erhobenen Armen aus, ihre Haut ist unheimlich hell im Kontrast zu den blauschwarzen Locken, ihre Brüste gehen mit der Bewegung mit und werden flach. Mit einer weiten Bewegung fährt sie durch ihr Haar und schüttelt es, als das T-Shirt sich beim Überstreifen darin verfängt.

Sie hat eine winzige Tätowierung auf der einen Schulter, die in meine Richtung gedreht ist. Es ist ein dunkelgrüner Salamander mit einer Doppelzunge, gezeichnet in einer interessanten Mosaik-Form mit Abständen zwischen einzelnen Farbflächen, erst in der Gesamtheit setzen die kleinen Vierecke das Bild zusammen.

Sie schlüpft wieder in ihre Bluse, sodass ich nichts mehr sehen kann. Zieht einen Pullover über und tritt hervor. Sie nimmt das T-Shirt, das sie gerade auszog, als ich sie zu beobachten begann.

Als sie zahlt, starre ich auf die Stelle an der Schulter, wo der Salamander sitzt. Ich stelle mir vor, wie dieser Salamander den Stoff des Gewandes bis zu seinen grünen Umrissen mit einer kleinen, auf seiner Zunge tanzenden Flamme versengt, bis er vollständig zu sehen ist.

Sie verlässt das Geschäft mit winzigen Trippelschritten auf ihren Stöckelschuhen, und ich wende mich daraufhin angewidert ab. Das Interesse, ihr nachzublicken, wie die fallenden Regentropfen sich wie schillernde Glaskörper im blauschwarzen Haar festsetzen und mit schlängelnden Linien hinunter zum Hals verlaufen, verebbt.

Ich schlendere wieder hinüber zum Computer, wo der Geschäftsführer mit einem Mal unerwartet eifrig am Tippen ist. Plötzlich nimmt er vom Pult den Zettel mit meinen Stichworten, was ich alles noch einzugeben habe, in die Hand und vergleicht mein Gekrakel mit einem raschen Blick auf den Bildschirm. Daraufhin knüllt er ihn zusammen und wirft ihn gekonnt über die Schulter in den Papierkorb.

Ein warmes Gefühl von Freude durchflutet meinen Körper und lässt mich überrascht stocksteif stehen bleiben.

Er zwängt sich an mir vorbei durch den schmalen Gang, als ich mich nicht rühre, und klopft mir im Vorübergehen tätschelnd auf die Schulter.

„Wird schon, Kleines", raunt er mir zu und verschwindet die Treppe hinunter zur Herrenabteilung. Er ist es nun, dem ich nachblicke.

Es ist später Abend am gleichen Tag, und ich eile mit nach unten gesenktem Blick durch die Straßen. Es regnet immer noch ein wenig, und Tropfen fallen wie helle Funken von meinen Stirnfransen auf den Gehsteig, werden von der Dunkelheit verschluckt. Unter mir glitzert der Asphalt schemenhaft vom Nieselregen.

Ich gehe gerne auf Pflastersteinen, konzentriere mich auf das Knirschen winziger Steinchen unter meinen Sportschuhen. Hier und dort taucht ein dunkles, schmieriges Lokal auf, aus dem ich vereinzeltes Gegröle höre, sobald ich daran vorbeihaste.

Ich beschleunige mein Tempo und hechte nun fast schon im Laufschritt durch die Gassen. Ich trage die Arme eng verschränkt um meinen Oberkörper geschlungen, weil ich nicht weiß, wohin damit, sobald ich sie hängen lasse. Außerdem fürchte ich, sie würden dann abfallen, wenn ich sie nicht festhalte.

Ich biege um eine Ecke, und vor mir taucht die gleiche Aussicht auf, die mich die ganze Zeit über schon magisch anzuziehen scheint, sodass ich ohne nachzudenken mit starrem Blick darauf zueile. Endlos wirkende Gassen in absoluter Dunkelheit. Einige Regentropfen schlängeln sich meine Nase hinunter, und ich atme sie ein, sodass sie in den Rachen fließen und ich sie hinunterschlucke. Die Luft riecht nach Regen und einem herannahenden Gewitter, es ist zu spüren, dass der Regen von heute in der Nacht seine Fortsetzung finden wird.

Aber es ist warm. Ich gehe noch schneller und spüre, wie sich entlang meiner Wirbelsäule Schweißperlen bilden.

Meine Beine sind kalt und gefühllos, aber irgendwo verborgen in ihrer Taubheit schmerzen sie. Ich sehe hinauf, und eine klare Mondsichel hängt über mir. Ich ziehe die Arme fester an mich und bleibe stehen, fixiere meinen Blick auf ihr sanftes Licht.

Als kleines Mädchen habe ich immer wieder gezeichnet, dass ich von einer Mondsichel herabhänge, die Finger einer Hand krampfhaft um das Ende der Sichel geschlossen. Wir mussten damals in der psychiatrischen Klinik unsere Bilder immer abgeben, doch bei meinen Mondsichelbildern weigerte ich mich stets, sie an die Pinnwand zu hängen, sobald sie fertig waren, was mir zahlreiche Eintragungen in meine Akte bescherte, mit immer tiefsinnigeren Deutungen für ihre angebliche unterschwellige Aussage.

Ich nehme meinen Laufschritt wieder auf und komme zum einhundertdreiundfünfzigsten Mal an meiner Haustüre vorbei, ein weiterer Kreis um den Häuserblock ist geschlossen.

Ich seufze mit erhobenen Schultern und gebe auf.

Ich bin nicht dort angelangt, wo ich hinwollte, zu einem klaren Gedanken. Ich werde ihn heute also nicht mehr finden. Mit polternden Schritten springe ich die Stiegenhaustreppe bis in meinen Stock hinauf, entknote dabei meine Arme und schüttele sie mit jedem Schritt aus, bis sich der Krampf darin löst.

3

Wir liegen zu dritt auf der Bühne, allesamt mit dem Rücken auf den Brettern und den Blick zur Decke gerichtet, während der Rest der Truppe gerade für eine Raucherpause nach draußen vors Theater gegangen ist, um die letzten Sonnenstrahlen des Tages einzufangen.

Andi räkelt sich neben mir und hält die Arme auf seinem zerknautschten Hemd über der Brust verschränkt, Marius liegt hinter mir Hinterkopf an Hinterkopf, sodass ich einige seiner Haarsträhnen an meinem Nacken spüre.

„Und wenn wir für die Tränen einfach Nitroglyzerin verwenden?", fragt Marius zögernd, worauf Andi unwirsch brummelt: „Blödsinn, wir sind doch nicht beim Film."

„Ist das nicht sowieso nur reine Atemtechnik …?", bemerke ich genervt und hebe einen Arm angewinkelt in die Höhe, um mir die Haare aus dem Gesicht zu streifen. „Ich meine … so etwas haben wir doch in der Schauspielschule gelernt." Andi lacht neben mir leise auf.

„Und damit von einer Sekunde zur anderen in eine Sturzflut von Tränen ausbrechen? Diese Atmung zeigst du mir, da röcheln wir ja, bis wir aus dem letzten Loch pfeifen …"

„Dann schlagen wir eben die Hände vor das Gesicht und die Sache hat sich, lassen wir doch diese blöde Diskussion endlich bleiben", unterbricht ihn Marius und richtet sich stöhnend wieder auf, indem er sich mit den Armen aufstützt. Andi tut es ihm gleich.

Die anderen kommen in ein lebhaftes Gespräch verstrickt wieder herein, und ich hieve mich ebenfalls hoch.

Sobald ich an diesem Morgen aus dem Bahnhof trete, schlage ich den Weg in das kleine Dorf ein.

Es sind erst wenige Menschen auf den Straßen, und wenn, dann verschwinden sie hier am Bahnhof in die Bäckerein oder Trafiken. Es ist Sonntag frühmorgens um halb acht, schon lange habe ich am Wochenende nicht mehr den Zug hierher in dieses Stift in der Nähe Wiens genommen. Umso brennender ist nun mein Wunsch, mein Ziel zu erreichen.

Nach einem Schlendern über den Marktplatz bin ich bei der Kirche angelangt, einige parken gerade ihre Autos neben der Grünanlage. Vor mir steht eine Gruppe von Leuten und unterhält sich mit wilden Gestiken und wiegenden Körpern über etwas Komisches; sie brechen immer wieder in Lachen aus, ich höre dumpfes Glucksen. Ich warte auf den Gehörlosengottesdienst, und mit einem verwunderten Blick merke ich, dass an einer Seite der Kirche der Efeu fehlt, seit ich das letzte Mal hier war, als wäre er weggeschabt worden. Dafür steht an dieser Seite der Kirche, die direkt an einen kleinen Friedhof grenzt, nun ein knallgelbes Ungetüm von Hütte, mit orangenen Balken und Plastikfenstern. Im Inneren lehnt allerlei Gartenwerkzeug gegen die Scheiben. Ich betrachte diese Scheußlichkeit neben der romantischen Kirche mit dem zierlichen Türmchen wohl mit ziemlich gerunzelter Stirn, denn plötzlich tippt mich einer der Gehörlosen, der vorher bei der Gruppe stand, leicht an. Er bestätigt mit einem Nicken im verzerrten Gesicht, dass er meine offensichtliche Meinung zu dem Ungetüm teilt, wölbt eine Wange mit seiner Zunge nach außen und streicht geschwind mit dem Zeigefinger dagegen, sodass die Ausbuchtung zurückschnalzt und ein leises ‚Plop‘ seiner Zunge ertönt. Ich lächle ihn an.

„*Ja, ich finde es auch hässlich!*" Mein ‚Plop‘ gelingt mir nicht so lustig. Doch das wird keiner hier jemals erfahren.

Beim Gottesdienst schiele ich mit einem Auge unentwegt in die Reihe von Gehörlosen neben mir, um beim gemeinsamen Gebet eines Bibelzitats kein Vokabel falsch zu gebärden. Ich sitze so weit hinten, dass mir der Blick zum Pfarrer nicht leicht fällt, und die Gebärden einiger religiöser Begriffe sind mir nicht bekannt. Unbemerkt ahme ich diese von einem kleinen Mädchen neben mir nach.

Als wir uns setzen, tritt der Pfarrer hervor und beginnt mit seiner Predigt. Er hat schöne, schmale Hände mit langen Fingern, und ich betrachte die zahlreichen Linien seiner Handrücken, die wie von einem exzentrischen Künstler gezeichnet wirken, so konzentriert, als wären seine Gebärden dort in Buchstaben abzulesen.

Ich beginne mich zu entspannen und versuche in der engen Kirchenbank einen Platz für meine Beine zu finden, während ich mich gemütlich zurücklehne.

Eine Weile verfolge ich konzentriert die Predigt, doch dann schweifen meine Gedanken ab, und ich betrachte die Bilder über mir.

Es ist eine evangelische Kirche ohne viel Schnörkeleien und Verzierungen.

Meine Mutter hat mich als Kind immer hierher zu Gottesdiensten mitgenommen.

Doch erst als ich mit dem Lernen der Gebärdensprache anfing, bin ich dann überrascht dahintergekommen, dass hier auch Gehörlosengottesdienste stattfinden und die Leute von weit her dafür fahren.

Ich hatte meiner Mutter nie erzählt, dass ich die Gebärdensprache lernte, als Kind studierte ich immer mit eifrig geröteten Wangen in einem dicken Buch, das ich in der Bibliothek fand, und lernte meine ersten Vokabeln mit Hilfe von Fotoab-bildungen.

Meine Mutter durfte das nicht erfahren.

Es hätte zu viel in ihr aufgerissen. Das Thema ‚gehörlos' gehörte zu unser beider Vergangenheit, doch sie wäre unweigerlich daran zerbrochen, hätte sie mitbekommen, dass ich nun das Gebärden lerne. Ich durfte keine alten Geschichten aufrühren.

So lernte ich, gut aufzupassen und mich nicht zu verraten. Besuchte erst später als Jugendliche richtige Gebärdensprachkurse, als ich nicht mehr mit ihr zusammenlebte.

Auch hätte ich es nie fertiggebracht, ihre Fragen zu beantworten und ihr den wahren Grund zu sagen, warum ich gebärden lernte.

Bei der Probe bin ich sehr müde und lehne mich in einer Pause an Marius' Schulter, während wir auf den Treppen der Bühne sitzen.

Richte mich kurz auf und blicke aus den Augenwinkeln zu ihm hinüber. Seine Augen liegen in dunklen Schatten, die sich ins Gesicht hinunter fortsetzen, schemenhafter werden und sich schließlich ganz verlieren, bis der untere Teil des Gesichts von einem seitlichen Scheinwerfer erhellt im Licht leuchtet.

Jetzt hebt er seinen Blick in die Höhe, und das Weiß seiner Augen blitzt inmitten der Schatten auf wie in einem schreckhaft aufgeworfenen Kopf eines scheuenden Pferdes.

„Ich würde gerne einmal ein Einhorn sehen", sagt er unvermittelt.

Ich schließe meine Augen und wende den Kopf so, dass mir ein Scheinwerfer genau ins Gesicht scheint. Hinter den geschlossenen Lidern formen sich durch das intensive Licht Punkte, Kringel und Kreise, Ornamente, die ineinander fließen, und ich blinzle wieder.

„Ich habe einmal eines gesehen", verrate ich ihm.

„Sind sie denn so, wie man sie sich vorstellt? Auf einer blühenden Wiese, eines aus einem Bach trinkend, ein anderes den Kopf auf seinen Rücken gelegt?"

„Man darf sich nichts vorstellen. Es war so atemberaubend, ich dachte, ich müsse sterben. Ich wollte sie alle haben."

„Wenn das passiert, dann möchte ich doch keines sehen", beschließt er daraufhin und wendet sein Gesicht ab.

Ich schließe wieder meine Augen.

„Ist wohl besser so", stimme ich ihm zu.

Kurz vor Mitternacht sitze ich mitten in der Stadt in einer Gasse mit unzähligen

Lokalen an eine Steinmauer gelehnt. Neben mir sitzt Marie und ist eingeschlafen, ihr Kopf ist leblos zur Seite gesunken. Ich wickle ihre geöffnete Jacke um den dünnen, hageren Körper und umfasse sie dabei. Ich kann meine Ellenbogen hinter ihrem Rücken berühren, sie ist also wieder dünner geworden. Ein paar Leute gehen an uns vorbei, und einige sehen hier herunter, wo wir sitzen. Am liebsten würde ich warnend fauchen und halte sie fester.

Ich lehne mich wieder an die Mauer und stelle mir vor, ich wäre tot und doch noch hier. Beginne zu grinsen. Gerade kommt jemand mit einigen Gläsern Wodka aus einem Lokal und wird von einer Gruppe am Gehsteig freudig empfangen, alle nehmen sich ein Glas. Ich grinse breiter. Gebt die Gläser mir, und ich werde jeden Schluck mehr genießen, als ihr es könnt. Ich bin tot, ich habe Zeit zum Nachdenken gehabt. Ich weiß jetzt, was Alkohol ist. Gebt ihn mir!

Ich lege mich auf den Gehsteig und spüre den nassen, rauen Asphalt unter meinem Kopf. Zwei Tränen rinnen über meine Wangen und fühlen sich dabei an wie Drahtseile, die an beiden Seiten über meine Wangen gespannt zum Boden verlaufen und dort unten im Verborgenen verankert sind, sodass ich den Kopf niemals wieder heben können werde. Ich kann es doch, stemme die Hände auf die Straße und richte meinen Oberkörper wieder auf. Irgendetwas, das ich nicht kenne, scheint mich losgemacht zu haben. Ermattet lasse ich mich wieder sinken. Schlafe auf dem feuchten Gehsteig ein.

Ich weiß nicht, wie viele Tage ich die Markierung in meinem Kalender fixiert und dabei den Abstand zum jeweiligen Heute verglichen habe. Er wurde immer kürzer, bis der Tag nun schließlich da war.

Ich blase die Wangen auf, und die Luft entweicht geräuschlos, wobei ich ihr Kitzeln an den Lippen fühle. Ich habe wieder einen Termin bei meinem Therapeuten, und das heißt Arbeit, wahre Arbeit.

An einem frühen Abend ist es also wieder einmal so weit, dass ich bei Doktor Reinders auf der Matte liege. Doktor Reinders ist okay, er ist Mitte vierzig und hat eine herzliche Ausstrahlung mit Tausenden von Lachfältchen und einem vollen, ehrlichen Lächeln. Trägt stets zerknautschte Baumwollklamotten, und wann immer er sich niederlässt, tut er es betont lässig und locker. Streckt alle Glieder von sich, sodass sein Körper so viel Platz einnimmt, wie es ihm nur möglich ist, ganz so, wie es irgendein Handbuch Marke ‚Wie setze ich Körpersprache gezielt ein‘ wahrscheinlich vorschreibt, wenn man eine freundliche, sympathische und menschennahe Autorität darstellen will.

Ich sitze mit überschlagenen Beinen vor ihm, und meine Hände ruhen leblos auf meinen Knien.

„Weshalb verurteilen Sie Ihre Mutter dermaßen?", fragt er mich zum wiederholten Male, und ich bin es leid, ihm ständig etwas zu erklären zu versuchen, was er doch wahrscheinlich niemals begreifen wird. Doch ich beschließe, es ein weiteres Mal darauf ankommen zu lassen, Doktor Reinders bis an die Grenzen seines Einfühlungsvermögens zu treiben.

„Alleine aus dem Grund, weil mich schon ihre Gegenwart behäbig und tonnenschwer gemacht hat, unfähig, mich zu rühren und einen Weg in irgendeine Richtung einzuschlagen. Dafür klage ich sie an. Man darf Kindern nicht den Antrieb nehmen, um in jede Kurve schlittern zu können, die sie anzieht. Sie hat mich einfach am Boden liegen lassen. Und mir dabei noch so viel Gewicht verliehen, dass ich unweigerlich regungslos zu Boden gedrückt wurde."

Er seufzt und legt seine zerfurchten Hände übereinander auf die Tischplatte.

„Wissen Sie, Fräulein David, wir Menschen neigen dazu, nur alles Impulsive, Aktive und Tatkräftige wahrzunehmen. Aber auch eine Passivität vermag ein heranwachsendes Kind zu leiten, eine präsente Stille und konsequente Unbeteiligung beeinflusst sogar ungemein."

„Ich sagte doch, es gab keine Führung, auch niemals eine unterschwellige."

„Warum stoßen Sie sich dann so an dieser offensichtlichen Freiheit, die Sie stets hatten? Für andere gilt sie als ein Lebensziel."

„Glauben Sie mir, das war keine Freiheit."

„Und welche Konsequenzen haben Sie daraus gezogen, derart im Stich gelassen zu werden, so wie Sie es schildern?"

„Nun ja, ich habe eben vor Augen geführt, dass es besser ist, das eigene Selbst als einzige Bezugsperson zuzulassen. An sich selbst kann man sich immer in die Höhe ziehen, das eigene Ich würde einen nie enttäuschen. Mein Selbst ist das Einzige, dem ich etwas zumuten kann, es ist belastbar und widerstandsfähig. Das einzige im Leben, auf das sich bauen lässt.

Nur auf mich selbst kann ich vertrauen, auf andere Menschen nicht, sie lassen einen nur fallen.

Allerdings habe ich mich an meine eigene Stärke bereits so gewöhnt, dass ich sie auch allen anderen zutraue und mich in Gedanken immer wieder schnell korrigieren muss, dass dem nicht so ist. Ich vergesse unentwegt, wie leicht Menschen wehgetan werden kann, weil sie eben so schwächlich sind. Darum verbiete ich mir zur Sicherheit den Umgang mit ihnen. Ich möchte nicht die Verantwortung dafür tragen müssen, sie alle auf dem Gewissen zu haben. Weil ich ihre Substanz mit meiner eigenen gleichsetze, was ein Unsinn ist."

„Beruhigen Sie sich, ich habe Ihnen keine Vorwürfe gemacht. Sie brauchen sich nicht für irgendetwas zu rechtfertigen."

„Das tue ich auch nicht."

Doktor Reinders beugt im Sitzen seufzend seinen Oberkörper nach vorne und stützt die Ellenbogen auf seine Beine, legt dann eine Handfläche aufs Knie und trommelt einige Male mit den Fingern dagegen. Scheint zu überlegen. Dann richtet er sich wieder auf und streckt dabei beide Hände, die Finger miteinander verflochten, nach vorne, in seinen Knöcheln knackt es.

„Sie sind also der Meinung, dass Sie viel innere Stärke besitzen, auf die Sie sich jederzeit verlassen können, dass Sie ein starkes Selbst haben, auf das sich bauen lässt und das Sie immer tragen wird, selbst dann, wenn kein anderer sonst Sie mehr auffangen würde?"

„Man selbst ist die einzige Person, die einem nahe steht."

„Und sehen Sie sich mit Ihrer mysteriösen Unnahbarkeit gegenüber anderen Menschen vielleicht sogar vor eine Aufgabe gestellt?"

Ich sehe ihn mit großen Augen eine Weile schweigend an, dann blinzele ich verstört.

„Ja, so könnte man es nennen. Ein sonderbares Amt ist mir durch die Situation tatsächlich aufgetragen. Ich bin so etwas wie eine ausgleichende Instanz aus der Ferne. Ständig ist es meine Pflicht, mit Argusaugen meine Umgebung zu verfolgen, damit alles richtig läuft, um stets zur rechten Zeit pflichtbewusst Dinge zurechtzubiegen. Darauf zu achten, dass alle Dinge geschehen, wie sie sollen, und um sie bei Bedarf mit Gedankenkraft richtig zu stellen. So etwas funktioniert nämlich, Menschen mit einem selbstsicheren, gesammelten Ich und einem kopfsteingepflasterten Rückrat können alle Spannungen ihrer Umgebung durch ihr bloßes Dasein ausgleichen. Doch ich bin es müde geworden. Es soll endlich jemand anderer einmal unentwegt die volle Verantwortung übernehmen. Ich will nicht mehr alle tragen."

„Sind Sie sicher, dass Sie sich als so dominant einschätzen?"

„Ich weiß es nicht."

„Wissen Sie es wirklich nicht?"

„Ich weiß überhaupt nichts mehr."

Er seufzt, und ich steige in den leisen, verletzlichen Laut mit einem weiteren Seufzen ein wie eine zweite Stimme im Orchester.

„Fräulein David, Sie sind in einem Alter, in dem Sie sich an der Gemeinschaft mit Menschen erfreuen sollten, an dem gemeinsamen Streben nach festgesetzten Ziele. Jetzt können Sie den Versuch wagen, mit einem mächtigen, starken Miteinander die Welt zu erobern. Diese ungestüme, jugendliche Zeit kommt nie wieder. Der Gedanke, dass Sie mit einer jeden Handlung Gefahr laufen, andere zu verletzen, ist doch absurd. Ich denke, dass Sie nichts so sehr brauchen wie die Gemeinschaft, um aus sich herauszukommen.

Andere Patienten müssen davon überzeugt werden, dass niemand ihnen Böses tun will – Sie muss man an die Gewissheit heranführen, dass Sie niemandem etwas Böses antun wollen. Sie leben in der ständigen Panik, anderen Menschen mir Ihrer alleinigen Gegenwart wehzutun … ich bin mir jedoch sicher, dass in Ihnen eine Gier nach Gemeinschaft, sozialen Kontakten, einem übermütigen Ansturm auf diese Welt verankert ist, nach Freundschaft und der Bindung zu anderen Menschen."

„Ich habe noch nie Gier verspürt. Doktor Reinders, haben Sie schon einmal Einhörner gesehen?"

„Nein. Sie denn?"

„Das war eine Fangfrage. Einhörner kann man nicht sehen, Sie sind ein Gefühl. Aber mit Ihrer Bezeichnung ‚Gier‘ haben Sie dem Fabeltier eben einen treffenden Namen gegeben. Den Einhörnern, diesem Mythos, der Kinderaugen zum Strahlen bringt und Erwachsenen eine Erinnerung an eine Zeit wiederschenkt, als sie noch dachten, sie könnten bis zum Himmel fliegen und alles und jeden erreichen."

„Fühlen Sie sich als kindisch beschimpft und klein gemacht, wenn ich von Ihrer Gier spreche? Das ist ein typisch menschlicher Zug, aller Menschen, nicht nur der Kinder … er ist einfach wichtig und macht es erst möglich, das eigene Leben in die Hand zu machen, um etwas daraus zu machen, Träume zu verwirklichen, gemeinsam. In der Gruppe, mit Unterstützung anderer, Ziele zu erreichen. Sie brauchen die Gemeinschaft rund um sich, um glücklich zu werden."

„Ich brauche überhaupt keine Gemeinschaft. Suchen Sie sich einen Grashalm, Herr Doktor Reinders, und entdecken Sie, wie sehr Sie sich Menschen entfremden und in Einsamkeit leben, je mehr diese Sie umgeben und je mehr Sie Teil einer Gruppe sind, anstatt dass Sie die Einsamkeit suchen, um Menschen wirklich zu finden."

„Weil Sie sonst Gefahr laufen, sie zu verletzen? Stellen Sie sich deswegen die Bedingung auf, mit Menschen nur aus sicherer Entfernung Kontakt zu haben, um ihnen nichts zu tun?"

Er seufzt, und ich werfe ihm einen trotzigen Blick zu. „Wie auch immer, unsere Stunde ist sowieso zu Ende. Die Geschichte mit dem Grashalm erzählen Sie mir das nächste Mal."

„Ich werde es versuchen und mir die Erklärung bereits im Voraus gedanklich für Sie in aufnahmegerechte Brocken zusammenstellen."

„Das ist lieb von Ihnen. Auf Wiedersehen, Fräulein David."

„Auf Wiedersehen."

Ich verlasse die Praxis und steige in die gerade anhaltende Straßenbahn auf der gegenüberliegenden Straßenseite ein.

Es ist schon dunkel, und das künstliche Licht im Waggon wirkt trostlos, wenn man aus der nasskalten Finsternis kommt. Ich sitze allein und sehe aus dem Fenster, als die Bahn losfährt. Die Dunkelheit dort draußen wirft mir nichts anderes als mein eigenes Spiegelbild zurück.

Da war es also wieder, was übrig blieb, wenn es nichts anderes mehr gab. Sobald nichts mehr zu sehen ist, bleibt nichts zurück als man selbst. Ich sehe mir mit matten, dunklen Augen entgegen. Das letzte, was übrig bleibt, wenn alles andere verschwindet. Wenn man die Einsamkeit gefunden hat, den dunklen Spiegel. Eine Glasfläche in der Finsternis, die sich einem in den Weg stellt und aus der man sich schemenhaft entgegenblickt. Erst wenn man sich beim Wandeln im Dunkeln selbst wahrnimmt, kann man einsam sein.

Ein gutes Gefühl zu wissen, dass man demnach nie wirklich allein ist.

Ich muss lächeln, als mir bewusst wird, dass ich durch eine ähnliche Anschauungsweise in einer anderen Zeit stationär in die psychiatrische Klinik aufgenommen wurde. Damals. In einem früheren Leben. Als ich noch Energie hatte. Heute bin ich wohl ausgebrannt und daher harmlos.

Ich steige aus und spüre, wie mir der Wind begrüßend entgegenweht, sobald ich auf die Straße trete. Ich strecke im Gehen einen Arm von mir und krümme die Finger. Dazwischen weht der Wind kühl und sanft hindurch, schmiegt sich an die Handinnenfläche. Eine unsichtbare Hand legt sich in meine.

4

Ich denke immer, wenn ich ganz tief ausatme, geht mein Körper so weit in sich zusammen, dass überhaupt nichts mehr übrig bleibt außer ich selbst. Ich kann alles Fremde und Unbekannte ausatmen und fühle den Druck der Bauchdecke auf meinen Rippen. Nichts kann sich dann mehr dazwischen verstecken.

Das hat mir meine Freundin Marie einmal beigebracht. Allerdings beschloss sie irgendwann, auch in den Zeiten, wo sie nicht immer all die Luft aus ihrem Körper hinauspumpen lassen konnte, nichts als sich selbst spüren zu wollen. So begann sie, das drohende Unbekannte in sich, auf das man keinen Einfluss hatte, einfach aus sich herauszuhungern. Ich weiß nicht, ob sie es geschafft hat, sie schläft sehr viel. Vielleicht kann man es nicht lange ertragen, mit Materie an Materie immerzu an sich selbst heranzukommen und das Selbst zu berühren, ohne Schutzschicht dazwischen. Womöglich sind ihre Schlafanfälle nichts anderes als verzweifelte Rettungsversuche einer leisen inneren Stimme, um sie vor diesem Schmerz zu bewahren.

Ganz bewusst atme ich all die Luft, die meine Lungen preisgeben, aus und fühle, wie alles sich zu meinem innersten Kern hin zusammenzieht. In meinen Lungen beginnt es zu stechen, und mein Herz schmerzt, als würde ich an einen Menschen denken, den ich liebe. Als ich schließlich nach Luft schnappe, zerreißt mein Atem die Stille, in der ich gerade noch mich selbst bewusst erlebt hatte. Und irgendwo in einem verborgenen Winkel weiß ich, dass es dieses Geräusch gewesen war, das die Nähe zerschnitten hatte.

Vielleicht waren es die Töne, die uns von uns selber ablenkten. Geräusche, die uns Menschen uns selbst entfremden ließen. Versucht man ein bewusstes Nachinnen-Hören, so findet man die Stille, die alles zu enthalten scheint. Alles vibriert und lebt in der Lautlosigkeit, in der man sich selbst die Hand reichen kann.

Es sind die Gehörlosen, fällt mir ein. Sie haben etwas, das uns Hörenden allen verborgen bleibt. Mischt man alle Farben zusammen, erhält man Weiß. Summiert man alle Töne und Laute dieser Welt, so endet man möglicherweise bei der Stille. Das also schien das große Geheimnis zu sein. Die Gehörlosen haben etwas, von dem wir mit dem Hören von einzelnen Klängen unser Leben lang nur kosten dürfen. Und ein seltsames Gefühl wandert durch mich, bis es sich im Herzen festsetzt, dass es mir durch die Zusammengehörigkeit mit den Gehörlosen ein wenig ermöglicht wird, dieses Geheimnis zu ahnen.

Ich springe auf, um Papier und Bleistift zu holen, und setze mich damit auf den

Holzboden meiner kleinen Küche. Das fahle Licht aus den beiden Fenstern genügt mir, und ich beuge mich tief über das Blatt.

Wir sprechen mit dem Raum.
Mit der Sphäre, mit dem Kosmos.
Unsere Hände können fliegen,
sie spielen mit der Luft,
als wären sie Möwen, die auf ihr segeln.
Unsere Gebärden verdrängen die Weite des Raums,
schleudern Worte in alle Richtungen.
Die Geschwindigkeit unserer Sätze
wird zu Ton und Klang.

Von überall schwingt und hallt es her.
Die Stille wird zur brennenden Musik,
die nur uns gehört.
Mit unseren Gebärden
lassen wir die Gegenwart entflammen und anschwellen,
alles wird lebendig.
Der Raum um uns beherbergt unsere Sprache,
und liebkosend fallen die Worte in seinen Schoß.
Laute wie Töne fliegen und wirbeln, wenn wir deuten.

Kannst du sie hören?
Nein, so ist es falsch!
… versuche nicht, mit den Ohren sie zu finden.
Suche den Raum.
Fühle den Raum.
Ja, so ist es richtig …
Kannst du unsere Musik nun begreifen?
Komm und tanze mit mir
durch die Stille.

Lasse dich führen nun,
und ich zeige dir geheime Plätze.
(Nicht ohne vorher mit an deine Lippen gelegtem Finger

dich dazu zu beschwören, das Geheimnis gut zu hüten.)
Siehe, das hier ist die Lautlosigkeit.
Nun stehst du am Rande der Zeit,
am Beginn des Erwachens,
im Zentrum des Fühlens.
Sag, wie ist es.

Kannst du es fühlen,
wie du zu schweben beginnst?
Ohne die Schwere der Lautstärke in dir?
Lass dich treiben
und erfasse alles, was auf dich zuströmt.
Sei wach und aufmerksam,
fühle und sieh.
Denn alles, was du verloren glaubtest,
wirst du hier finden.

Ein jeder Gedanke aus längst vergangenen Tagen,
dessen aufrüttelnder Schrei längst verhallt,
schwebt hier lautlos durch die Wirklichkeit.
Ein jedes Gefühl,
dessen elektrisierendes Feuer längst entbrannt,
haftet hier lautlos in der Ewigkeit.
Und langsam begreifst du …
ein jedes Fünkchen deines Inneren
glüht hier unverloschen in der Stille.

Sag, wie ist es.
Hast du die Wirklichkeit vermisst?
Sei dir bewusst,
du kannst mich nicht anlügen!
Denn ich werde dir folgen,
und schon morgen sehe ich dich auf geschäftiger Straße
bedächtig und gedankenverloren
die Hände auf die Ohren legen.
Und dann weinst du, ohne es zu bemerken.

Ich setze mich auf und blinzle in das Zwielicht, das jetzt den ganzen Raum ausfüllt und mich überrascht hat, während ich eine Zeit lang nicht aufgesehen habe.

Lege mich auf den Boden und sehe von diesem Blickwinkel aus direkt auf den blass schimmernden Mond im Fenster draußen, der über den gegenüberliegenden Häuserfassaden steht. Meine Mondsichel vor kurzem ist jetzt schon zu einem vollen Kreis gewachsen.

Ich schließe die Augen und sehe den Vollmond nicht vor meinen geschlossenen Augenlidern wie den Scheinwerfer auf der Bühne. Er bleibt einfach draußen, beobachtet mich. Dies hier ist die sanfte Seite meines Lebens. Sie dringt nicht impulsiv in mich hinein wie das Geschehen um mich, sobald ich auf der Bühne stehe. Umrauscht meine Sinne nicht mit Eindrücken schnell wechselnder Geschehnisse, trägt mich nicht fort mit ihrer mitreißenden Aktivität und turbulenten Lebhaftigkeit. Und dennoch brauche ich beides. Ich bin in Tag und Nacht gegliedert. In Lärm und Stille. In aktives Schaffen und bewusstes Erleben. In zwei parallele Geraden teile ich mich auf, die sich in der Unendlichkeit treffen. Obwohl ein jeder insgeheim ihr Zusammentreffen mit einer solchen Gewissheit voraussieht, dass man deren Berührung beinahe selbst zu spüren meint, könnte man den Schnittpunkt doch niemals erstellen. So schlüpfe ich sowohl mir wie auch jedem anderen unweigerlich durch die Finger.

Ich fühle die Nahtstelle in meinem Körper, die wie eine Trennungslinie durch mich hindurchläuft, meine eine Lebenshälfte von der anderen trennt. Ganz von alleine fühle ich ihren linienförmigen Verlauf, ohne die Luft aus meinem Körper zuvor kräftig auszuatmen.

Ich beschließe, mich am nächsten Tag vor mein Faxgerät zu klemmen und Martinas damaliges Angebot, eine gehörlose Kindergruppe mitzubetreuen, anzunehmen.

Zu beiden Seiten des Ganges sind Kinderzeichnungen aufgehängt, große und kleine Bilder, und ich entspanne mich ein wenig, als ich in dem Betrachten von ihnen die Möglichkeit sehe, meine Schritte zu verlangsamen und hin und wieder stehen zu bleiben, wobei ich mein Herz bis in den Hals hinauf pochen höre.

Gestern bin ich mit Martina schon hier in der Gehörlosenschule gewesen, nachdem ich mich vor einigen Tagen bei ihr gemeldet hatte; sie führte mich herum und zeigte mir ihren Klassenraum, es ist die hinterste Türe in diesem Stockwerk und gleichzeitig die einzige, die noch offen steht.

Aus einer verschlossenen Klasse neben mir dringt ein rhythmisches Klopfen, wie ein Dutzend Kinderhände, das gleichzeitig auf Tischplatten einschlägt. Dann ist es eine Weile still, und das Klopfen beginnt erneut, diesmal in einem anderen Rhythmus. Dreimal kurz und einmal lang. Aus einer anderen Klasse dringt kein Laut nach außen, doch als ich ganz nahe an die Türe herantrete, lassen sich ganz leise gehauchte Silben vernehmen. Ab und zu hört man ein hartes ,p' oder ,t' als dumpfes, zischendes Geräusch entweichen, ein mit Lippenbewegungen übermäßig geformtes ,k' ist als hohler Laut zu hören, von verschiedenen Abständen zu der Türe, hinter der ich lausche, ertönt ab und zu ein ploppendes Geräusch – hier gebärden Gehörlose miteinander. Plötzlich beginnt über der Türe eine Lampe in einem roten Licht in Abständen zu blinken, und ich springe einen Satz zurück.

Die Türe öffnet sich, und ein Kind kommt heraus, es wirft mir einen Blick zu, bevor es hinter mir den Gang hinunterrennt. Ich beuge mich vor und schaue in das großräumige Klassenzimmer mit einer Tafel an der Frontseite, über der dieselbe Lampe wie hier draußen blinkt. Kinder im Volksschulalter erheben sich lebhaft von ihren Sitzen und gebärden miteinander, schleudern ihre Taschen auf die Bänke. Eine Frau vorne am Pult beginnt Blätter zu ordnen und sie in eine geöffnete Mappe zu schichten. Während ich so durch die Türe schaue, schlendern hinter mir Kinder vorbei in kleinen Gruppen, gehen bis zum Ende des Ganges und verschwinden in der geöffneten Türe.

Ich drehe mich um und sehe auch schon Martina auf mich zukommen, die mich freudig begrüßt.

„Sehr gut, dass du schon hier bist! Komm, ich stelle dir gleich die Kinder vor. Der Unterricht ist jetzt überall im Haus zu Ende, es bleiben nur noch die Halbinternatsgruppen hier."

„Was werden wir denn jetzt mit den Kindern machen?"

„Zuerst gehen wir hinunter in den Speisesaal Mittag essen und kommen dann wieder herauf zum Spielen. Später am Nachmittag können wir dann in den Park gehen, gleich hier in der Nähe der Schule."

Ich nicke und lächle nervös, was sie mit einem breiten Grinsen beantwortet.

„Ist alles halb so schlimm, du schaffst das schon. Komm erst einmal mit hinein. Du wirst sehen, sie werden dich lieben."

Sie legt ihren Arm um meine Schulter, und wir gehen auf den Klassenraum zu.

Schon von außen hören wir Gepolter, und als wir hineinsehen, erblicken wir ein Mädchen und einen Jungen in eine wilde Rauferei verstrickt. Sie liegen wie ein beißendes, kratzendes Bündel am Boden und drücken sich mit wirren Haaren und erhitzten Gesichtern gegenseitig zu Boden, bis das Mädchen schließlich die

Oberhand gewinnt, mit bitterbösem Gesicht seine Hände wie Schraubstöcke umklammert und zu Boden presst.

Martina stampft wütend auf und rennt mit polternden Schritten auf die beiden zu, um das Knäuel zu entwirren und beide auf die Beine zu stellen. Prompt beginnen die Kinder sich mit unglaublich schnellen Gebärden zu rechtfertigen und zu schimpfen wie die Rohrspatzen, wobei sie einander funkelnde Blicke zuwerfen. Mit einem erneutem Aufstampfen macht Martina den gegenseitigen Anschuldigungen ein Ende.

„Es ist mir im Augenblick ganz egal, wer was gesagt hat, wir werden das später regeln. Setzt euch jetzt alle bitte erst einmal nieder, denn ich habe euch jemanden vorzustellen, mit dem ihr ab heute viel zu tun haben werdet." Daraufhin zeigt sie auf mich, die ich bis jetzt an einer Seite der Türe gestanden habe und alle Blicke wenden sich mir schlagartig zu.

Ich gehe nach vorne, wo Martina bereits einige Worte über mich verliert.

„Das ist Kai. Sie ist hörend und lernt seit ihrer Kindheit die Gebärdensprache. Wir beide werden ab jetzt gemeinsam mit euch die Nachmittage verbringen."

„Erst einmal ein großes Hallo an euch alle …", beginne ich. *„Ich freue mich schon darauf, jeden von euch kennen zu lernen. Ich hoffe, dass ich euch eine gute Freundin werden kann. In meiner Familie ist niemand gehörlos, und ich habe aus reinem Interesse begonnen, die Gebärdensprache zu lernen. Ich habe nur einige gehörlose Bekannte und bin deswegen im Gebärden nicht ganz so geübt, aber ich bin mir sicher, wenn ich mit euch erst einmal die Zeit verbringe, werde ich noch viel dazulernen …"*

Aus einer Ecke des Zimmers zeigt plötzlich ein Mädchen auf.

„Wie alt bist du?", deutet es.

Daraufhin schnellen aus allen Richtungen die Hände plötzlich in die Höhe.

„Bist du verheiratet?" – *„Hast du ein Haustier?"* – *„Was isst du am liebsten?"*

Ich versuche, den Fragen nachzukommen, und antworte so schnell ich kann. Mein erster Tag als Erzieherin beginnt mir Spaß zu machen, wenn es nur in diesem Stil bleiben würde. Meine Aufregung von vorher ist verflogen. Hier scheint überhaupt niemand schüchtern zu sein, und nichts als fröhliche, offene Gesichter sind es, die mich hier anstrahlen. Nach einer halben Stunde brechen wir auf in den Speisesaal, und Martina und ich gehen als Letzte, nachdem wir die Klassentüre hinter den Kindern geschlossen haben.

„Meine Liebe, du bist jetzt schon tot", meint Martina plötzlich schelmisch und grinst.

„Wieso?" Ich runzle fragend die Stirne und lege den Kopf schief.

„Du bist viel zu lieb. Warte nur ab, wie sie dir auf dem Kopf herumtanzen werden. Da wirst du das wahre Leiden kennen lernen. Sie sind kleine abgebrühte Monster, glaube mir."

Jetzt muss ich lachen, und meine eigene Stimme kommt mir nach der langen Stille nun seltsam metallisch vor.

„Kennst du das Buch, in dem eine Schulklasse einem zu netten Lehrer im Schlaf Sensoren einsetzt und ihn dann in der Klasse mit Stromstößen traktiert, sobald er nur sagt, sie sollen sich hinsetzen? Wir haben das Buch hier in der Bibliothek, falls du es brauchst, hier hat es jeder gelesen, die Kleinen haben Fachliteratur im Hintergrund ..." Sie stemmt in gespielter Ernsthaftigkeit die Hände in die Hüften.

„Ich finde sie sehr lieb, ich war richtig erstaunt, wie offen sie alle sind. Ich bin sicher, wir werden es hier sehr lustig haben." Ich lächle wieder.

„Du kennst Kinder nicht."

„Aber ich freue mich schon auf sie!"

„Dann mache dich auf einiges gefasst."

„Wenn du meinst ..."

Im Speisesaal geht es turbulent zu, und in allen Richtungen, in die ich blicke, fliegen Hände durch die Gegend. Die Kinder plaudern teilweise quer durch den ganzen Saal, sogar von einer Ecke zur anderen, und scheinen ihre Augen überall zu haben. Selbst im temperamentvollsten Gespräch verstehen sie alles und jeden rund um sich.

Eine Weile sehe ich dem Treiben nur fassungslos und überwältigt zu und versuche, meine Augen an ihre Geschwindigkeit und ihren gestochen scharfen Verstand, selbst halbe Sätze schon zu verstehen, umzusetzen und emsig zu beantworten, zu gewöhnen. Alles geht hier mit einer unglaublichen Schnelligkeit und Lebhaftigkeit zu, der ganze Raum wirkt wie ein schwirrender Bienenstock, und ständig passiert irgendetwas Neues. Und dies alles fern aller Stille.

Hier wird gelacht und manchmal spitz aufgeschrien, wenn um einen Tisch herum eine kleine Rangelei entsteht, einige lullen sich in einen kindlichen Singsang ein, selbst wenn sie nicht gebärden, scheinbar nur, um mit dem lustigen Vibrieren der Zunge an den Lippen zu spielen. Es ist ein seltsames Gefühl für mich, einfach dazusitzen und zu begreifen, dass sie all die Laute, die sie selbst produzieren und welche den gesamten Saal ausfüllen, nicht hören können.

An dem Tisch neben unserem, an dem ich mit Martina und einigen Kindern sitze, erlebe ich die Gebärdensprache, wie ich sie kenne.

Ein paar Erwachsene, vermutlich Lehrer, sitzen dort zusammen und gebärden in absoluter Lautlosigkeit miteinander. Ich lasse meinen Blick von ihnen zu der lärmenden Kinderschar schweifen. Das also gibt es auch. Gehörlose vermögen mich auch immer wieder zu überraschen.

Ich blicke wie aus einem Tagtraum herausgerissen auf, als Martina eine Hand auf meinen Arm legt und mich fragend ansieht. Aber ich erzähle ihr nichts von all dem. Plötzlich komme ich mir allein und einsam vor, und ich glaube zu fühlen, wie ich in meinem Stuhl zusammenschrumpfe. Ich habe das Gefühl, hier niemals richtig dazugehören zu können.

5

Nach dem Mittagessen sehen wir mit einem Blick aus dem Fenster solch pech-schwarze Wolken am Himmel stehen, mit einem Nieselregen in all dem tristen Grau, dass Martina und ich sofort beschließen, in der Klasse zu bleiben und uns drinnen im Haus zu beschäftigen, anstatt in den Park zu spazieren.

Verblüfft sehe ich zu, wie sich alle Kinder im Klassenraum prompt zu gleich großen Gruppe zusammenstellen, als Martina alle herbeiholt, um eine Runde ‚Rechenkönig' zu spielen. Freiwillig und mit Freude Rechenaufgaben zu lösen, auch wenn es sich nur um einige simple Additionen und Subtraktionen handelt, das hätte ich Kindern in dem Alter gar nicht zugetraut, und ich werde sofort dar-über informiert, wie sehr ich mich in dieser Hinsicht getäuscht habe.

Martina spricht laut und überdeutlich, nimmt nur wenige unterstützende Ge-bärden zur Hilfe, und alle Kinderaugen hängen gespannt an ihren Lippen. Die Antworten kommen wie aus der Pistole geschossen, auch sie gebärden nicht und formen die Mundbewegungen übertrieben. Sie sind nicht so leicht zu verstehen wie Martina, die Artikulation ist ungewohnt und die Sprachmelodie verfremdet. Martina liest die Ergebnisse von den Lippen ab.

Das Mädchen, das am schnellsten antwortet, gibt eine falsche Antwort, und Martina schüttelt den Kopf.

Als Nächstes darf ich die Fragen stellen, freue mich an dem Eifer, mit dem alle gewinnen möchten.

Und als mich die Kleinen im Nachhinein umringen und einen Kreis um mich bilden, als wir uns auf eine Matte setzen, wobei sie unentwegt bedacht sind, mich zu berühren, fühle ich mich endlich als ein kleiner Baustein in dieser übermütigen Kinderschar.

Als die Kinder am späten Nachmittag schließlich nach draußen auf den Vorplatz laufen, um von ihren Eltern abgeholt zu werden, bleibe ich noch mit Martina im Klassenraum zurück.

Ich sitze auf einer Tischplatte und baumele mit den Beinen, Martina lächelt mich schelmisch an. Ich wirke wohl etwas erschöpft und geschlaucht, aber etwas anderes war nach meinem ersten Tag wohl auch nicht zu erwarten gewesen.

Schließlich nimmt sie ihre Jacke vom Haken und schwingt sie um die Schul-tern, dreht sich zu mir um und winkt mich zu sich.

„Komm schon, wir feiern deinen ersten Tag. Gehen wir etwas trinken!"

Ich nicke begeistert und springe von meinem Tisch, lösche beim Gehen das Licht, bevor wir die Klassentüre hinter uns schließen.

Wir gehen durch den Innenhof, von einem vergitterten Tor kommt man von dort direkt auf die Straße hinaus, und wir steuern ein kleines Café an der gegenüberliegenden Ecke an.

Gut gelaunt und mit roten Wangen stoße ich Minuten später mit meinem Weinglas gegen das von Martina. Der aufregende Tag kribbelt noch in mir und macht mich auf eine angenehme Weise ausgelassen und zappelig.

Wir beginnen über dies und jenes zu plaudern, während das Abendlicht allmählich in den Fenstern zu beiden Seiten des Cafés hereinbricht.

„Ich muss dir jetzt einen Witz erzählen", meint Martina plötzlich und klatscht mit der Handfläche übermütig auf den kleinen Marmortisch. *„Den habe ich von einer Freundin gehört, pass gut auf. Ein Mann geht zum Psychiater ..."*

Pantomimisch führt sie eine witzige Gangart in ihrem Sessel vor, winkelt die Arme an und schwingt sie im angedeuteten Gehen rhythmisch mit, der Kopf ist lustig Richtung Brustbein eingezogen und nickt bei jedem Schritt übertrieben. Sie grüßt in eine Richtung mit Kopfnicken und winkender Hand, setzt sich blitzschnell im Sessel anders, um in die erste Richtung hoheitsvoll zurückzugrüßen, wendet sich wieder zurück, zieht den Kopf wie zuvor herunter, um die erste Person wieder anzudeuten.

Sie zieht aus der Brusttasche ihrer Jacke eine imaginäre Schachtel, die sie mit beiden Zeigefingern rechteckig beschreibt, und holt daraus eine Zigarette hervor, die sie in Rauchermanier hält. Nimmt die angedeutete Zigarette in beide Hände und bricht sie mit erhobenen Schultern und eifrigen Fingern der ganzen Länge nach auf, zwängt die Zungenspitze dabei konzentriert zwischen die Lippen und reißt die Augen auf, zupft mit zwei Fingern schließlich den Tabak heraus und beginnt ihn übertrieben komisch in beide Nasenlöcher zu stopfen. Sie weitet die Augen dabei und schielt so herrlich mit vorgeschobenem Kinn, dass ich lachen muss. Immer mehr Tabak zupft sie heraus, um ihn mit dem Zeigefinger angedeutet in die Nase zu drehen, dann knüllt sie das scheinbar leere Zigarettenpapier zusammen und schnippt es weg.

Blitzschnell setzt sie sich wieder anders in den Sessel und blickt affektiert, mit abgewinkelten Handgelenken in die Richtung, runzelt die Stirne und zieht eine Augenbraue ein paar Mal herrlich blöd in die Höhe, kratzt sich schließlich am Kinn und wiegt schließlich mit verständnisvoller Mimik den Kopf hin und her, mit mildem Lächeln tätschelt sie der imaginären Person vor sich auf die Schulter und blinzelt hoheitsvoll mit den Augen. *„Ich sehe schon, Sie brauchen meine Hilfe, mein Herr",* gebärdet sie in die Richtung, schwungvoll setzt sie sich wieder anders, verfällt zurück in die Haltung des Ersten.

Mit einer umwerfend blöden Miene beginnt sie nun eifrig zu nicken, schiebt die Unterlippe vor, verschlingt die Hände zu einem flehentlichen Bitten und deutet mit einem eifrig hüpfenden Daumen ein Feuerzeug in die Luft.

Ich lache lauthals und verschlucke mich dabei an dem Wein, an dem ich gerade genippt habe, sodass das Lachen in einem Prusten endet.

Martina lächelt und greift ebenfalls nach ihrem Glas.

Als wir schließlich aufbrechen, ist es schon ziemlich spät, und ich spaziere nachdenklich an diesem Abend zu Fuß nach Hause.

Ich habe ein gutes Stück Fußmarsch quer durch die Stadt vor mir, doch ich will es ausnutzen, dass es endlich wieder einmal ein klarer, milder Abend ist, und atme mit jedem Schritt die herrlich reine und erfrischende Luft ein.

Noch einmal lasse ich zufrieden den gesamten Tag vor meinem geistigen Auge vorüberziehen, muss daran denken, dass ich mir heute in der Gehörlosenschule anfangs wie eine unwissende Anfängerin vorgekommen bin, jedenfalls im Fühlen der ganzen Eindrücke, die bei den Kindern auf mich einströmten.

Da hatte ich mir auf mein Können der Gebärdensprache etwas eingebildet und geglaubt, auch mit der Kultur recht vertraut gewesen zu sein. Dann verbringe ich einen Tag vollständig in der gehörlosen Welt, lerne Kinder kennen, die hier in der Stille aufwachsen, und bin fasziniert und überwältigt von dem, was ich sehe.

Ich bin mir nicht sicher, ob ich mich zum Umgang mit Kindern eigne, doch jedenfalls bin ich entschlossen, mein Bestes zu geben.

Ich werde den Unterricht als Fixzeiten der Woche durch meine Probentermine und Unterrichtsstunden in der Schauspielschule manövrieren lernen müssen, meine Arbeit in der Modeboutique hatte ich vor einigen Tagen kurzerhand gekündigt, so sicher war ich mir gewesen, dass ich in die Gehörlosenschule möchte. Auch, wenn das ab jetzt eine viel kleinere Verdienstquelle bedeuten würde, ich werde schon über die Runden kommen.

Ich komme an einem Spielplatz vorbei und laufe mit ausgestreckten Armen über eine Wippschaukel, bleibe in der Mitte balancierend stehen, sodass beide Sitze waagrecht vor und hinter mir in der Luft gehalten werden. Dann gehe ich weiter, und der vordere Teil knallt hart auf dem Boden auf.

Mich würde interessieren, wie viel Kinderlachen hier zu feinem Staub zerbröselt in der matschigen Erde schlummert, millionenmal von ihren eigenen Erzeugern im Laufen tief in den Boden getreten. Dem Erdboden gleichgemacht. Seltsam, zu überlegen, auf wie vieles wir eigentlich ahnungslos laufen. So vieles muss dort unter den Schuhsohlen zu finden sein.

Ich bücke mich und lasse feinen Sand durch meine Finger rieseln. Wenn sich hier wirklich Kindergelächter dazwischen befindet, dann sicher metallische, voluminöse Töne. Die ihre Lungen ausfüllten, bevor sie nach außen drangen. Die mit Freude an dem Klang, aus Lust an der Stärke und Macht von geschrienen Lauten entstanden sind. Sie sind hier sicher zu starken, widerstandsfähigen Körnern zusammengeschrumpft, mit starker, reißfester Materie. Wahre Prachtexemplare von Klangkörnern. Hart und schwer, wahre Gewichtsträger unter ihren Füßen.

Gehörlose Kinder scheinen eine solch zuverlässige Tragfläche nicht zu besitzen. Sie haben nicht das Glück gehabt, eine Erde geschenkt zu bekommen, die sie zuverlässig trägt, auf die es sich kilogrammschwere Träume aufbauen lässt. Ständig gilt es abzuschätzen, wie viel sie dieser Ebene auf Erden zumuten können, die sie trägt. Sie müssen lernen, von innen heraus etwas erschaffen zu lassen, auf das sie bauen können, das ihnen eine Stütze sein kann. Kein leichtes Stück Arbeit. Doch es formt starke, charismatische Charaktere, die gelernt haben, dass ihnen nichts im Leben geschenkt wird.

Die Einstellung zum Leben als Gehörloser beginnt in der Kindheit. Ich habe mit einem der ersten Stadien ihres Aufwachsens zu tun, es sind Kinder, die mit viel Eifer dabei sind, zu lebenslangen Stützen für sich selbst zu reifen, damit sie später von sich selbst etwas verlangen können. Und jetzt erst begreife ich, was für eine Verantwortung als hörende Bezugsperson von gehörlosen Kindern auf mich zukommen wird.

Es gilt, mit minimaler Hilfestellung zu beobachten, wie sie ihrer Kultur getreu zu unerschrockenen, widerstandsfähigen Personen gedeihen. Zu Kämpfern. Zu Lebenskünstlern, die sich selbst einen Schild schmieden, auf den sie steigen und in die Welt sehen können. Die sich eine Tragfläche erschaffen, welche sie nicht unter die Füße geschoben bekommen haben.

Ich verlasse den Spielplatz wieder durch das eiserne Tor, es quietscht leise, als ich es zudrücke. Als ich einen Blick über die Schulter zurückwerfe, kommt er mir leer und ausgestorben vor. Jetzt kann ich es nicht mehr verstehen, wie ich hier teilnahmslos hineinspazieren konnte, ohne meine Kinder schon jetzt zu vermissen. Ich tue es nun bei diesem Anblick.

Irgendwo in den nächsten Straßen sehe ich plötzlich ein Kind in der Ferne. Es steht mit dem Rücken zur Welt und hört sie nicht kommen. Bis diese sich immer näher an das Kind heranwalzt und mit einer Woge über es hinwegdonnert, was es unweigerlich zu Boden reißt, die Welt aber zieht energisch vorbei und lässt es hinter sich am Boden gekrümmt liegen.

Ich trete von hinten an das kauernde Kind am Boden heran, bis ich einen Atemzug von ihm entfernt stehen bleibe. Ich rufe es beim Namen.

Es hört mich nicht.

Doch auf einmal springt es auf und packt vor meinen Augen die Welt vor sich mit einem Ruck am Kragen, um sie zu sich zurückzuzerren und sie wie einen Umhang drapierend um den kleinen Körper zu schwingen.

Zu Hause angekommen, pfeife ich Echo und Psyche zu mir und laufe mit ihnen wieder auf die Straße hinunter, schlage den Weg in die Innenstadt ein. In der Geschäftsstraße im Zentrum sind viele Leute unterwegs, und ich nehme die beiden an die Leine. In Trauben stehen die Menschen vor den Auslagen und schlendern die Fußgängerzone entlang, an jeder Ecke stehen Straßenmusiker oder Pantomimekünstler. Es wird Winter, auch wenn der immer wiederkehrende Regen den Himmel von der Leichtigkeit seines hellen, klirrend kalten Lichts täuschen mag, sein blaues Abendlicht über mir zeigt, dass er sehr wohl Bescheid weiß.

Mitten in der Straße steht ein Mann, zur Gänze mit weißer Farbe bemalt, auf einem Sockel und rührt sich nicht aus einer Stellung. Vor ihm liegt ein Hut mit Münzen, und als Passanten etwas hineinfallen lassen, bewegt er sich fließend zu einer anderen Pose, um darin wieder ohne jede kleinste Regung zu verharren.

Ich hefte meine Augen auf ihn, nicht das kleinste Zittern in Armen oder Fingern ist zu bemerken, kein Muskel im Gesicht ist angespannt. Wieder wirft eine Frau im Vorbeigehen eine Münze in den Hut, legt ihre Hand nach einem kurzen Überlegen in seine, als diese an ihr betont langsam vorüberzieht. In der gleichen Geschwindigkeit führt der Künstler ihre Hand an seine Lippen zu einem gehauchten Kuss, bevor er wieder in seine Starre verfällt.

Ich hocke mich nieder, während ich seine erneute Regungslosigkeit konzentriert beobachte. Lege dabei mein Gesicht an meine auf den Knien abgestützten Arme, sodass mein Mund in dieser Haltung zu einem trotzigen Schmollen verzogen wird.

Ich überlege, ob es mir mit gezielter Körperhaltung wohl gelingen würde, mich selbst zu überlisten und die Dinge zu fühlen, die ich mir mit der entsprechenden Mimik aufdränge. Doch ich komme zu dem Schluss, dass diese Taktik nicht funktionieren kann. Da sonst der Pantomime vor mir wegen der Ausfüllung einer gänzlichen inneren Leere unweigerlich seine Konturen verlieren würde, bis das leblos hängende Fleisch an Gesicht und Körper schlaff herabhängt und sich der ganze hohle Körper nach innen zusammenzieht, bis die einzelnen Hautfetzen einander berühren und die haltlose Hülle in sich zusammenfällt.

Meine Hunde drängen allmählich in zwei verschiedene Richtungen und ziehen meine Arme mit der Zugkraft ihrer sehnigen, roten Rücken mit sich. Ich entscheide mich für den Willen der einen und gehe die Straße noch ein Stück weiter hinunter.

Ein Engel mit weiten, ausgebreiteten Flügeln balanciert auf einem gespannten Kabel über meinem Kopf, als ich hinaufblicke. Er braucht einen langen Stab in den Händen, um das Gleichgewicht zu halten. Trotz der vorsichtigen, wackligen Schritte stürzt er ab und schlägt tot auf dem Asphalt auf, woraufhin die Menschen über ihn drübersteigen und beim Schlurfen seine Flügel zerreißen.

Ich trete ihm im Vorbeigehen zögernd in die Leiste.

Rührt sich nicht.

Bei der Probe am nächsten Tag lümmeln wir alle mit unseren Textbüchern um einen runden Tisch vor der Bühne herum und gehen mit Bleistiften bewaffnet einen neuen Text durch, streichen Sätze oder bauen sie um, wie Andi es uns ansagt.

Marie sitzt mit untergeschlagenen Beinen auf dem Stuhl neben mir und übersetzt uns die lateinischen Passagen eines Chors so fließend, als würde sie die Übersetzung ablesen. Sie hat einmal ein Latein- und Altgriechischstudium begonnen, es jedoch nach dem ersten Semester bereits wieder aufgegeben.

Alle landeten wir am Ende hier, wenn etwas nicht so läuft, wie man es sich vorstellt. Ich selber gehöre diesem Club an. Ich habe früher einmal eine Ausbildung zur Chemielaborantin begonnen. Der Eifer hat nicht lange angehalten, und stattdessen begann ich mich meiner Begeisterung für die Schauspielerei zuzuwenden.

Einen ‚Sumpf für verkrachte Existenzen‘ nennen viele Leute ein Kunststudium und ein anschließendes Leben im Theater. Nun, vielleicht sind wir das. Vielleicht aber auch nicht.

Wie so oft bei uns bricht an irgendeiner Stelle wieder einmal eine lebhafte Diskussion aus, und wir verstricken uns selbst in die wildesten Interpretationen und bestmöglichen Darstellungen. Matthias und Peter studieren Regie, ihre Äußerungen sind immer etwas lauter und mit einer überzeugteren Besserwisserei versehen, trotzdem stehen wir anderen den beiden in nichts nach.

Wir haben ‚siebenjährigen Krieg‘.

So nennen wir es, wenn bei uns die Fetzen fliegen und wir schließlich wegen totalem Erschöpfungszustand aller Beteiligten Frieden schließen, ohne einen konkreten Gewinner der Diskussion festgestellt zu haben, und wir uns daraufhin kleinlaut wieder Andis Anweisungen fügen.

Ich stehe am Fenster, hinter mir spielt eine CD mit einer Solo-Klarinette, im Hintergrund sanft von Klavier und Orchester begleitet.

Ich verfolge eine flatternde graue Taubenfeder im Wind, sie fällt hinunter, bis er sie wieder nach oben trägt. Er lässt sie die farblosen Häuserfassaden entlangwandern. Ihre Bögen in der Luft sind geformt von der Musik in meinem Zimmer hier drinnen, sie tanzt im Windhauch wie bewusst zu den Klängen abgestimmt. Sobald ich das bemerke, flattert sie mit einem plötzlichen Bogen schnell über alle Dächer hinweg. Ich habe es trotzdem gesehen.

Auf der Straße unten geht ein Clown mit einem Bündel Luftballons spazieren, ein Kind mit glänzenden Augen zieht einen Ballon aus dem Strauß und hüpft glücklich weiter. Schritt für Schritt heben sich plötzlich seine kleinen Füße vom Boden, bis es mit dem Luftballon in die Lüfte steigt, davonfliegt und wie die Feder zuvor über die Hausdächer weht. Der Clown hält eine gewölbte Hand schützend vor der Sonne über die Augen gelegt, während er dem Kind nachblickt, und nickt zufrieden, bevor er weiterzieht.

Ich wende mich wieder ab vom Fenster, gehe mit ausgebreiteten Armen durchs Zimmer und schlage sie dabei wie Flügel auf und ab, lasse mich schließlich rücklings auf mein Bett fallen. Der bereits ziemlich ausgediente Lautsprecher der Stereoanlage neben mir auf dem niedrigen Schrank rauscht und knackt unter der Musik.

Ich lege meine Handfläche auf die Stereobox, und die Töne vibrieren lebendig unter meiner tastenden Hand, etwas wie ein pochendes Herz schlägt mir daraus entgegen.

Das Herzstück der Musik, das, was wirklich wichtig ist. Was hinter der Fassade steckt, die Klänge sind nur als täuschender Mantel übergeworfen. Das Eigentlich ist immer nur zu fühlen.

In meinem Hals beginnt es plötzlich zu schmerzen, und ich durchforste meine Läden, bis ich einen Hustensaft finde.

Ein pochender Knoten sitzt in meiner Kehle, so als hätte ich großen Kummer. Vielleicht bin ich traurig und weiß es nur nicht.

Von diesem Teil der Straßenkreuzung aus, an der ich gerade stehe und einen kleinen Rucksack zwischen den gegrätschten Beinen hin und her schaukeln lasse, während ich auf das Grün der Ampel warte, kann ich meine alte Schule sehen.

Das Internat, eine reine Mädchenschule, erscheint so majestätisch wie eine Festung, es gleicht einer Burg und besitzt sogar einige kleine Türmchen, die als höchste Stellen hinaufragen. Ich war glücklich gewesen, als ich als heranwachsende Jugendliche hier einzog, und fühlte mich damals wie eine Adelige, als ich das erste Mal über den gekiesten Weg durch das mächtige Portal schritt. Ich hatte das Gefühl, die massiven Mauern würden mir endlich den Schutz bieten, den ich so suchte. Ich suchte ein Zuhause. Nichts konnte dafür besser herhalten als eine Schule, auf die ich stolz sein konnte, wo ich aufwachsen durfte und dabei das Gefühl haben konnte, eine jede Erfahrung und Bereicherung in meinem Leben diesen Mauern zu schulden. Denn nichts ist schwieriger, als nichts Geeignetes zu haben, dem man danken konnte, wenn einem danach war. Noch schlimmer, müsste man sich selbst für alles Schöne und Gute verantwortlich machen.

Ich stand als Teenager tagelang dort drüben an einem der Fenster und sah zu, wie Tausende von meinen Träumen ungezügelt über die umringenden Mauern schwebten und teilweise auch katapultiert wurden oder sich im Efeu verfingen und nur langsam ihren Weg hinauskletterten. Schließlich gelangten sie doch alle nach draußen, ein jeder einzelner Traum, während ich selbst hier gefangen blieb.

Das war für mich die schönste Version von Freiheit. Niemand verlangte von mir, für all die Träume zu kämpfen, sie bewusst zu erleben, zu verarbeiten, mir selber Ziele zu setzen. Dies alles blieb mir erspart, eine jede kräfteaufreibende Herausforderung. Davor schützte mich diese Schule.

Sie schützte mich noch vor vielem anderen mehr. Etwa vor meinem Zuhause bei meiner Mutter. Doch diesen Schutz bildete ich mir nur eine ganze Weile ein, bis ich mich letztendlich doch der Wahrheit stellen musste.

Sie war überall, gleich einer Dämmerstunde, ich konnte ihr nicht entfliehen. Schon bald begannen die steinernen Mauern zwischen meinen Beinen hochzuklettern, bis sie meinen gesamten Körper ausfüllten. Bis sie mein Innerstes aus massivem Gestein bildeten und mich tonnenschwer zu Boden drückten, damit ich mich nicht mehr rühren konnte. Da wurde mir klar, dass meine Mutter mir gefolgt und noch immer um mich herum war, auch wenn ich sie nicht sehen konnte.

Sie war dieser Gang im Gebäude, sie war der gepflasterte Innenhof und auch die Steinmauern und gezinkten Türme. Sie würde niemals von mir lassen.

So war ich aus Felsen gehauen und viel zu schwer, um zu fliegen. Doch mein

Kopf konnte es, er löste sich vom Körper, sobald ich Kummer hatte, und flog ebenfalls in weitem Bogen über alle Mauern. Dann konnte ich frei denken. Irgendwann fiel mir auf, dass auch alle anderen Mädchen hier kopflos waren. Wir wussten es wohl voneinander, ohne es uns wissen zu lassen.

6

Als ich an der Gehörlosenschule ankomme, ist reger Betrieb am Vorplatz.

Der Unterricht ist vorbei, und Massen von Kindern strömen aus den beiden Flügeltüren nach draußen, vor den Stiegen stehen Grüppchen von Elternteilen, die ihre Kinder abholen wollen. Die meisten begrüßen ihren Nachwuchs in Gebärdensprache, das Gebärden der hörenden Eltern funktioniert schnell und flüssig. Andere wiederum sprechen ohne jede kleinste Regung ihrer Hände, lassen sogar die Stimme lauter anschwellen, wenn ihre gehörlosen Kinder nicht sofort reagieren. Ich beobachte verwundert eine Mutter, die ihrem Sohn nur zur Hälfte das Gesicht zuwendet und ihn mit schnellem, fahrigem Gesprächston dazu veranlassen möchte, stehen zu bleiben, um auf sie zu warten, während sie auf eine Telefonzelle zusteuert. Der Junge fährt fort, dicht neben der Mutter herzutrippeln, und erhält dafür einen anklagenden Blick aus hochgezogenen Augenbrauen, der ihn abrupt stehen bleiben lässt.

Unschlüssig gehe ich die Stiegen hinauf, und als ich Martina im nächsten Stockwerk antreffe, bleibe ich prompt stehen und erzähle ihr von meinen Beobachtungen. Doch ihr Gesicht bleibt reglos, wenn überhaupt, beginnt nur ein leises Lächeln um ihre Mundwinkeln zu spielen.

„Was regst du dich so auf, Kai? Dieses Verhalten lernen die Eltern hier bei uns in den Seminaren ‚Gehörloses Kind‘. Es hat schon alles seine Richtigkeit. Genau die Menschen, die du nicht verstehst, sind es, die unseren Ratschlägen Folge leisten.“

Ich werfe ihr einen ratlosen Blick zu.

„Eure Ratschläge? Ihr veranlasst die Eltern gehörloser Kinder dazu, nicht zu gebärden?“

„Bingo.“

„Aber das ergibt für mich keinen Sinn …“

„Dann werde ich dir das jetzt einmal erklären.“

Sie setzt sich auf die Stufen und grapscht liebevoll nach meinem Hosenbund, um mich zu ihr hinunterzuziehen. Gespannt lasse ich mich zu ihr auf die Stufe sinken.

„Es nützt den Kindern überhaupt nichts, wenn wir ihnen hier in dieser Schule eine von der Außenwelt abgeschiedene gehörlose Welt vorgaukeln. Denn, seien wir uns ehrlich, die gibt es nicht, wir leben in einer Welt mit Lautsprache und müssen die Kinder auf das Leben dort draußen vorbereiten.“

Sie zeigt ehrfürchtig Richtung Ausgangstüre.

„Sicherlich sprechen wir hier untereinander in der Gebärdensprache und können den Kindern das Gebärden auch nicht verbieten. Dies hier ist unser Mikrokosmos, in dem die Kinder sich wohl fühlen – aber sobald sie dieses Gebäude verlassen, sind sie mit der nackten Tatsache konfrontiert, dass die Sache draußen gewaltig anders läuft. Dort draußen nimmt nämlich niemand Rücksicht. Wir lernen im Laufe unserer Entwicklung mit der hörenden Welt umzugehen, mit hörenden Menschen zusammenzuleben. Ein Nebeneinander, das eben funktionieren muss. Darauf sind die Kinder vorzubereiten. Und die eigenen Eltern sind die ersten hörenden Bezugsperson, jene, die das gesamte Verhalten, das sie ihr Leben lang ihren hörenden Mitmenschen entgegenbringen werden, grundlegend festlegen und anerziehen. Warum also soll in der Gebärdensprache gesprochen werden? Das Leben ist hart, und es ist besser, wenn die Kleinen lernen, bereits jetzt ab und zu gewisse Enttäuschungen und Kränkungen einzustecken, welche die hörende Welt sie ansonsten später um ein vieles schmerzlicher spüren lassen würde …"

„Enttäuschungen und Kränkungen …?"

„Das hört sich jetzt vielleicht hart für dich an, aber wenn du erst einmal darüber nachdenkst, wirst du alles begreifen."

„Nein, sicher nicht."

„Wie meinst du das?"

„Ich meine, dass ich dich überhaupt nicht wiedererkenne. Wie kannst du nur so kalte Dinge sagen …"

Ich stehe auf und merke, wie mein Unterkiefer zu zittern beginnt, wie es immer geschieht, wenn ich mich aufrege.

„Ihr seid ja komplett übergeschnappt. Ich meine … wie kann man nur eine solche Philosophie vertreten und lehren …"

„Ein System, das von uns Gehörlosen durch reichliches Überlegen und Erfahren geprägt ist, wird mit ziemlicher Wahrscheinlichkeit nicht verkehrt sein."

„Und das ist es doch! Du … du bist doch selbst gehörlos. Wie kannst du dich nur voller Ehrfurcht hinter der hörenden Bevölkerung einreihen …? Hier muss überhaupt niemand die Erfahrung sammeln, wie es ist, wenn man von angeblich Höherstehenden gekränkt wird – was ist denn das für ein himmelschreiender Blödsinn! Wir haben unsere eigene Kultur, verdammt noch mal."

„So ist das also. Ich beginne zu verstehen. Ist dir überhaupt aufgefallen, dass du gerade ‚wir' sagtest, Kai? Identifizierst du dich mit uns Gehörlosen? Ich er-

zähle dir jetzt einmal etwas, auch wenn du es vielleicht nicht bemerkt soll-
test oder nicht wahrhaben willst … du bist hörend, Mädchen. Wir sind es nicht.
Und du hast die Frechheit, dich bis zur Selbstaufgabe mit den Gehörlosen zu ver-
gleichen und zu identifizieren. Steck dir deinen Heiligenschein sonstwohin, hier
ist er fehl am Platz. Wir lernen hier fürs Leben und versuchen, dieses Wissen wei-
terzugeben. Du purzelst in dieses ganze Geschehen und erstellst deine eigenen
Philosophien. Wirklich großartig, Kai! Ich würde vorschlagen, du verfasst einen
umwerfenden Roman: ‚Wie ich aus triefender Leidenschaft und dahinschmelzender
Fürsorge zur Gehörlosen wurde‘. Aber ein guter Tipp, verkaufe es nicht als Ratge-
ber, ich glaube kaum, dass jemand anderer noch so daneben ist wie du, dass er
mittels Selbsthilfe sein Gehör verlieren möchte.“

„Du kannst mit deinen Unverschämtheiten jetzt wieder aufhören. Ich bin keine
Märtyrerin, die Achtung verlangt, weil sie sich für Gehörlose einsetzt. Und schon
gar nicht gebe ich mich als Pseudo-Gehörlose aus.“

Meine Kehle ist mit dem Zeug verstopft, dass bei Kummer unerbittlich den
Hals hinaufwandert, und ich versuche krampfhaft, die Tränen zurückzuhalten.

„Ich wollte nichts anderes, als eine hörende Bezugsperson sein. Niemals etwas
anderes. Was habe ich denn so verkehrt gemacht?“

Ich lege meine Stirne in Falten und fühle, wie sich all ihre Worte, die sich
inzwischen in unser beider Abstand festgesetzt haben, in die entstehenden Furchen meines Gesichtes legen und von dort schmerzlich durch das Fleisch in mein
Inneres eindringen. Martinas Mund ist zusammengekniffen, sodass er einen dünnen Strich bildet. Die aufgekrempelten Ärmel ihres Pullovers haben sich gelöst
und fallen nun bis über die Fingerspitzen hinunter, was mir das Gefühl gibt, als
würde sie die nächsten Worte flüstern.

„Egal, was du bei uns gesucht hast, ich schätze, du bist hier falsch. Ich habe
mich in dir getäuscht. Das, was du brauchst, wirst du hier nicht finden. Ich glau-
be, es schadet dir nur selbst, wenn wir dich hierbehalten und du dich weiterhin so
hineinsteigerst, bis sich dein gesamtes Weltbild verschiebt. Ich kann es nicht wei-
ter verantworten, du bist zu manipulierbar.

Menschen, die helfen wollen, brauchen ein Rückrat. Und das besitzt du nicht.
Und dann verlieren sie sich selbst, so wie du es tust. Bitte geh.“

Ich stehe auf und drehe mich nicht noch einmal zu ihr um.

Als ich aus der Aula trete, stehen entlang des Geländers eine Reihe von Kindern dicht gedrängt und verfolgen mich mit ihren Blicken. Sie haben wohl das
gesamte Gespräch mit aufgerissenen Augen verfolgt. Ich weiß nicht, ob Kinder

meiner Gruppe dabei sind, und möchte es auch nicht wissen. Ohne etwas zu fühlen, verlasse ich die Schule und mache mich auf den Heimweg.

Erst als ich schon beinahe bei meinem Haustor angekommen bin, taue ich aus meiner Starre auf, und alle Gefühle brechen auf einmal aus mir heraus, sodass ich haltlos zu weinen beginne.

Ich wollte doch nichts anderes als mit Gehörlosen arbeiten und zusammensein, das tun doch eine ganze Menge andere Hörende auch.

Benutze ich vielleicht die gehörlose Kultur dafür, um mich dahinter zu verstecken?, drängt sich mir der Gedanke auf, woraufhin ich energisch die Schultern spanne. Wenn, dann doch aber nur, damit ich etwas habe, was ich sein kann! War das wirklich so verkehrt? Wen verletzte ich mit diesem Denken? Es kam doch überhaupt niemand zu Schaden? Ich verliere mich doch nicht selbst wegen meiner Anschauungen … ich finde mich bei etwas, wo ich mich geborgen und daheim fühle. Ein Teil von mir lebt dieses Leben.

Martina ist gehörlos, ich bin hörend – und trotzdem lebt etwas von mir in der gehörlosen Welt, weil es die Faszination ist, die mich zu den Grenzen dorthin treibt.

Warum darf ich als Hörende nicht wie eine Gehörlose zu denken und träumen versuchen? Warum kann ich mir die Lebensanschauung nicht so intensiv vor Augen halten, bis ich sie selber spüre? Es bringt mich den Gehörlosen näher, nichts anderes. Weshalb kann ich mir nicht einfach eine Lebensart aussuchen, die ich leben möchte, auch wenn ich selbst nicht in dieses Leben hineingeboren bin? Um ehrlich zu sein, habe ich schließlich gar kein eigenes Leben. Ich bin ein Niemand.

Wo soll ich also leben, in welcher Nische dieser verdammten Welt? Alle Menschen nisten sich in einen Schlupfwinkel ein, wenn sie nicht schon dorthin geboren worden sind. Das bedeutet Leben.

Lasst mich doch nicht im Stich! Ich brauche doch nur ein Bild, was ich sein kann. Jemand, der mir vorlebt, wie ein Leben auf Erden möglich ist, sodass ich es nachahmen kann. Nur irgendjemand bitte, nimm mich bei der Hand und erkläre mir, was Leben ist. Ich möchte nicht allein in diesem Körper zurückgelassen werden, der mir nicht gehört. Den ich nicht kenne und den ich dennoch über mich gestülpt tragen soll.

Lenke mich davon ab, von dieser Kälte in mir, und gib mir etwas zu sein. Was kenne ich mich dabei aus, wie ein Mensch zu sein hat?

Ich verschwinde in meinen Hauseingang, hechte die Stiegen hinauf und lasse die Wohnungstüre knallend hinter mir zufallen. Hänge meine Jacke an den Haken und stelle die Schuhe penibel nebeneinander, füttere die Hunde, alles automatisch.

Lasse mich am Küchentisch sinken, mein Blick fällt auf die Rosmarinsträucher im Fenster, und eilfertig springe ich auf, um die trockene Erde mit einem Glas Wasser zu begießen. Bin rastlos, komme nicht zur Ruhe.

Ich frage mich, warum die hörenden Angehörigen Gehörloser so problemlos geduldet werden, so wie die Sprachtherapeuten und Dolmetscher.

Womöglich bringen all diese Leute den Gehörlosen in all der Freundlichkeit eine versteckte Reserviertheit und eine leise schwingende Forderung nach Abgrenzung entgegen, sodass sie von ihnen herzlich und liebevoll behandelt werden. Es erinnert mich an eine Meute Hunde, die ihren Herrn nur lieben kann, wenn sie von ihm in ihren Rang gewiesen werden und ihren Stellenwert in der Hackordnung zu spüren bekommen haben.

Wie weit sind wir in der Geschichte der Menschheit schon gekommen ... Zu einer früheren Zeit hatten Menschen die Angewohnheit, auf alles, was fremd und unbekannt ist, mit Misstrauen und Ablehnung zu reagieren. Das war das Denken in einer Epoche, als die Menschen noch ihren animalischen Instinkten vertrauten, in heidnischer Vorzeit, als sie ihr Leben darauf aufbauten, sich vor Trollen, Werwölfen und der Heimsuchung der Erinnyen zu schützen. Ein Überbleibsel der Geschichte wohl, diesen Argwohn als reinen Selbstschutz nach außen zu kehren ... und genauso wird es scheinbar heute auch noch erwartet. Halten sich alle an diese Spielregeln, sind die Menschen glücklich und erfreuen sich an ihrem geregelten Miteinander. Wenn dies wirklich unser System ist, dann verstehe ich spätestens heute, warum ich mich dem Menschsein nie zugehörig gefühlt habe.

Menschen sind Lügner. Sie belügen sich selbst und alle anderen. Alles Gute dieser Welt ist auf Lügen aufgebaut, das Schlechte braucht nicht erst darauf gestützt zu werden, denn es kommt von reinem Herzen.

Ich bin ein Nerv, wie man ihn in einem lebendigen Körper finden kann, nur habe ich keine Schutzschicht um mich, liege blank und unverhüllt. Wo auch immer ich ankomme, die Stelle wird von mir selbst mit einem Elektrisieren berührt, anstatt dass ich von einer schützenden Ummantelung vor der direkten Berührung bewahrt werde. Eine direkte Berührung wird in dieser Welt aber von niemandem ertragen – das ist es, was mich ausgrenzt.

Ich bin ein Wassertropfen, der im Fallen seine Form verliert, ich verschmelze mit dem Kosmos, anstatt meine Flüssigkeit in einem wohlgeformten Körperchen schillern zu lassen. Im strömenden Regen löse ich mich in meine Einzelteilchen auf, die sich an all die anderen Tropfen schmiegen.

Denn ich habe keine Grenzen. Ich fließe in meinem Körper, ohne dessen Enden zu begreifen, mein ganzes Sein läuft in der einen Sekunde zusammen, strömt wieder auseinander, um an einer anderen Stelle wieder zusammenzufließen. Fremd wäre es mir, an allen Punkten meines Selbst meinen Körper von innen zu berühren, die Form anzunehmen, die er mir vorgibt. Wer gibt mir etwas zu sein? Wer schenkt mir Grenzen?

Ich frage mich, ob es jemand auf sich nehmen würde, mich wie einen tierischen Schmarotzer auf seinem menschlichen Muschelhaus anheften zu lassen, sodass ich sein eigenes Leben als Außenstehende miterlebe und als passiver Beobachter so erfahren kann, was Sein bedeutet?

Als ich merke, dass ich die Einsamkeit gefunden habe, schließe ich die Augen.

Ich selbst. Das bin ich selbst, was ich jetzt ganz intensiv fühle. Das Letzte, das übrig bleibt im Nichts.

Ich bin weit von meinem Vorsatz abgekommen, dieses Leben nur mit einem einzigen Bündnis, nämlich dem mit mir selbst, zu bestreiten.

Die einzige Person, der man vertrauen kann und auf die sich bauen lässt. Einmal mehr bin ich nun zu der Bestätigung gekommen, dass es so das einzig Vernünftige ist. Keine anderen Menschen, nur das eigene Ich. Die absolute Reinheit. Eine starke Gemeinschaft, allein aus Liebe, Vertrauen, Geborgenheit geschaffen.

Der Zorn füllt mich augenblicklich mit einer angenehmen Ruhe aus.

Als ich abends im Bett liege und in die völlige Dunkelheit starre, lege ich die Arme um den Körper, spanne sehnige Muskeln an, die mich festhalten. Mich nicht loslassen. Ich umarme meine gewinkelt an den Körper gezogenen Beine wie eine Geliebte.

Kauere mich eng zusammen und lege die Knie in die Augenhöhlen. Muss jetzt nichts mehr sehen, bin ganz beschützt.

Und trotzdem … irgendwo in mir seufzt ein Verlangen, dass jetzt in diesem Augenblick jemand neben mir sitzt und mich klein singt. Die ruhigen, großen Augen nur dann und wann von meinem Schlaf löst, um wachsam in die Dunkelheit zu spähen.

Ich fühle in der Früh beim Aufwachen ein Brennen in einem Auge, als hätte es seit vielen Stunden offen gestanden.

Ich sitze mit den anderen in dem rund gebauten Raum und folge mit halbem Ohr dem Unterricht in Theater- und Literaturgeschichte der Schauspielschule.

Die Sonne scheint herein und wirft helle Schatten auf die Holztische, die einem die Hand wärmen, wenn man sie in diese Flecken legt. Ein Mädchen nahe dem Fenster legt den Oberkörper auf die Tischplatte ins Sonnenlicht, und in ihrem gekrausten, hochgesteckten Haar beginnen sich Tausende von Lichtpünktchen zu spielen.

Ich habe ein unbeschriebenes Blatt Papier vor mir liegen und halte einen Kugelschreiber so auf meinem Zeigefinger, dass er reglos darauf balanciert. An einem der Tische neben mir wispert Peter mit einem Mädchen, das ich nicht wirklich kenne. Sie kritzelt etwas auf ein Blatt Papier, hält immer wieder schmunzelnd inne und betrachtet Peter dabei eingehend, um den Kopf daraufhin schnell wieder zu senken und mit der eifrigen Arbeit mit ihrem Stift fortzufahren. Nach einer Weile schiebt sie ihm heimlich den Zettel hinüber, und ich sehe von meinem Platz aus, wie sich eine ziemlich misslungene Karikatur von Peter darauf räkelt.

Er grinst nur und entrüstet sich spielerisch mit zornig gewölbtem Nacken.

„Du schätzt meinen Körper entschieden falsch ein, meine Gute", flüstert er und rollt scherzhaft mit den Augen, seine Hand tippt wie zufällig über ihr Handgelenk. „Stell dir vor, sogar ein Maler hat meinen Körperbau einmal als absolut umwerfend und interessant für seine Arbeiten bezeichnet."

Sie beugt sich vor und flüstert kokett zurück: „Und wer ist das gewesen, wenn ich fragen darf ... Picasso vielleicht?"

Ich blicke wieder aus dem Fenster und beginne darüber nachzudenken, was ich mit dem heutigen Tag anfangen soll.

Ich habe nachmittags keinen Unterricht und keine Proben. Ich habe auch keinen Job mehr und weiß im Übrigen absolut noch nicht, wie ich mein zukünftiges Einkommen sichern soll. Niemals würde ich in die Modeboutique zurückkehren, in dieser Entscheidung bin ich mir sicher, abgesehen davon sind dort wohl im Grunde alle glücklich, mich endlich losgeworden zu sein. Ich habe nie zum Verkaufen getaugt.

Ich verändere meine Haltung und blicke auf zu Frau Professor Engelmann, die mit der Ausstrahlung eines unbeschwerten Kindes auf einer der Tischplatten sitzt und mit den Beinen baumelt, während sie spricht.

In meinem Hals bricht mit einem Mal ein schmerzendes Kribbeln aus. Ich krame in meinen Hosentaschen eine Weile nach einem Hustenzuckerl und finde keines. Stütze mich wieder mit einem Ellenbogen auf die Tischplatte und belasse es bei einem kleinen Räuspern.

In den nächsten Minuten schwillt der Schmerz an und breitet sich weiter aus, bis mein gesamter Hals angeschwollen erscheint und heiß pulsiert. Ich fasse mit meinen Händen danach und kann keine Veränderungen ertasten. Es gelingt mir bald nicht mehr zu schlucken, und ich setze mich ängstlich und erschrocken kerzengerade im Sessel auf. So plötzlich, wie er gekommen ist, ist der Spuk auf einmal vorbei, und das Kribbeln beruhigt sich abrupt. Verwirrt lege ich mich auf die Tischplatte und atme erleichtert durch, was auch immer es gewesen ist, nun ist es jedenfalls vorbei.

Ich schnippe gegen meinen Kugelschreiber, sodass er schwungvoll auf dem Blatt Papier im Kreis rotiert.

7

Als ich am frühen Nachmittag zu Hause ankomme, weiß ich plötzlich, wofür ich den Tag nutzen kann.

Noch ehe die Idee sich richtig gefestigt hat, stehe ich bereits am Telefon und frage bei Doktor Reinders nach, ob er heute einen Termin für mich frei hat.

Ich kann in einer Stunde kommen, und der Gedanke daran füllt mich diesmal seltsamerweise mit einer wohligen Ruhe aus. Das ewige Verstellen bedeutet nämlich auch, in einer Stunde eine Stunde lang in Frieden gelassen zu werden. Von der Welt und von mir selber, sodass es mir gelingen wird, aus diesem Körper zu schlüpfen und eine Pause einzulegen. Denn die Versuche Doktor Reinders', mich finden zu wollen, enden immer damit, dass er es zustande bringt, mich weiter von mir wegzutreiben, bis ich mich kaum mehr wahrnehme.

Er jagt einem Bild nach, das er sich vor tausend Jahren von mir gemacht hat, und möchte nun seine Gedankenschritte wieder und wieder bestätigt wissen. Er hat es noch nie zustande gebracht, es zu vermeiden, im völligen Dunkeln zu tappen und so überhaupt gar nicht zu verstehen, worum es geht.

Er wird die Person, die er in mir sucht, nicht finden.

Es tut einfach zu gut, meinen Therapeuten in den Wahnsinn zu treiben … und das geschieht ein jedes Mal, wenn Menschen nicht das finden, was sie finden wollen.

Ich irre mich nicht, und wir landen nach genau sieben Minuten bei einem der Dinge, welche Doktor Reinders als tief in meine arme Seele eingebrannt beschlossen hat.

„Ich möchte jetzt, Fräulein David, dass Sie sich ganz intensiv den Menschen in ihrer Umgebung vor Augen halten, den Sie am ehesten an sich herankommen lassen. Falls es so jemanden gibt. Mit dem Sie selten, aber vielleicht doch manchmal eine Nähe eingehen. Bei dem Sie glauben, dass Sie ihm irgendwann einmal Vertrauen schenken können."

„In Ordnung. Ich habe schon jemanden."

„Sehr gut."

Er steht plötzlich auf und geht zu seinem Schreibtisch, der an ein Möbelstück in einem freundlich eingerichteten Kinderspielzimmer erinnert anstatt an einen kalten Bürotisch, und kommt mit Papier und Bleistift zurück. Diese zwei schärfsten Waffen dieser Welt trägt er unbekümmert herüber und legt sie vor mich hin.

„Dann möchte ich Sie jetzt bitten, eine Beschreibung von diesem Menschen schriftlich festzuhalten. Schildern Sie, wie Sie ihn sehen. Ihre Beziehung zueinander. Charakterisieren Sie mir diesen Menschen, den Sie an sich heranlassen."

Ich nicke und beginne zu schreiben, über keinen einzigen Satz denke ich vorher nach.

„Die Person, die ich beschreiben möchte, steht mir näher als irgendjemand sonst auf dieser Welt – ich habe das Gefühl, diesen Freund wirklich in- und auswendig zu kennen, und unsere Freundschaft bedeutet mir unglaublich viel. Er ist von feiner, zierlicher Statur, und sein Gesicht wirkt beinahe wie gemeißelt. Er hat eine besondere Art, jemandem einen schelmischen Blick zu schenken, wobei er die Augenbrauen hochhebt und den Mund zu einem breiten Strich verzieht. Dabei verflechtet er seine Hände miteinander, um sie mit den Handflächen nach außen von sich zu strecken, wobei er ein gehauchtes ‚So ist das' dazu spricht.

Ich liebe es, wie er diese drei Worte aneinander reiht, der Laut klingt so weich, als wolle er damit etwas streicheln.

Er liebt Gedichte und Literatur, ist sehr still und fremden Menschen gegenüber stets scheu und zurückhaltend, sodass er es nicht selten genießt, sich in sich selbst und in seine Bücher zurückzuziehen.

Er hatte einen Traum, von dem er sich gewünscht hatte, dass er einmal sein Leben bestimmen sollte. Das war das Ballett, und er setzte alles daran, sein Ziel als Berufstänzer zu erreichen. Doch sein Traum wurde niemals erfüllt, er scheiterte, obwohl er das Tanzen so sehr liebte, sein festgestecktes Ziel hat er niemals erreicht.

Lediglich die Liebe zur klassischen Musik ist ihm von seinem einstigen Traum geblieben, als er einen anderen Lebensweg einschlug, und ein feinfühliges Verständnis für Kunst wie kaum einem anderen.

Wenn er etwas Wichtiges loswerden möchte, was er nicht über die Lippen bekommt, dann hebt er stets unbewusst eine Fußsohle vom Boden und balanciert unsicher auf seinem einen Bein. Als würde er wegfliegen wollen, sich einfach in die Luft erheben … als ob er nur noch ein letztes Mal mit sich haderte, ob er es nun wirklich wagen soll.

Daraus erfand ich irgendwann ein geheimes Spiel für mich selber und denke immer leise: ‚Flieg nicht!', wenn ich ihn das machen sehe … und prompt stellt er sich wieder mit beiden Füßen auf die Erde. Als würde er genau wissen, dass ich ihn brauche.

Es scheint, als wäre er zu sensibel und zu verletzlich für diese Welt, als würde er in unseren rauen Alltag überhaupt nicht hineinpassen. Gleichzeitig ist er für mich aber auch so etwas wie der letzte Rest von Zauberei, es gibt nicht sehr viele Menschen, die mich noch überraschen können. Oder mich mit einer Art beeindrucken, die nicht offensiv, laut und lebhaft ist. Unser Denken ist nämlich leider oft so ausgerichtet, dass nur diese als optimale, günstige Charakterzüge gelten. Es brauchte einen Menschen wie ihn, der mich ein neues Sehen lehrte.

Einige würden ihn für schwach halten, ihn einen schüchternen Verlierer nennen … doch das ist er nicht. Ich weiß es. Dieser Mensch hat eine Stärke, von der andere nur zu träumen wagen. Er beschäftigt sich unentwegt mit seinem Inneren und hat sich selber anzunehmen gelernt, wie er wirklich ist. Er also hat sich selbst als Beistand. Die Leute, von denen eine solche Äußerung stammt, haben das nicht, sie leben nur nach außen. So viel zum Thema Stärke.

Ich habe etwas von ihm gelernt, auch wenn ich viel zu stolz wäre, es ihm ins Gesicht zu sagen. Allerdings bin ich mir sicher, dass er es ohnehin weiß. Er hat mich gelehrt, wie man mit sanften Menschen umgeht … ohne dass ich sie nach einiger Zeit ‚auffresse‘, da ich in Freundschaften zu einer eiskalten Dominanz neige. Er hat mich gelehrt, was Feingefühl und Zurückhaltung bedeuten, wofür andere mich immer für zu temperamentvoll gehalten haben.

Er ist außerdem der Einzige, der mir etwas sagen kann. Nur er kann mich kritisieren, was ich falsch gemacht habe. Ansonsten bin ich Opfer von einem leidenschaftlichen Zwang, immer impulsiv das zu tun, was ich möchte, und allein auf das zu hören, was mein Herz mir sagt.

Von niemanden sonst lasse ich mich zurechtweisen. Nur er hindert mich daran, mit dem Kopf durch die Wand zu wollen. Er ist die Hand, die ich ertrage, ohne dass in mir Bereitschaft zum Kampf auflodert, wenn sie sich beruhigend auf meine Schulter legt. Und gemeinsam sind wir unschlagbar.

Genau aus diesem Grund müssen wir stets auch aufpassen, uns nur so nahe zu kommen, dass wir nicht zu einem Stück verschmelzen. Auf diese Weise würden nämlich zwei Personen womöglich zu einer einzigen gemeinsamen Sichtweise verkümmern … und die Welt würde einen der Charaktere unweigerlich verlieren. Ein solcher Verlust eines Menschen darf nicht geschehen.

Denn die Welt passt nicht auf, ob plötzlich einer fehlt, da er daran verloren gegangen ist, einem anderen identisch zu werden, und lässt die Tage gleichgültig weiter verstreichen.“

Als ich fertig bin, lege ich das Blatt dem Herrn Diplompsychologen vor, ohne es noch einmal zu überfliegen.

Ich habe alles drinnen, was ich auch drinnen stehen haben wollte. Flugs einen Menschen erfunden, wie er mir genau in den Kram passt.

Wobei ich mich als aktive, lebensbejahende Energiekanone ausgeben konnte, welche die stille Zurückgezogenheit eines Freundes, dem sie vollstes Vertrauen schenkt, nicht begreift, weil diese konträr zur eigenen Einstellung steht. Ein solches Verhalten aber dennoch bewundert, weil es gar so fremdartig ist.

Ich heuchele eine frühere Auffassung, dass ein offensives, extrovertiertes Verhalten der einzig mögliche Weg ist und ich die Stille also erst richtig kennen lernen musste.

Ich, eingeordnet als misstrauisches, verschlossenes Ding, beteure, einen anderen Menschen zu brauchen. Ich, abgestempelt als unfähig zu einer jeglichen Bindung, empfinde sogar eine solche Nähe zu ihm, dass wir Gefahr laufen, identisch zu werden, so sehr fließen wir ineinander.

Voll und ganz befriedigt über mein boshaftes Werk, mit dem ich Doktor Reinders einer absoluten Fehldiagnose meines Charakters anklagen kann, indem ich mich völlig konträr zu seinen Auffassungen von mir schildere, erhebe ich mich, da die Stunde vorüber ist.

Gleichzeitig lässt Doktor Reinders das Blatt jetzt nach konzentriertem Lesen sinken.

„Ich bewundere Sie für Ihren versteckten Zynismus – wenn Sie nur ein paar Jahre jünger wären, würde ich Ihnen den Hintern versohlen. Es ist Ihr eigener Schaden, wenn Sie Ihre Termine nicht nutzen und hier lustige Spielchen treiben.“

Er reibt sich die Augen und verfällt unvermittelt in eine zusammengesunkene Haltung, die gewiss weder einstudiert noch beabsichtigt ist.

Er spricht zu mir also gerade als Privatperson. Diese Änderung all unserer Gespräche lässt mich mit einem kleinen Ruck aufhorchen.

„Aber nur, weil Sie mich dazu bringen, es zuzugeben. Würde ich jetzt den Mund halten, würden Sie wahrscheinlich zu schmoren beginnen.“

„Wie auch immer. Danke schön jedenfalls für eine Zugabe Ihres Versuchs.“

Ich beginne mich maßlos zu ärgern.

„Herrgott noch mal, Doktor Reinders, Sie haben sich Ihren Beruf richtig gewählt. Sobald ich aus den Bemühungen, jemand anders zu spielen, herausfalle, hauen Sie hinein in die offene Wunde. Wirklich großartig. Das ist schon einen Doktortitel wert.“

„Weshalb ist der kleine Spalt des Vorhangs, der einen Blick auf Sie selbst gewährt, eine offene Wunde?“

„Ich traue mich jetzt gar nichts mehr zu sagen. Sie sind jetzt, ich muss Sie leider enttäuschen, nicht zu der tief schürfenden Erkenntnis gekommen, dass ich meine eigene Person als pochende Wunde bezeichne und einen grässlichen Minderwertigkeitskomplex in mir trage. Ich bin Schauspielerin. Ich bezeichne es als Wunde, wenn man einen Blick auf mich als Privatperson werfen kann, während ich eine Rolle darstelle."

„Ich verstehe."

„Nichts verstehen Sie."

„Doch. Sie glauben nicht, wie interessant es für einen Psychologen ist mitzuerleben, wie einem die Patienten ein Bild vorspielen möchten, von dem sie denken, dass ich sie so haben möchte … das sagt sehr vieles aus."

Ich horche auf.

„Glauben Sie wirklich, dass ich denke, Sie möchten mich mit Ihrer Behandlung in das absolute Gegenteil von mir umwenden, damit ich Ihrer Meinung nach richtig funktioniere? Jetzt möchten Sie mir ja schon wieder einen Minderwertigkeitskomplex anhängen … glauben Sie mir, ich bin weder grundverkehrt, noch fühle ich mich als ein grundverkehrter Mensch. Und ob *Sie* das von mir denken, ist mir gleichgültig. Ich brauche mich jedenfalls nicht in mein Gegenteil zu stülpen."

Er gibt nur ein leises „Hm" von sich, und ich muss unweigerlich darüber nachdenken, wie angenehm es doch wäre, wenn er außer diesem nichtssagenden Laut nur noch seinen Kot an die Außenwelt abgeben würde und ansonsten überhaupt nichts mehr … nichts anderes von diesem aufwühlenden Menschen sollte mehr nach außen dringen.

Was für eine Traumvorstellung!

Mein Heimweg wird zu einem ausgedehnten Spaziergang, ich suche Gassen und Plätze auf, die mich an etwas erinnern. So schlendere ich im Zickzack durch die Straßen. Sammle alte Gedanken und Träume ein, die ich an allen möglichen Ekken wiederfinde.

Nichts im Leben verschwindet oder kann vernichtet werden, ich glaube fest daran, dass vergangene Gefühle und Erfahrungen im Nirgendwo erhalten bleiben. Eine Reise in die Stille und Lautlosigkeit. Ein bewusstes Lauschen in sich selbst, das einen allen wichtigen Dingen näher bringt.

Es ist wohl nicht nur ein Privileg der Gehörlosen, ich habe mich in meinem damaligen Gedicht geirrt. Als ich mir jetzt die einzelnen Zeilen wieder ins Gedächtnis rufe, wird mir klar, dass ich wahrhaftig auf der Seite der Gehörlosen

stand, so wie ich die Eindrücke schilderte. Womöglich bin ich wirklich hinüber-
gerutscht in die gehörlose Welt, ohne dass ich es bemerkt habe. Unter unseren
Füßen befindet sich ein spiegelglatter, rutschiger Boden, es ist einem oft gar nicht
bewusst, dass man langsam schlittert. Selbst wenn man sich einbildet, mit beiden
Beinen fest auf der Erde zu stehen. Menschen rutschen. Unweigerlich.

Es dauert nicht lange, bis ich zu meiner alten Schule gelange.

Im Zwielicht des hereinbrechenden Abends wirkt ihre mächtige Gestalt mit
den vier Türmen bedrohlich und unheimlich. Im wunderschönen Sonnenlicht allerdings auch, wenn ich darüber nachdenke.

Nachdem ich zwei Jahre nach meiner Einschulung in eine psychiatrische Klinik eingewiesen wurde, stellten sich meine Schulleistungen, ungeahnt von jeder-
mann, als gut genug heraus, dass ich nach meiner Entlassung schließlich hier weiter zur Schule ging und maturierte.

Ich bleibe an einer verborgenen Stelle des Schulgartens stehen, wo einige Bü-
sche dicht zusammengewachsen ein undurchdringbares Geäst bilden, dieser Teil
des sonst gepflegten Gartens ist verwildert und völlig sich selbst überlassen. Auch
die noblen Pfeiler aus massivem Stein rund um die Anlage sind an dieser Stelle
einem rostigen Maschengeflecht gewichen. Ich trete so nahe heran, bis mein Gesicht gegen die Maschen des Zaunes drückt und ich durch die Zweige ins Innere
spähe, die metallenen Drahtschlingen liegen kühl auf der Haut.

Ich denke an eine Professorin, die ich hier einmal hatte. Eine sanfte, ruhige
Frau mit grau gewelltem Haar, die sich in den Horden von Teenagern nicht durchzu-
setzen vermochte und jedem sofort seinen Willen ließ, wenn sie nur an das leiseste
Anzeichen von Konfrontation stieß. Etwas an ihr brachte es dennoch jedes Mal
zustande, mich zu beeindrucken, und ich wollte damals etwas von ihrer Sanftheit
zurückbehalten.

Unterrichtsstunde um Unterrichtsstunde merkte ich schließlich, wie etwas von
ihr langsam unter meine Haut wich und sich irgendwo festsetzte, sodass mein
Körper es von innen spürte. Durch diese andauernde Berührung verlor es schließlich seine Bedeutung als Fremdkörper und wuchs mit mir zusammen, bis wir ein
Stück bildeten. Ich denke trotzdem, dass man die Vernarbung noch heute sehen
könnte, wo dieser Teil von ihr sich an mich anschloss.

Es ist schön, wenn einem bewusst wird, dass man winzige Teilchen von besonderen Menschen unter die eigene Haut wandern lassen kann, um sie sich selbst
anzueignen. Ein wenig von einem Menschen in sich zu tragen, sodass ein Abschied niemals wirklich entzweit.

Womöglich habe ich gerade den Grund entdeckt, warum es mir möglich ist, mich frei durch meinen Körper zu bewegen. Womöglich bin ich einfach zu wenig, um ihn ganz auszufüllen. Vielleicht muss ich mir noch eine Menge mehr Menschen suchen, die ich an mich heranlassen möchte, bis sich Teil für Teil aneinander reiht und so einen ganzen Körper auszufüllen vermag. Doch ich verwerfe den Gedanken wieder. Doktor Reinders hat gesagt, dass ich Menschen an mich heranlassen soll … womöglich versucht er genau darauf hinzuarbeiten, dass ich durch dieses Zulassen von Nähe meinen Körper irgendwann ausfülle. Ich muss auf der Hut sein. Es ist viel besser, klein und flink zu bleiben und mir meine Beweglichkeit in dieser Hülle zu erhalten. Wer weiß, wofür sie gut sein kann.

Als ich einen Schritt zurücktrete, habe ich bestimmt den Abdruck des Maschendrahts auf meinem Gesicht abgezeichnet.

Ein einziger Blick zurück in die Gefangenschaft, und sofort schickt diese einen leisen Gruß, der mich noch die nächsten Schritte begleitet. Ich sehe ihn nicht, doch ahne ich ihn.

Während der nächsten Schritte beginnt in meiner Kehle plötzlich wieder ein heiß zusammengeflossener Klumpen zu brennen. Diesmal baut sich der Schmerz nicht langsam auf, sondern schwillt binnen Sekunden in meinem Hals zu einem Pulsieren an. Ich fasse danach und lege meine kühle Hand an die Stelle, an der es darunter lodert.

In dieser Nacht wälze ich mich schlaflos in meinem Bett, das Brennen in meinem Hals ist noch immer nicht zur Ruhe gekommen und hält mich unweigerlich wach, sodass ich in die Dunkelheit starre.

Im Zimmer sehe ich die Umrisse von einem der Hunde, der regungslos still steht und zu mir hinüberblickt.

Verschwitzt werfe ich mich wieder auf die andere Seite und lege meinen Hals auf das Kopfkissen. Wage nicht zu schlucken, aus Angst, das Gefecht in meiner Kehle zu provozieren. Mit halb geöffneten Augen schiele ich auf meinen Wecker, es ist fünf Uhr morgens. Kaure mich zusammen wie ein Embryo, um nachzudenken.

Schließlich steige ich behäbig aus dem Bett und schleiche zum Schreibtisch, räuspere mich behutsam. Ich rufe mir ein Taxi, wobei das Sprechen höllisch schmerzt, und ziehe mir mühsam etwas über, um ins Krankenhaus zu fahren.

Draußen fällt der erste Schnee.

Ich werde behutsam auf ein Krankenbett gelegt und nehme nur mehr wie aus weiter Entfernung wahr, wie eine Schwester meinen ermatteten Körper dort zurechtrückt. Die Schmerzmittel, die mir verabreicht wurden, ließen meinen Körper binnen Sekunden in sich zusammensacken, und ich sank augenblicklich in seine friedliche Starre hinein, um hinter den beruhigenden Schleiern zu verschwinden.

Sie schieben mich durch einen Gang des Spitals, von dem ich nur stechendes, grelles Licht wahrnehme, das in den Augen brennt, sodass ich sie schließe, um sie dann doch wieder mühsam zu öffnen. Ich werde an einer Türe vorbeigeschoben, aus der ein monotones, helles Surren ertönt, das meine verschleierte Wahrnehmung durchdringt und mir durch Mark und Bein fährt.

Ich spüre ein aufschäumendes Gefühl von Hilflosigkeit und Verlorenheit durch meinen Körper fluten, was mich so beschämt, dass mir die Tränen in die Augen treten. Ich möchte plötzlich nichts als weg von hier. In diesem Augenblick werde ich gewendet und in eine Türe geschoben, mit dem Kopfende an eine Wand gestellt.

Ein Arzt setzt sich an die Seite meines Bettes, und seine leisen Worte verschmelzen zu einem undeutlichen Lallen, das mich langsam in den Schlaf sinken lässt. Meine Antworten auf einige Fragen liegen schwer wie starre Brocken auf der Zunge, bis es mir gelingt, sie auszuspucken. Er verlässt den Raum und dreht das grelle Licht ab, das sich bis jetzt hinter meinen geschlossenen Lidern zu Kringeln und Kreisen geformt hatte. Augenblicklich schlafe ich ein.

8

Als ich die Augen öffne, steht jemand vor mir und blickt von seinem Block auf, und ich versuche mühsam, mich aufzusetzen. Doch es gelingt mir nur schwer, meine Hände auf das Laken zu stemmen, um meinen Oberkörper aufzurichten.

„Bleiben Sie liegen, Frau David. Wir haben Ihr Medikament gestern Nacht überdosiert, Sie haben fast 13 Stunden geschlafen. Es wird wohl noch eine Weile dauern, bis Sie aus der Benommenheit aufwachen." Er tritt näher und legt seine Hände auf seinem Block übereinander.

„Wir müssen Sie erst einmal richtig kennen lernen, um abschätzen zu können, welche Dosis für Sie angemessen ist. Der Chefarzt wird Sie jetzt untersuchen kommen, sobald ich ihm melde, dass Sie aufgewacht sind. Einen Augenblick, bleiben Sie einfach entspannt liegen."

Mit diesen Worten verschwindet er aus dem Zimmer und ich lasse meinen Blick, mit dem ich ihm folgte, nun durchs Zimmer schweifen. Auf der gegenüberliegenden Seite steht ein unbezogenes Bett und daneben ein winziger Nachttisch, wie er auch neben meinem Bett steht. Nichts anderes findet in dem winzigen Raum Platz, und als ein weißbekittelter Mann mittleren Alters die Türe öffnet und eintritt, ist er restlos gefüllt. Eine kühle Autorität breitet sich gleichzeitig in dem Raum aus, die sich schwer auf alles zu legen scheint und dieser kalten Sterilität zusätzlich immenses Gewicht verleiht.

„Grüß Gott, Frau David, mein Name ist Dr. Amon. Wir müssen unser Gespräch von gestern Abend nun eben auf heute verlegen. Sie klagen über Halsweh? Wie lange haben Sie denn die Beschwerden schon?"

Er spricht im Gehen mit zu dem Block in seinen Händen gerichtetem Gesicht und hebt seinen Blick erst, als er knapp vor meinem Bett stehen bleibt, mustert mich mit überraschend strahlend blauen Augen.

„Ab und zu … da brennt etwas in meinem Hals. Sobald es auftaucht, wird es dann immer schlimmer, um dann wieder plötzlich zu verschwinden. Das geht jetzt seit Wochen schon so." Er nickt.

„Wir werden heute einige Untersuchungen durchführen, um uns darüber klar zu werden, wie wir Ihnen helfen können, Frau David. Die Schwester wird im Laufe des Nachmittags vorbeikommen und Sie für die erste davon vorbereiten, dann sehen wir weiter. Haben Sie jemanden, der Ihnen inzwischen Ihre Sachen vorbeibringen könnte?"

Ich nicke eilfertig mit dem Kopf und weiß dabei nicht im Geringsten, wer diese

Person sein könnte. „Dann werden wir Ihnen ein Telefon bringen und neben das Bett stellen." Er faltet zufrieden die Hände zu einer Geste und wendet sich zum Gehen.

„Wir sehen uns später, Frau David. In den nächsten Tagen können wir Sie auf eine Station verlegen, auf der Sie dann Ihre Sachen auspacken können."

Er verschwindet mit resoluten Schritten aus der Türe und lässt mich wieder allein. Zu viele Gedanken schwirren durch meinen Kopf, als dass ich meinen ausdruckslosen Blick auf die Zimmerdecke abschweifen lassen könnte.

Kaum dass ich aus meiner Regungslosigkeit mit einem Hochziehen der Schultern erwacht bin, kommt eine Krankenschwester mit einem schnurlosen Telefon ins Zimmer, das sie mir lächelnd auf das Nachtkästchen legt.

Sie blinzelt mit ihrem frischen, kindlichen Gesicht in meine Richtung, als würde ihr hinter meiner Schulter die Sonne direkt ins Gesicht scheinen, und schließt die Türe wieder hinter sich.

Ich ziehe meine Knie nahe an den Körper heran und lege die Arme darüber, bis ich mich schließlich selbst umschlinge. Ich halte das nicht aus. In rasch wechselnder Abfolge mit Leuten konfrontiert zu werden, die mir völlig fremd sind. Sie treten an mich heran. Um mich anzusprechen, um mich zu mustern, wobei sie mich bis zu einem im Herzschlag pulsierenden Geflecht von freigelegten Blutbahnen ausziehen. Und dabei alles mitnehmen, was sie finden. Alles mit ihrer bedrohenden Kontaktaufnahme aus mir herausreißen, um es mit sich fortzutragen und sich daraufhin nicht mehr nach mir umzudrehen.

Sie lösen mich auf. Ich spüre, wie ich mich in diesem abgeschotteten Kämmerchen Stück für Stück verliere. Weiß nicht, ob ich noch da bin.

Ich liege noch immer gekrümmt, das Gesicht auf meine wirren Haare gebettet, als sie kommen, um mich zu holen.

Eine hellblonde, in ihrer Gesamtheit durchsichtig erscheinende Krankenschwester kommt ins Zimmer und umfasst mit ihren schmalen Händen das Kopfgestell meines Bettes, um es von der Wand zu schieben. Ich zucke zusammen und verharre in der angespannten Haltung, wobei ich aus den Augenwinkeln zu ihr hochblicke. Ihr Blick trifft auf meinen, und der ratlose Ausdruck ihrer Augen fließt tief in mich hinein, bis er die lauernde Anspannung in meinem Inneren umfließt und die Verkrampfung mit sich fortspült. Ich lege mich ausgestreckt auf den Rükken, während sie mich aus dem Zimmer schiebt.

Sie rollt mich in einen weiteren weißen Raum, in dem ein junger Mann mit Hornbrille steht, der sich zu uns umdreht und uns entgegenblickt.

„Kai David?"

„Ja, die Untersuchung für den Chef."

Sie übergibt ihm eine Akte, und der Handel ist perfekt.

Wie ein verschrecktes junges Tier huscht sie daraufhin aus der Türe, und ich hoffe, dass sie nirgendwo anstößt und in kleine schillernde Teilchen zerbricht.

Ich blicke einmal um mich herum, und der Schreck fließt augenblicklich kalt über meine Haut.

Auf einem kleinen Tisch neben mir stehen zahlreiche Kanülen und Absauggeräte, auf meiner anderen Seite liegen wohlsortierte glänzende Bestecke in den diversesten Formen. Meine Magengrube krampft sich zusammen und bäumt sich auf, sodass mein kleiner Körper mit einem unkontrollierten Ruck hochschnellt. Der Stoff, aus dem Kummer gemacht ist, fließt in meinem Bauch zu einer schleimigen, zähen Masse zusammen und presst hart gegen mein Inneres. Hilflose Schreie bleiben in meiner Kehle stecken und können in der Enge weder vor noch zurück, auf meiner Stirn bricht eiskalter Schweiß aus.

„Liegen Sie ruhig, Frau David. Ruhig liegen bleiben."

Mir war nicht bewusst gewesen, dass ich mich rührte, und ich registriere erst jetzt, wie mein Körper wie in einem Brechreiz immer wieder ruckartig in die Höhe schnellt, die Hände des Arztes umklammern kühl und fest meine Handgelenke auf der Liege.

„Mein Gott, beruhigen Sie sich. Es passiert Ihnen überhaupt nichts …"

Ich sammle ganz viel Luft in meine Lungen, so viel, dass ich sie als einen Schrei verdichtet durch den eisernen Ring in meinem Hals pressen kann, ein haltloses Würgen wandert durch meinen zitternden Körper hinauf. Ich schlucke es mit all der Luft wieder hinunter und konzentriere mich mit aufgerissenen Augen auf den metallischen Geschmack der Angst auf meiner Zunge, als es vor meinen Augen schwarz zu flimmern beginnt.

Das grelle Licht durchdringt klirrend meine Wahrnehmung, und ich bleibe von einer Sekunde zur anderen plötzlich gekrümmt regungslos liegen, starre in flimmernde Leere.

Durch ein anhaltendes Wimmern komme ich wieder zu Bewusstsein und merke, dass es aus meiner eigenen Kehle stammt.

Es wandelt sich zu einem hilflosen Winseln, und ohne meine Augen von ihrer starren Richtung ins Nirgendwo abzuwenden, registriere ich zwei Ärzte, die sich um mich herum in ruheloser Geschäftigkeit ergehen und von einer Seite zur anderen wandern.

Eine körperlose Hand flößt mir aus einer Schale eine breiige Flüssigkeit ein, die kalt und zäh meinen Hals hinunterwandert.

Ich werde angeschoben, und hinter meinem Kopf erscheint eine dunkle Röhre, auf die eine verschwommene Gestalt vor meinen Augen mit mir zusteuert.

„Können Sie mich hören? Wir werden Sie jetzt röntgen, Frau David."

Ich nehme nichts als grelle Helligkeit wahr, die um mich herum ist und an allen Stellen scharf in meine Haut ritzt. Beginne in dem durch die Augen stechenden Ton zu ertrinken, sein unirdischer Klang vibriert verschlungen in der Intensität des Lichts. Durch mein schwindelndes, drehendes Bewusstsein nehme ich eine neuerliche Bewegung wahr, ich werde aus den Lichtblitzen herausgeschoben und nach einer Wendung weitergerollt.

Rühre mich nicht mehr, fühle mich wie ein geschundenes, geprügeltes Stück Vieh. Kleine, kurze Atemzüge strömen stoßweise aus meiner Nase.

Einige Tage kauere ich so auf dem schmalen Bett und blicke ins Leere. Bis sich unvermittelt eine Hand sanft auf meine legt, aufgeschreckt durch die Berührung nehme ich augenblicklich eine leere Wand vor meinen geöffneten Augen wahr, das hochschnellende Bewusstsein dieses Bildes lässt mich mit einem leisen Schrei zusammenzucken.

Ich richte meine glasigen Augen auf ein fremdes, faltengeprägtes Gesicht vor mir.

„Meine Güte, kommen Sie zu sich …"

Das Gesicht vor mir bleibt unbewegt, und ich fühle, wie kräftige Atemzüge durch meinen Körper gedrückt werden, bis sie langsam ruhiger werden.

„Die ersten Untersuchungen sind jetzt abgeschlossen, wir sind so weit, dass wir Sie in eine Station verlegen können. Eine medikamentöse Behandlung gegen die Schmerzen wird Ihnen die Schwester erklären und Ihnen eine Zeittabelle für die Einnahme mitbringen. Sie befinden sich laut Ihrer Aussage in psychotherapeutischer Behandlung, Frau David, nehmen Sie irgendwelche Medikamente zu sich?" Ich schüttle den Kopf.

„Waren Sie jemals stationär in einer Anstalt für Geisteskrankheiten?"

„Ja, in meiner Kindheit."

„Wie lange ist Ihre Entlassung her?"

„Ungefähr fünf Jahre."

Er nickt wieder, und ich merke, wie sich diese Gestik inzwischen als eine Art göttliche, allmächtige Regung in mein Bewusstsein eingegraben hat.

„Dann werde ich Ihnen jetzt Ihren Arzt schicken, damit er mit Ihnen die Ergebnisse bespricht."

Behutsam schließt er die Türe. Ich nehme meine Hand wahr, die mit gekrümmten Fingern mein Gesicht berührt, während ich hier im Bett liege und merke, dass ich durch den direkt vor meinen Augen hängenden Zeigefinger hindurchsehen kann, sodass innerhalb seiner Umrisse die dahinter liegende Zimmertüre erscheint.

Ich werde durchsichtig. Womöglich bin ich im Begriff, mich aufzulösen und zu verschwinden.

Ein befreiendes Gefühl durchflutet mich bei diesem Gedanken, dass ich mich vielleicht doch auf diesen materiellen Körper verlassen kann, dass er zu mir steht und es mir ermöglicht, von hier zu entfliehen.

Nach einiger Zeit, die ich mich erneut aus meiner reglosen Haltung nicht gerührt habe, kommt ein weiteres weißbekitteltes Wesen ins Zimmer. Als ich den Kopf hebe, spüre ich in meinem Nacken das minutenlang verharrte Kauern in der angenehm verdrehten, schmerzhaften Körperhaltung.

Sein Gesicht ist ausdruckslos wie jedes andere hier auch, und ich kann ihn weder als bekannt zuordnen noch ihn als eine andere Person als all die anderen identifizieren, die hier in mein Zimmer hereinkommen.

Meine Blicke laufen wie flüchtige Bäche die Furchen seiner verhärteten Gesichtszüge auf und ab, bleiben in den Rillen stecken wie verklumptes Blut und finden keinen Zugang zu ihm hinein, sodass ich es aufgebe und mein Gesicht wieder abwende.

„Sie wissen, was ich Ihnen zu sagen habe …?"

„Woraus schließen Sie das?", murmele ich matt in meine Bettdecke. „Weil ich angesichts Ihrer Anwesenheit nicht in hämisches Gelächter ausbreche, da Sie mir ja doch keine Neuigkeiten bescheren könnten? Ich verrate Ihnen etwas: Im Grunde ist es mir völlig gleichgültig, was Sie mir zu sagen haben."

„Sie erscheinen mir, als hätten Sie resigniert, und das empfinde ich als gefährlich. Denn ich bin hier, um mit Ihnen einen gemeinsames Schlachtplan auszuarbeiten, mit dem Sie in nächster Zukunft zu kämpfen haben. Ja, zu kämpfen, das wird nämlich notwendig sein. Ich bin aber nur gewillt, ein ernstes Gespräch zu beginnen, wenn Sie mir entgegenkommen. Wenn Sie Ihren zurückgezogenen Halbschlaf als Schlupfwinkel einstweilen noch vorziehen, so verlasse ich Sie wieder. Dann verschieben wir unser Gespräch auf einen Zeitpunkt, an dem Sie sich gesammelt haben."

Ich schnelle hoch, sodass mein Oberkörper meinem Gegenüber aggressiv entgegenstößt, umklammere mit den Händen meine Fußknöchel.

„Sie glauben ja gar nicht, wie gesammelt ich bin, Herr Doktor. Ich bin *da* wie nie, Sie können Ihr ernstes Gespräch ruhig führen. Nach all dem Massakrieren und den Quälereien hier, mit denen Sie ihre makabren Phantasien ausleben, sind mir meine Verstecke längst verloren gegangen. Es ist vollbracht, Sie haben mich hervorgeholt. Nun sprechen Sie!"

Er kommt näher, und ich glaube, in seinem steinernen Gesicht ein wenig Herzlichkeit wie von einem feinen Sprühregen überzogen aufblitzen zu sehen.

„Mädchen, seien Sie nicht so hart zu uns und zu sich selbst. Ich wollte Sie nur aufwecken, da ich dachte, Sie würden hilflos in sich zusammengesackt sein. Aber da Sie in Ihrer misstrauischen Reserviertheit anscheinend sehr wohl mit scharfem Verstand gesegnet sind, habe ich meinen Ton wohl ziemlich verfehlt."

Als er sich auf mein Bett setzt, entfährt meinem Hals ein tonloses Schluchzen.

„Mein Kind …"

„Ich bin nicht Ihr Kind."

„Fräulein David, hören Sie zu. Wir dürfen keine Zeit verlieren und müssen Sie sofort operieren. Wir haben in Ihrem Kehlkopf einschließlich der Stimmlippen maligne Tumoren gefunden. Sie wissen, was das bedeutet?"

Er sieht mir mit hinuntergeneigtem Kopf konzentriert in die Augen, und an meinem Unterkiefer breitet sich ein unkontrolliertes Ziehen aus, das meinen Kopf unweigerlich hinunterdrängt, sodass ich ihm in derselben Kopfhaltung entgegensehe.

„Krebs?", frage ich leise und nehme nicht die volle Zeitspanne des langsamen Nickens des Arztes wahr, da ich vorher die Augen schließe.

Ich möchte erreichen, dass er draußen bleibt, doch seine Gegenwart beginnt sofort durch meine Poren in mich zu dringen, sodass ich die Augen wieder öffne.

„Und was werden Sie jetzt mit mir machen …?"

„Die Frage sollte lauten, was Sie jetzt mit sich machen, denn es liegt ab nun einiges bei Ihnen. Es wird sich mit Sicherheit vieles in Ihrem Leben ändern, doch es kommt ganz auf Sie an, auf Ihre Stärke, unvorhergesehene Ereignisse tapfer anzunehmen, wie Sie Ihr Leben weiterführen. Die Operation selber ist auf morgen

Mittag festgesetzt, wir können nicht länger warten. Es ist ein gutes Team zusammengestellt, und ich sehe der Operation voller Optimismus entgegen, dass alles reibungslos ablaufen wird. Es ist allerdings wichtig, dass nun alle Ihre Fragen für die zukünftigen Wochen und Monate nach der Operation gestellt werden und die wichtigsten Dinge Ihrer Behandlung besprochen sind. Ich werde Ihnen einen Fragenkatalog bringen, damit Sie auch nichts Wichtiges vergessen …"

„Weshalb soll ich denn das alles schriftlich festhalten?"

Eine vage Vorahnung oder vielmehr das leises Bewusstsein, dass dies eine bedeutende Wendung meines gesamten Lebens ist, die sich jetzt in diesen Minuten abspielt, lässt kein Gefühl in mir zu, und so stelle ich diese Frage nüchtern und kalt.

Der Arzt, der bis dahin an der Kante meines Bettes mehr in der Luft hing als saß, stützt nun sein volles Gewicht auf des schmale Bett und faltet die Hände.

„Wäre der einzige vom Krebs befallene Raum Ihr Gaumen, so wäre die Auswirkung nicht so drastisch, Ihnen würde nur ein Näseln in der Stimme zurückbleiben. So aber, Fräulein David, Sie müssen leider den Gedanken eines völligen Verlustes Ihrer Stimme akzeptieren. Ihre Atmung wird nach der Operation darüber hinaus nicht mehr durch die Nase und den Mund erfolgen, sondern durch eine künstlich angelegte Halsöffnung über dem Brustbein."

Ich sehe ihm ausdruckslos entgegen. Als er den Kopf ein wenig senkt, blicke ich unbeirrt weiter in die starre Richtung, sodass er unmerklich seinen Kopf zurechtrückt, bis seine Augen wieder auf meine treffen.

„Ich verliere meine Stimme?", frage ich, und die Worte klingen gepresst, so als würden sie sich durch einen Türspalt in meinem Hals klemmen, der nur mehr auf sein völliges Zuklappen wartet. Ich überlege, ob sich dieses Schließen der Türe wahrnehmen lassen wird, ein resigniertes Zuklappen wie bei einem bis zur Mitte gelesenen, nichts sagenden Buch.

Der Arzt zieht seinen Mund zu einem dünnen Strich und legt die Stirne in Falten.

„Das bedeutet nun nicht das Aus für all Ihre gesellschaftlichen Kontakte, Fräulein David. Sie werden sich nur auf eine andere Art mitzuteilen lernen müssen. Es wird Ihnen eine Sprachtherapeutin zugeteilt, die mit Ihnen eine Ersatzstimme erarbeiten wird, die Ösophagusstimme. Dabei wird Ihnen beigebracht, wie Luft in die Speiseröhre geschluckt und dann kontrolliert wieder ausgestoßen wird. Dabei werden Schleimfalten in Schwingung versetzt und ein Ton erzeugt. Der Sprechton wird dann etwas tiefer und rauer als sein, als er früher war … trotzdem besitzt er einen durchaus individuellen Charakter, da ein jeder Mensch seine eigene Artikulationsweise besitzt. Diese Stimmrehabilitation ist aber erst nach einer vollständigen Wundheilung möglich."

Ich spüre, wie Dr. Amon nun fast flehend seinen Blick an mich heftet, doch ich nehme ihn nicht zur Kenntnis und schweife mit meinen Augen nicht von meinem imaginären Punkt im Nirgendwo ab, ich blinzle auch nicht und konzentriere mich daher auf ein zunehmendes Brennen in meinen Augen.

Schließlich akzeptiert er meine Unbeteiligtheit nicht mehr und fasst mich mit starken Händen an den Schultern.

„Fräulein David, der Verlust Ihrer Stimme bedeutet nicht den Verlust der Sprache. Sie können sich mit dem geschriebenen Wort verständigen, Bilder zeichnen, vertraute Menschen erlernen es auch schnell, von Ihren Lippen abzulesen. Um wieder auf die Operation zurückzukommen: Ihre Nahrungsaufnahme wird in den ersten Tagen durch eine Magensonde funktionieren, bis Sie nach der Verheilung des genähten Rachenschlauchs wieder eigenständig schlucken können. Sie werden danach weiterhin wie bisher essen und trinken können, was Sie wollen. Es wird notwendig sein, in der Halsöffnung eine Kanüle zu tragen, besonders während der anschließenden Bestrahlung. Nach Abschluss der Akutbehandlung und einer darauf folgenden Anschlussheilbehandlung können Sie uns dann verlassen, und wir sehen uns nur mehr für die Nachsorgeuntersuchungen wieder. Ich werde die Schwester jetzt bitten, dass sie Ihnen ein Beruhigungsmittel bringt. Und nun werde ich Sie alleine lassen …"

Ich suche mir meinen Punkt im Raum wieder, ohne jegliches Zwinkern dazwischen, halte mich an ihm fest und versuche mich an mir selbst hochzuziehen. Doch ich schaffe es nicht und sinke wieder in mich zurück, meine innere Kontur reibt beim Hinabsinken mit einem kratzenden Schleifen an der äußeren, sodass ich bei dem unangenehmen Geräusch die Zähne fletsche.

Ich versuche dem unerbittlichen Drang, endlich zu blinzeln, zu widerstehen, und die gereizten Augen reagieren mit Tränen, die aus ihrem rehbraunen Becken heraus an meine Wangen treten.

Unwirsch fahre ich mit dem Handrücken darüber. Noch nie in meinem Leben habe ich geweint, also werde ich es auch jetzt nicht tun, nur weil meine Augen im ausgetrockneten Zustand brennen.

9

Irgendwann zwischen Zeit und Raum öffnet sich die Türe ganz langsam und leise, verharrt einen kleinen Augenblick zu einem Spalt geöffnet, bis sie schließlich ganz aufgeht. Ich drehe mich sofort um und blicke hinüber, da ich genau fühle, dass diesmal der Besucher jemand Besonderer ist.

Es ist Marie, und sie schiebt ihren knisternden, rotblonden Lockenkopf in die Türe, ihre Sommersprossen kullern wie Kichererbsen hinterher. In ihrem Nasenflügel funkelt ein kleiner glänzender Stein, den sie sich hat stechen lassen und der nun mit ihrem leuchtenden Gesicht um die Wette brilliert.

„Hallo, Kai", grüßt sie mich leise.

Nachdem mir die Ärzte damals dieses Telefon unter die Nase setzten, hatte ich durch die Auskunft nach Maries Nummer gefragt, um mich an sie zu wenden, da ich sonst schließlich niemanden hatte. Dass sie allerdings so schnell herkommen würde, hätte ich nie gedacht, und so danke ich ihr mit einem kleinen Lächeln, setze mich auf, um sie auf der Kante des Bettes sitzen zu lassen.

Sie komme, um sich meinen Schlüssel abzuholen, sagt sie, dann bringe sie mir gerne meine wichtigsten Sachen vorbei. Auf ihre Packkunst könne ich vertrauen, versichert sie, sie habe ein gutes Gespür dafür, die wichtigsten Dinge zusammenzusuchen. Auch Echo und Psyche nähme sie gerne zu sich, beteuert sie, für eine Weile können die beiden Rabauken ihre Wohnung gerne ein wenig zum Leben erwecken

In diesem Stil plätschert unser Gespräch höflich und förmlich dahin.

Sie kommt sie zu ihrem Privatleben und plaudert sich bald lebhaft von einem Thema hinein ins andere, bis sie am Kernstück anlangt und zu strahlen beginnt. „Ich habe dir noch nicht von Patrizio erzählt, nicht wahr? In ihm habe ich meine große Liebe gefunden, du weißt schon, diese eine, die es nur einmal im Leben gibt. Wir haben bis jetzt zwei gemeinsame Monate verbracht, die er in Wien bleiben konnte, und ich kann mir bereits jetzt ein Leben ohne ihn nicht mehr vorstellen. Er ist in einem Clubhotel Animateur, auf der griechischen Insel Naxos. Patrizio ist aber übrigens kein Grieche, er kommt aus Italien, spricht allerdings auch fließend Deutsch. Genauso wie Italienisch, Neugriechisch, Englisch und Französisch, versteht sich. Er ist eben ein absoluter Knüller."

Plötzlich lässt sie den Kopf traurig sinken und murmelt zu ihren verschlungenen Händen auf ihrem Schoß.

„Jetzt muss er aber wieder zurück nach Griechenland. Wie ich den Abschied schaffen werde, ist mir noch schleierhaft. Fest steht, dass ich so schnell zu ihm hinunterfliegen möchte, wie es mir nur möglich ist."

Sie blickt wieder hoch, und um ihre Lippen zuckt es verräterisch. Sie scheint sich eine Weile innerlich zu sammeln, bevor sie ihre Augen mit einem letzten Seufzen wieder auf mich richtet.

„Aber was ist denn mit dir los, warum bist du denn so trübsinnig? Du, mach dir bloß keine Sorgen, es kommt schon alles wieder in Ordnung, du wirst schon sehen. Bald bist du mit einem Rezept in der Hand wieder hier heraus. Wann sind denn bei dir die Untersuchungen abgeschlossen …?"

Ihr kindlicher, offenherziger Optimismus rührt mich derart, dass mir die Tränen in die Augen treten und Maries Gesicht unter einem Schleier verschwimmt.

„Das sind sie schon, ich weiß es bereits …"

Ihr überraschter, stumm auffordernder Gesichtsausdruck bringt mich zu einem stockenden Berichten, so, als würde es um eine andere Person gehen, über deren Schicksal ich berichte. Ihre Reaktion, als sie es erfährt, ist so beeindruckend, dass ich ihr Bild kräftig in mich einsauge, weil mir bewusst ist, dass niemals jemand zuvor meinetwegen ein solch intensives Gefühl empfunden hat oder es je tun würde.

Marie springt auf, sodass sie schwankend vor meinem Bett zu stehen kommt. Sie war schon immer offen und impulsiv gewesen, und auch jetzt in diesem Augenblick schießen ihre Gefühle bis hinaus in die Poren ihrer zarten Haut, sodass sie wie Pfropfen dort stecken bleiben. Ihr Körper versteift sich, sie hält die Arme angespannt von sich gestreckt und die Finger gespreizt, die dünnen Beine zittern unter dem ausbruchsharrenden Körper.

Sie wirkt wie die hervortretende Schlagader eines fest angespannten Armes. Die perfekte bildhafte Darstellung von krampfhafter, fassungsloser Erregung, und wie so oft denke ich mir, dass dieses Mädchen mit ihrer ungezügelten Offenheit und ihren gefühlsintensiven Reaktionen für die Schauspielerei schlichtweg geboren ist.

„Um Himmels willen, Kai, dann ändert sich ja dein gesamtes Leben. Und die Schauspielerei, das Studium … und unser Stück! Kai, es tut mir so Leid, so wahnsinnig Leid …"

Plötzlich steht nichts anderes vor mir als ein lärmendes Kind, das die feinen Ränder einer Wunde packt und sie nach allen Richtungen ins pulsierende, blutende Fleisch einreißt.

Ich bitte sie zu gehen und reiche ihr meinen Schlüssel, für den sie gekommen war.

Sie fasst danach, und unsere beiden Hände berühren sich für einen Augenblick. In meiner angestauten, pochenden Wut über sie elektrisiert mich die sanfte Berührung wie ein Kuss. Sie wendet sich zum Gehen, und als sie schon nicht mehr zu sehen ist, beginnen mir auffallend runde, zu Kügelchen geformte Tränen über das Gesicht zu rinnen, lautlos und unmerklich.

Irgendwo unter all meinem Zorn scheint mir ihre kindliche Ungezügeltheit also doch leid zu tun, es ist wirklich schade um ihr Wesen. Ich frage mich, was mich Maries Fehler angehen, und fahre mir zum zweiten Mal an diesem Tag angewidert mit dem Handrücken über die Augen.

Ich lehne meine heiße Stirn gegen die Wand hinter meinem Bett und schließe die Augen. Als ich sie wieder öffnen möchte, werden meine Wimpern dabei kratzend in die spaltweit geöffneten Augen gedrückt, sodass ich sie schnell wieder schließe.

… Göttin! Da bist du ja! Du warst schon lange nicht mehr bei mir …

… Ich bin jetzt hier …!

Ein leises, glucksendes Lachen hüllt mich ein, wie eine knisternde Kinderstimme, in der Glöckchen bimmeln. Tausende kleine Schellen, die durcheinander wirbeln. Das leise Läuten schwebt von der Ferne zu mir, umrundet mich, verliert sich wieder im Nirgendwo, um mich mit einem Mal wie ein im Zeitlupentempo wirbelnder Sturm einzuhüllen und plötzlich mit einem Anschwellen der Glöckchen heftig in mich zu dringen, sodass mein Körper mit einem lustvollen Ruck erbebt, als sie in mich fasst.

„Göttin, ich möchte aus meinem Herzen heraus", flüstere ich in Gedanken und presse die Worte fest nach innen, damit diese sie erreichen. „Ich halte es nicht aus, ich möchte nicht Opfer eines Leidens sein, das mir dieser Körper aufzwingt."

Ich lausche in den zärtlichen Sturm, der leises Läuten mit sich trägt, bronzene Glocken wie winzige Schellen, die ineinander fließen, doch kann ich keine Worte mehr in dem klangvollen Wirbeln vernehmen.

„Sag es mir, gibt es eine Möglichkeit, mich zu wehren, dass mir dieser Körper Schmerzen antun will? So stehe wenigstens du zu mir! Ich habe solche Angst vor ihm."

Das Schellen schwillt an, und mein Herz senkt sich für Sekunden weit hinunter, krampft sich zu einem harten, blutigen Knoten zusammen. Mit einem Aufschrei des Läutens in schneidendes Klirren weicht der Sturm nach und nach aus mir, meine Glieder erzittern in der Reihenfolge, wie das Wirbeln sie verlässt, bis ich als vibrierendes Bündel zurückbleibe.

Ich sacke schluchzend in das Zucken meines Körpers hinein.

Heiße Tränen laufen über mein Gesicht, ich presse mich mit der kochenden Flut heraus und schwemme mit mächtigen Wogen nach draußen, bis ich mich verflüssigt über das sterile Bett ergieße. Die Tränenflut wird merklich langsamer, als meine letzten Reste mir nachfolgen. Unwirklicher. Die einzelnen Tropfen schmekken nicht einmal mehr salzig und fließen ziellos über die Konturen des versagenden Körpers, während er mit glasigen Augen an die Decke starrt.

Nun ist es mir wohl gelungen, meinen Körper zu überlisten, und ich klatsche mich in triefenden Pfützen fest an ihm, bis ich ihn durchweiche und ihm für seine Tat meine Initialen in das aufgeschwemmte, nasse Fleisch ritze, sodass er an mich erinnert wird. Damit er bis zu seiner Verwesung an das, was er mir antun wollte, erinnert wird.

Ich erwache mit einem harten Aufprall, als ich die Augen öffne. Ich befinde mich immer noch in diesem Körper. Es muss etwas geschehen. Unbedingt, jetzt sofort.

… Selbst? Selbst, hörst du mich?

… Was willst du von mir?

… Merkst du nichts? Merkst du denn nichts?

… Was soll ich merken?

… Seit jetzt eben … da gibt es so ein Gefühl in mir. Ich kann es nicht zuordnen. Ich denke, wir sind uns sehr ähnlich.

… Wir?

… Ja. Wir gleichen uns sogar so sehr, dass es wehtut. Höre zu, wir müssen uns zusammentun, um das alles durchzustehen, was auf uns zukommt. Was hältst du davon?

… Schwachsinn, du hasst mich doch! Das weißt du genau. Das wissen wir beide voneinander.

… Das ist nicht wahr, denke doch einmal nach. Ich brauche dich. Dich erschreckt im Grunde genauso wie mich, wie sehr wir beide uns gleichen. Ich weiß jetzt, was wirklich wichtig ist. Und das bist du.

Was ich hier tue, tut mir weh. Ich schneide mir innerlich ins Fleisch mit diesen Lügen, die ich von mir gebe. Doch dass ich diese Situation so empfinde, lasse ich mich selbst nicht wissen. Ich brauche dieses paktähnliche Bündnis jetzt einfach, um mich zu retten, auch wenn es erlogen ist.

Ich bin berechnend, und diese Hinterlist lässt plötzlich eine feurige Wut in mir aufflammen, die mir gewaltigen Antrieb gibt. Ich muss Stärke beweisen, um mich zu behaupten. Ich bin falsch, schlau, hinterlistig. Dinge, die ich nie für möglich gehalten hätte. Wenn es mir jetzt gelingt, über meinen Schatten zu springen, so wird es mir vielleicht auch möglich sein, mit meiner Person einen Schatten zu werfen. Das ist mein Ziel. Ich werde etwas werden. Mir selbst steht es zu, mich in trostlose Tiefen zu reißen … aber doch um Himmels willen keiner schicksalhaften Macht!

Mit einem Mal ist plötzlich die Wand aufgetaucht, die ich so lange unbewusst gesucht habe, nach der ich seit ewigen Zeiten schon mit dem Kopf ins Leere gerannt bin, ohne befriedigt gegen ihren Widerstand zu stoßen.

Mit meinem gesammelten Ich werde ich mich ab nun zu wehren wissen. Koste es von meiner Substanz, was es wolle! Wäre doch gelacht, wenn ich an meinem gespaltenen Selbst scheiterte …

Noch völlig trunken von meinem Beschluss und mit hartnäckig verkniffenem Mund liege ich auf meinem Bett, als mich die Schwester in einen Aufzug schiebt und daraufhin mit mir in einen Gang einbiegt.

Allen scheint eine Änderung aufzufallen, wie ich plötzlich mit selbstherrlicher Mimik ruhig ausgestreckt auf meinem Bett liege, die Hände selbstsicher auf der Bettdecke übereinander gefaltet, und doch sagt niemand ein Wort. Ich warte darauf, um mit einem Angriff dieses heiße, anstachelnde Brodeln in mir herauszulassen, doch keiner tut mir den Gefallen. So gleite ich mir in meiner Euphorie aus der Hand und wandere klamm vor Respekt durch meine eigenen Finger, um mich schließlich um einen davon zu schmiegen wie ein Ring eines anbetenden Verehrers. Genauso will ich mich sehen, wie ich mich jetzt fühle. Genauso will ich sein! Stark und hart. Jeder Herausforderung gewachsen. Nicht zu erschüttern.

Schließlich schlucke ich das euphorische Gefühl hinunter, bis es in meinem Bauch wie in einem Kessel, von qualmenden Zutaten schäumend, weiterköchelt. Ich muss an das mittelhochdeutsche Wort ‚Magenkraft' denken. Mut. Wer weiß, was sich hier zusammenbraut. Ich werde es gewiss als Erste erfahren.

Ich werde in ein geräumiges Zimmer geschoben, an dessen Frontseite ein belegtes Bett steht. Ein kleiner Körper ruht dort versteckt unter einer Decke, nur durch eine zerknautschte Wölbung zu erahnen.

Als die Räder unter meinem Bett bei einer Wendung quietschen, richtet sich der Deckenberg auf, und zunächst kommt nur ein kleines, schmales Gesicht mit seltsam glutartigen Augen zum Vorschein, die so unheimlich blitzen, dass sie das ganze Zimmer mit ihrem Gleißen auszufüllen scheinen. Als nächstes lodern lange, verfilzte dunkelrote Haare hervor, mit zahlreichen kahlen Stellen auf dem fein gemeißelten Hinterkopf, die ihr winziges, weißes Gesicht wie züngelnde Flammen umrahmen. Ich staune mit wahrer Fassungslosigkeit. Eine Meerjungfrau! Sie beginnt mich mit verkniffenem Mund zu mustern, und ihre gespannten Lippen prallen durch das ganze Zimmer gegen meinen durch die aufgesetzte Entschlossenheit zum Strich verzogenen Mund, um die Anspannung unser beider Züge zu messen und sofort meine mögliche Bedeutung als gefahrvollen Eindringling abzuschätzen.

„Was ist denn das für eine?", raunt sie, und die Verkrampfung ihres schmalen Körpers lässt nach, sodass sie sich auf der Bettdecke in eine bequeme Hocke lümmelt.

„Das ist Kai und hiermit deine Zimmernachbarin. Kai, das ist Marina. Ihr werdet euch bestimmt zusammenraufen, während ihr dieses Zimmer hier zusammen teilt", gibt die Schwester salopp und mehr in einem melodiösen Singsang von sich und schiebt mich dabei mit dem Bett an eine Seite des Zimmers.

Ich halte den Kopf gesenkt und blicke mit großen Augen auf das lebendige Flammenmeer in der Ecke, erhasche aus den Augenwinkeln rasch einen Rundblick durch den ganzen Raum und senke wieder die Lider. Ich komme mir unter ihrer ungehemmten Musterung unbehaglich vor und beginne verstört an meiner Unterlippe zu nagen.

„Kann die denn nicht sprechen?", tönt es wieder aus ihrer Richtung und ist direkt an mich gerichtet, da die Schwester längst hinter sich die Türe geschlossen hat. Diese Frage schießt zusammen mit einem heißen Blutstrom durch mich, sodass ich mein Gesicht abwende und mich völlig zu einer Wand drehe. Verstört drücke ich mich gegen mein Bett und fühle einen intensiven Schmerz in mir, während vor meinen aufgerissenen Augen Punkte zu flimmern beginnen. Ich erkläre diese Gestalt zur Feindin, und eine tränenerstickte Ballung von Kummer in mir beschließt zusammen mit einer auflodernden Aggression, sie alsbald zurück auf den Meeresboden zu versenken. Ich habe seit kurzem ein Machtdepot, es wird mir also gelingen.

Unvermittelt in meinen Gedanken streicht plötzlich eine Hand über meine Schulter, und ich reiße den Kopf so weit herum, bis ich in schillernde Augen starre. Registriere ratlos das faszinierende Glänzen in dem strahlenden Wasserblau, bis mir bewusst wird, dass es Tränen sind.

„Es tut mir leid, ich wusste nicht …" Das Mädchen sitzt im Schneidersitz vor meinem Bett und zeigt auf mein Nachtkästchen, auf dem mir die Ärzte eine Informationsbroschüre mit der Aufschrift ‚Totale Laryngektomie‘ liegen gelassen haben.

Mir ist nicht bewusst, was das bedeutet, doch sie scheint das anscheinend zu wissen und in dem Wort lesen zu können, welches Schicksal mich erwartet.

Mit einer ungehemmten Geste legt sie ihren Kopf auf das Kissen gegen meinen, sodass sich unsere beiden Wangen berühren und ich unbewusst zusammenzucke. Meine Augen sind geweitet, und ich starre erschrocken an ihrer Schulter vorbei. Nicht lange zwingt sie mich in diese Berührung und erhebt sich wieder, wendet sich ab und wankt auf ihr Bett zu, streicht sich im Gehen eine unbändige Haarsträhne hinters Ohr.

Ich bleibe fassungslos liegen und lausche ohne jede Regung nach hinten. Vernehme nichts als regelmäßige Atemzüge, und diese Laute machen mich wahnsinnig. Ich zähle leise für mich bis drei und zwinge mich dann dazu, mich umzudrehen. Dieser Entschluss endet mit einer seltsam werfenden Umdrehung, die mein Körper beschreibt, und das Mädchen blickt meinen Anstrengungen verwundert entgegen.

„Warum weißt du, was die Aufschrift auf meinem Bett bedeutet?“, frage ich sie leise und schaffe es, ihr dabei in die Augen zu sehen, sie funkeln noch immer, doch nun mit einem völlig anderen Ausdruck. Sie reagiert mit einem leisen Lächeln und wendet ihren Blick auf ihre Hände, bevor sie den Kopf wieder hebt.

„Weißt du, ich bin schon so lange hier. Mittlerweile verstehe ich sehr viele medizinische Begriffe, habe Menschen mit den unterschiedlichsten Diagnosen kennen gelernt. Ich liege jetzt vier Jahre auf dieser Station. Und davon übrigens nie auch nur einen Tag allein, ich bin abgestumpft, was das Umgehen mit Zimmerkollegen geht. Ob ich sie ablehne oder ob ich sie liebe, das ist im Grunde einerlei. Wenn sie gehen, so oder so, vergessen sie mich ohnehin, nur ich, ich vergesse niemanden.“

Ihre Worte: ‚Wenn sie gehen, so oder so‘, treiben mir einen eisigen Schauer über den Rücken, und ich begreife nicht, wie man mit solchen Umständen leben kann. „Weswegen bist du hier?“

„Aus demselben Grund wie du. Dies hier ist die Strahlenstation, hier liegen nur Krebskranke, ausschließlich. Bei mir wurde vor Jahren die Diagnose Knochenkrebs gestellt.“

„Und was …“ – ‚… habe ich?‘, wollte ich fortsetzen und besinne mich wieder.
„Was bedeutet die Aufschrift auf diesem Heft?“

„Totale Kehlkopfentfernung …" Sie beißt auf ihre Unterlippe.

„Aber … du weißt es doch schon, oder?", fragt sie unsicher, und auf mein Nicken reagiert sie mit einem erleichterten Seufzen.

„Ja. Ich wollte es nur wissen", meine ich und verflechte meine Finger ineinander.

Eine unbehagliche Stille stellt sich zwischen uns beide. Unvermittelt dreht sich das Mädchen mit einem Seufzen um und legt sich ausgestreckt in ihr Bett, zwinkert einige Male ins Leere, ohne mich weiter wahrzunehmen, und schließt dann mit einem wohligen Seufzen die Augen. Sekunden später ist sie eingeschlafen.

Ein beruhigendes, angenehmes Gefühl stellt sich augenblicklich in mir ein, und ich entspanne mich, während ich ihre Atemzüge nachatme, die ihren schönen Körper langsam auf und ab bewegen lassen.

Siehst du, Selbst, sie ist eine von uns. Sie tut, zu was in diesem Augenblick ihr Inneres sie treibt. Sieh doch nur, sie ist eine von uns.

10

Bis tief in die Nacht liege ich noch wach in meinem neuen Zimmer, die Augen weit in die Dunkelheit geöffnet, um alles um mich herum mit hellem Verstand aufzunehmen.

Die Atemzüge des Mädchens drüben wehen gleichmäßig zu mir herüber, und das einlullende Dahinströmen wickelt mich ein wie eine warme Decke, an der ein vertrauter, beruhigender Geruch haftet. Plötzlich ändert sich ihr Atemrhythmus, und ich falle in eine kleine Grube von kurzer absoluter Stille, was mich sofort aus diesem geborgenen Sinnieren herausreißt. Gespannt lausche ich hinüber. Sie seufzt leise und dreht sich herum, setzt plötzlich ihren Oberkörper entlang des Bettgestells am Kopfende auf, und in der Dunkelheit zeichnen sich schemenhaft ihre Konturen ab. Nun ist sie wach.

Ich habe sie wohl zu sehr berührt mit meinem Lauschen. Wie ein kleines Kind, das für neugieriges Horchen den ganzen Körper einzusetzen vermag und sich auch schon einmal dicht gegen eine Türe presst, bis die ganze kleine Gestalt sich kräftig dagegendrängt, habe ich mich wohl auch eben unbewusst durch all die Entfernung an das Mädchen geschmiegt.

„Marina?" Meine eigene dünne Stimme durchschneidet zaghaft die verzauberte Lautlosigkeit.

„Ja …?" Sie horcht überrascht auf, ihr kurzer Wortlaut klingt hell und lebhaft, eine interessante Komposition von Lautmalerei schwingt kraftvoll in diesen beiden Buchstaben. In diesem Augenblick wird mir klar, dass niemals je ein Mensch so verschieden von mir gewesen war und gleichzeitig dadurch so unsagbar fern. Alles, was ich sagen möchte, erstickt in dieser Sekunde der Erkenntnis in einem Schluchzen, das nur ich hören kann.

„Warum bist du wach, Kai? Kannst du nicht schlafen?" Ich höre, wie sich ihre Bettdecke bewegt, und erstarre einen Moment in eiskalter Panik, sie könnte aufstehen und herüberkommen. Doch das tut sie nicht. Stattdessen höre ich etwas aus ihrer Richtung, das mich überrascht mit meinem gesamten Körper aufhorchen lässt, und ich weiß nicht, ob ich meinen Sinnen in dieser rätselhaften Nacht noch trauen kann.

Sie lacht. Nein, sie kichert mehr, wie ein unbeschwertes, fröhliches Kind. Es ist ein leises, glucksendes Lachen, in dem zahllose winzige Glöckchen zu bimmeln scheinen. Ich glaube mich zu erinnern, diesen Laut irgendwann schon einmal gehört zu haben, und doch komme ich nicht dahinter. Ratlos starre ich in der Dunkelheit in die Richtung, aus der das Lachen tönt, und wittere das Mädchen wie ein konzentriertes Tier, das im Gegenwind zitternd seinen Körper spannt.

Sie atmet in der Ferne plötzlich tief ein.

„Kai? Meinst du, du wirst es schaffen?"

Ich antworte schnell und entrüstet, etwas schießt in meiner Magengrube mit blanker Wut kochend heiß zu einem Klumpen zusammen.

„… natürlich werde ich das! Ich habe mich mit allem, was meine neue Situation mit sich bringen wird, längst auseinander gesetzt, mir kann nichts mehr passieren."

„Genau das habe ich erwartet, von dir zu hören …"

Sie richtet sich plötzlich in ihrem Bett ruckartig auf.

„So wird es dir nämlich niemals gelingen."

„Und wieso nicht?"

„Weil du ein wesentliches Stadium übersprungen hast und dich nun mit allem, was du zu denken und fühlen glaubst, anlügst."

In der Dunkelheit kann ich schemenhaft ihre kugelrunden Kinderaugen erspähen und erkenne undeutlich, wie sie einen Zeigefinger erhoben hält, der mich durch all die Schatten langsam aufzuspießen beginnt.

„Was denn für ein Stadium …"

Sie seufzt und wirft ihren Oberkörper schwungvoll zurück in ihr Bett, ich spüre aber ihre Augen noch immer auf meine zusammengesunkenen Gestalt geheftet.

„Ich kenne dich zwar nicht besonders gut, aber so, wie du zu empfinden scheinst, ist es für die Zeitspanne, seit der du von den Ergebnissen jetzt weißt, einfach grundverkehrt. Ich kann mir nicht helfen, aber das regt mich ungemein auf. Um den Nachwirkungen des ersten Schockes zu entgehen, um es dir selbst zu ersparen, überhaupt erst einmal nachzudenken, was auf dich zukommen wird, scheinst du sofort die Rolle einer kämpfenden Heldin eingenommen zu haben, die in all ihrer Wut – wohlgemerkt: nicht Verzweiflung – nein, im Zorn über die Ungerechtigkeit zu schier unmöglichen Kräften gelangt. So wirst du es aber nie schaffen! Das bist nicht du, was du dir vorgaukelst, und dein erträumtes Bild von dir selbst wird auch ziemlich schnell verpuffen. Ich möchte dich nur warnen, bevor du im Nachhinein durch all diese durchaus erfolgreichen Bemühungen zu tief fällst, wenn dieses Bild plötzlich in sich zusammenstürzt. Sicher, wir alle verdrängen erst einmal unsere Trauer, wenn wir einen unvorhergesehenen Schicksalsschlag erleben. Wir belügen uns, um uns den Schmerz zu ersparen, um uns gewissermaßen vor ihm zu schützen. In solchen Situationen sind wir uns selbst unsere besten Freunde und retten uns vor Ängsten und Sorgen. Doch so, wie du dich den Fakten stellen oder eher nicht stellen möchtest, ist es gefährlich. Du glaubst anscheinend, dich durch die Grausamkeit der Tatsachen sofort zu jemand anderem gewandelt zu haben, zu einer unerschrockenen Kämpfernatur, der es in dieser Situation bedarf. Wir dürfen uns dem Leben aber nicht angleichen, Kai, wir müssen wir selbst bleiben, damit wir die Wogen des Schicksals mit unserem Ich bestreiten. Nur so können wir lernen und erfahren. Bringe dich nicht um all die Tränen, die für dich im Moment wichtig sind. Sonst verlierst du dich noch selbst."

Ich sage nichts, versuche erst gar nicht, Worte durch meinen hart verkniffenen Mund nach außen zu pressen. Ich liege regungslos mit dem Blick nach oben, und in mir ist während ihrer Worte eine seltsame Lebendigkeit ausgebrochen, irgendwelche kleinen Teilchen schießen ziellos und heftig durcheinander, bis ich mir mit prickelnder Kohlensäure ausgefüllt vorkomme. Dieses Kribbeln ist mir unheimlich.

„Denke einmal darüber nach …", flüstert sie plötzlich noch leise, dann lässt sie mich vollends in der knisternden Stille zurück.

Mir fällt auf, dass Menschen dieser Welt irgendwann mit dem Satz kommen, ich würde mich sonst selbst verlieren. Es muss sich schleunigst etwas ändern.

Marina ist eingeschlafen. Ich höre ihre entspannten, ruhigen Atemzüge, die aus weiter Ferne und unsäglicher Tiefe zu mir dringen. Ich warte ein erneutes Atemschöpfen ab und beginne, die Sekunden zu zählen, wie bei einem Gewitter, um zu erahnen, wie weit sie bereits entfernt von mir ist. Das Zählen ist eine nicht endende Schlucht, und ich stehe am Abgrund, um auf ihre Seite des Erdrisses hinüberzusehen, meinen flatternden Mantel im heftigen Wind hier am Ende von allem fest an den Körper gepresst.

Leise stehe ich auf und husche ans Fenster, finde, was ich gesucht habe, mein eigenes Spiegelbild schaut mir aus der Dunkelheit entgegen. Ich lege meine Stirne an das kühle Glas und berühre mich so selber mit einer zärtlichen Geste, Stirne an Stirne stehen wir liebkosend da und schweigen. Möchte die Hand nach einer weiteren Berührung mit mir an das Glas heranführen und zwinge mich stattdessen, sie zu einer kräftigen Faust zu ballen, was mir Halt gibt. Konzentriert fühle ich meine Nähe, bis mir schwindlig wird, ich beginne zu torkeln, doch die Stirne, an die ich mich lehne, gibt mir Kraft und Halt. So war es immer gewesen. So kann es nun nicht länger sein.

Ich bin hier, um Lebewohl zu sagen, Selbst. Ich gebe es zu, dass ich dich belogen habe, indem ich mich mit dir zusammentun wollte … es ist nicht möglich, wir passen einfach nicht zusammen. Wir sind zu gegensätzlich, und ich muss deswegen einen anderen Weg finden.

Du musst mich alleine lassen! Ab jetzt ist es meine Aufgabe, das Leben allein zu bestreiten und alleine in diesem Körper zu bleiben. Ich bitte dich zu gehen, Selbst. Wahrscheinlich muss es so sein. Das muss es wohl.

Ja, nun stehst du am Geröll, Selbst. Hinter dir der Beginn des Waldes. Es ist dunkel, doch ich sehe dich. Ich berühre dich mit einer Hand an der Schläfe, fasse spielerisch in dein Haar. Deine leeren, ausdruckslosen Augen sehen mich an. Dann drehst du dich um, und ich sage Lebewohl, sobald du mich nicht mehr siehst.

Ich werde nie wieder lieben. Jawohl, es musste so sein! Denn ich wäre nicht zu einem Bündnis fähig gewesen, das war ich noch nie. Ich hätte auch diesmal versagt. Die Zeit ist gekommen, einen anderen Weg einzuschlagen. Ich muss ihn allein bestreiten. Völlig allein. Ich und sonst niemand, kein Selbst in mir, auf das es sich stützen ließe. Wünsch mir Glück, leb wohl.

Fast unvermittelt kommt Marie herein.

Es ist helllichter Tag, die Sonne scheint ins Zimmer, und ich rolle mich aus dem Schlaf.

Sie lässt meinen sackähnlichen Rucksack wie ein Kohlenschlepper vor mich sinken und grinst mich an. Ich danke ihr. Ich freue mich ehrlich.

Als sie an mein Bett herantritt, berühre ich ihre Hand und verflechte meine Finger mit ihren. Im ersten Augenblick scheut sie wie ein Tier vor der Berührung, dann sieht sie verwundert zu mir auf. Noch nie hatte ich sie bewusst berührt in meinem Leben.

Zu lange musste ich meinem Selbst treu bleiben, das stets alle Kontakte zu anderen eifersüchtig mit Argusaugen bewachte. So ist es nun nicht mehr. Mir ist jetzt ein Zugehen auf andere möglich. Bin nicht mehr verpflichtet, einen Einzigen nur zu registrieren. Ein schöner Gewinn eigentlich, denke ich, und umschließe ihre Finger fest und bewusst.

Es vergehen einige Stunden, die ich in meiner altbekannten Haltung verbringe und regungslos an die Decke starre, als könnte ich dort die Anweisungen lesen, was zu tun ist, wie ein Moderator auf seinen Tafeln. Doch die kalkweiße Fläche lässt mich im Stich, und ich denke gar nichts. Rein gar nichts. Bis eine Schwester hereinkommt, gefolgt von einem Arzt, der in freundlicher Sterilität meine Hand ergreift.

„Nun ist es also so weit. Wir werden es schon schaffen, Frau David, wird schon werden. Sind Sie bereit?"

Mir bleibt nichts anderes übrig als zu nicken. Es wird mir nicht gelingen, die Zeit anzuhalten, und er müsste das eigentlich wissen.

„Haben Sie noch irgendwelche Fragen?" Ich schüttele den Kopf. „Dann können wir Sie jetzt vorbereiten?" Ich nicke wieder. „Herrgott, Mädchen, bringen Sie die Zähne auseinander …", meint er in freundlichem Tonfall und lächelt mich an. Für diese Idiotie schenke ich ihm einen Blick, der ihm kalt den Rücken hinunterlaufen soll. Er blinzelt daraufhin verstört und tätschelt noch einmal meine Hand, bevor er verschwindet.

„Also bis nachher, Frau David."

Die Schwester streckt ihre Hände nach mir aus.

Ich erlebe einen Filmriss, wie ich ihn sonst nur aus Erzählungen von scheinbar einfältigen Personen kenne … da ich die Betreffenden ein jedes Mal insgeheim als einfach nur zu schwach vermute, als dass sie die Intensität des Erlebten ertragen könnten und so deswegen einfach alles vergessen. Ich werde meine Meinung ändern müssen, denn mir ging es selbst so.

Als ich wieder zu Bewusstsein komme, liege ich steril verpackt und verschweißt wieder auf meiner Station, ein Infusionsständer zu meiner Rechten, dessen Flüssigkeit in einen reglosen Arm auf dem Laken tröpfelt, den ich nur schwer als meinen eigenen identifizieren kann. Ich versuche, ihn zu rühren, doch es gelingt mir nicht, unter Anstrengung beginne ich mich mühsam aufzusetzen, wobei ich auch hier erfolglos abrutsche. Prompt steht Marina aus dem Nichts aufgetaucht neben mir.

„D… mus… ruhi… lie… blei …", sagt sie eindringlich, und ich starre sie wohl einige Zeit entsetzt an, da sie erneut zu sprechen beginnt und dabei meine Schultern, die noch immer halb in der Luft hängen, energisch zurück aufs Bett drückt.

„Du musst ruhig liegen bleiben, verdammt noch mal! Schlaf wieder ein, nach einer schweren Operation schläft man und wacht nicht nach zwei Stunden wieder auf. Glaub mir, ich kenne mich da aus. Augen zu."

Ich vertraue auf ihre Allwissenheit und schließe wieder die Augen, sofort sinke ich zurück in den Schlaf.

Als ich wieder erwache, ist das Erste, auf das meine rundherum irrenden Augen treffen, ein dunkelgrüner Block auf meinem Nachtkästchen, an dem auch ein Kugelschreiber hängt.

Meine Atemluft fließt kühl durch eine Öffnung in meinen Hals, und als ich es registriere, verharre ich vor Schreck einige Sekunden in der Bewegung. Ich trage auch eine Magensonde, die mir die Nahrungsaufnahme ermöglichen soll.

Ohne den Kopf zur Seite zu wenden, schiele ich auf den Block, auf dem etwas mit kugelrunden Buchstaben quer über die erste Seite steht, und ich strecke von einer plötzlichen Energie getrieben energisch meine Hand nach dem Geschriebenen aus, um den Block zu packen und ihn zu mir zu ziehen.

„Guten Morgen, Frau David! Wir kommen gleich zur Visite. Haben Sie irgendwelche Fragen oder Wünsche?"

Trotz aller Benommenheit reiße ich sofort den Kugelschreiber vom Block und stemme meinen Ellenbogen kräftig ab, um in einer seltsam krakeligen Schrift, die ich gar nicht als meine eigene ausmachen kann, ein überdimensionales „Lecken Sie mich am Arsch!" darunter zu setzen.

Marina sieht mir hinter meiner Schulter zu und bricht prompt in Jubel aus, umarmt mich stürmisch.

„Ich habe es ja doch im Stillen gewusst, du wirst es schaffen! Du wirst es schaffen, Kai! Ich glaube an dich!"

Sie küsst mich heftig lachend auf den Mund und drückt dabei ihr Prusten kräftig zwischen meine Lippen, so als würde sie mich beatmen, um etwas in mir spürbar wiederzubeleben, das es nötig hat.

Eine Ärzteschar von vier Leuten zwängt sich vormittags beinahe gleichzeitig durch den Türrahmen in das Zimmer herein und ergeht sich in rastloser Geschäftigkeit, indem sie penibel das Stoma an meinem Hals kontrollieren.

Sie haben eine schüchterne Sprachtherapeutin für ein angebliches Erstgespräch mit, die sie mit vereinten Kräften vor sich her schieben und mir hier lassen, während sie selbst die Türe, nachdem sie diese im Gänsemarsch wieder eiligst verlassen hatten, hinter sich kräftig verschließen und sich von außen wahrscheinlich dagegenlehnen, damit sie wohl nicht wieder entwischte.

Mit großen, ratlosen Augen sehe ich dem seltsamen Treiben eine Weile zu.

Ich bleibe mit der Logopädin allein im Raum zurück. Marina ist vor einer halben Stunde abgeholt worden, was ich erst jetzt als Teil eines Planes erkenne, damit wir zwei hier alleine sind.

Neugierig sinke ich in meine aufgeschüttelten Polster zurück, halte die Hände übereinander gelegt und sehe sie abwartend an, was jetzt wohl kommen würde.

Sie setzt sich auf einen der Besuchersessel vor meinem Bett und stellt geziert einen Fuß verschränkt über den anderen. Geschädigt von Doktor Reinders Köpersprachekult bedeutet das für mich prompt einen geflüsterten Verweis zur Vorsicht.

„Nun, Frau David, ich bin gekommen, um mit Ihnen über Ihr Erlernen einer Ersatzstimme zu besprechen. Wir werden gemeinsam in meinem Sprachlabor daran zu arbeiten beginnen, sobald Sie sich nach Ihrer Wundheilung dazu in der Lage empfinden."

Sie macht eine Pause, um kurz ihr faltiges Gesicht entgleisen zu lassen und als scheinbar unbewusste Angewohnheit schnell die Wangen einzusaugen.

„Was ich Ihnen heute bei unserem ersten Treffen sehr ans Herz legen möchte, ist zuallererst einmal Ihr Vertrauen darin, dass wir es alle hier gut mit Ihnen meinen, Frau David … und wir werden unser Bestes tun und unser Möglichstes geben, um die leider oft vorkommende Aggressivität vieler Kehlkopfloser wegen der Verständigungsschwierigkeiten zu vermeiden", meint sie lang gezogen, und endlich begreife ich den Hintergrund des ganzen Getues, nämlich dass eine gesamte Kompanie von Ärzten und sonstigen Beteiligten zur Zeit mit schlotternden Knien die vorauszusehenden Temperamentsausbrüche einer scheinbar unzurechnungsfähigen und hochgradig seltsamen Patientin befürchtet. Zu diesem amüsanten Lustspiel vor meinen Augen entfährt mir nichts anderes als ein mildes Grinsen, und ich beginne mich allmählich behaglich auf meinem Kissen zu räkeln.

„Das wohl Wichtigste, was auf Sie zukommen wird, ist, den Menschen in Ihrer Umgebung klarzumachen, wie sie mit Ihnen umgehen sollen. Gut gemeinte Ratschläge, die Stimme mit dem erlernten System zu schonen, sind überflüssig, da Sie durch häufiges Sprechen zu einer besseren Sprachverständlichkeit gelangen. Beim Sprechen soll man Sie nicht unterbrechen, was durch das verringerte Sprechtempo schon mal passieren kann. Und natürlich sollte es als ein Tabu gelten, einfach dazu überzugehen, über Dritte mit Ihnen zu sprechen, um es sich leichter zu machen."

Konzentriert höre ich zu und begreife nach und nach, dass das meiste auf mich niemals zutreffen oder zum Problem werden wird. Ich habe nie viel gesprochen, und meine wichtigen Kontakte lassen sich an einer Hand abzählen, oder, oft genug sogar, schon an den Fingern einer Faust. Es wird nicht nötig sein, mir allzu sehr darüber den Kopf zu zerbrechen, wie ich zukünftige Kontaktaufnahmen sicher stellen soll.

Da ist das Schicksal mit seinem zur ewigen Fratze versteiften hämischen Grinsen an meiner zurückgezogenen Lebenseinstellung gescheitert … und beinahe habe ich das Gefühl, als wäre es mir gelungen, es hiermit wenigstens einmal überlistet zu haben.

Als die Bestrahlungen beginnen, werde ich regelmäßig in meinem Bett in dunkle, finstere Katakomben eingeschleust, mit engen Wänden, die ich an beiden Seiten meines Bettes berühren zu können glaube.

Im dunklen Hintergrund tauchen Türen zu beiden Seiten auf, mit den unheimlichen Schildern ‚Achtung, Zutritt für Unbefugte strengstens verboten!‘ und ‚Vorsicht, Strahlenschutz!‘.

Ein Wesen in einem schillernden, knisternden Schutzanzug wie von einem anderen Stern tritt aus einer der Türen und streckt mit einem Nicken zum Arzt die Hände nach meinem Kopfgestell aus.

Minuten später beginnt die Bestrahlung mit ihrem monotonen Surren und schickt ihre Kobaltstrahlen auf meinen zur absoluten Regungslosigkeit verwiesenen Körper los, pendelt rhythmisch über meinem Hals hin und her.

Überrascht überlege ich, wie nur etwas anderes auf dieser Welt noch so unwirklich sein kann wie ich selber.

In meiner letzten Nacht, bevor ich entlassen werden soll, erwache ich durch ein anhaltendes Gemurmel im Raum.

Schemenhaft sehe ich aus den noch schlafverklebten Augen im spärlichen Licht einer einzigen Nachtkästchen- Lampe eine von vielen anderen umringte Marina. Allesamt sitzen sie im Schneidersitz in ihrem Bett und unterhalten sich leise.

Flüsternd verabschieden sie sich jetzt und schleichen zur Türe, um vorsichtig hinauszuspähen, ob auch kein Stationsarzt gerade durch den Gang schlendert, um dann geschwind zurück in ihre Zimmer zu huschen.

Einige Male habe ich solche Treffen, wenn auch bis jetzt bei helllichtem Tag, schon beobachtet, bei denen sich einige Patienten wie eine Gruppe Jünger um Marina scharen, um mit ihr geheimnisvoll zu tuscheln. Marina, so begriff ich bald, war hier so etwas wie die Stations-Seelsorge. Wegen ihres langen Aufenthaltes kannte sie hier jeder, und sie kamen in Scharen, um sich von Guru Marinas unerschütterlich optimistischem Wesen trösten und aufrichten zu lassen, wenn sie gerade während ihrer jeweiligen Behandlung ein seelisches Tief durchmachten.

Marina spürt meinen Blick und blickt zu mir herüber.

Sie lächelt leise und fließend wandelt sich ihre Mimik plötzlich zu einem erschrockenen Schuldgefühl, das in ihrem Gesicht zu lesen ist.

„Haben wir dich geweckt …?"

Ich schüttele den Kopf.

Ich schaue in den Lichtkreis, den die Lampe auf das Nachtkästchen wirft. Einige von Marinas geliebten Frauenzeitschriften liegen dort übereinander, alle an der Horoskopseite aufgeschlagen. Und überall sind bei Marinas offensichtlichem Sternzeichen Fisch die anscheinend wichtigen Passagen mit einem Kugelschreiber unterstrichen.

Marina folgt meinem Blick zu den Zeitschriften.

„Wir suchen hier alle nach etwas wie einem Halt, und wenn das Gottvertrauen nicht ausreicht, dann tun es die Horoskope …", liest sie meine Gedanken und zuckt mit den Schultern.

Sie blickt versonnen in den Lichtschein unter dem Lampenschirm und legt in ihrem zusammengesackten Schneidersitz die Hände in den Schoß.

„Ich wurde damals wegen Hundebissen ins Spital gebracht", beginnt sie unvermittelt zu erzählen.

„Ich war von zwei scharf gemachten Hunden angegriffen worden und kam wegen zahlreicher Bisswunden hierher. In der ersten Zeit hier im Spital war ich eigentlich nur mit Gesprächen mit dem Hundebesitzer und meiner aufgewühlten Familie beschäftigt, von allen Seiten wurde nämlich verlangt, die Hunde einzuschläfern, was ich unbedingt verhindern wollte. Es waren starke und schöne Tiere. Man darf Hunden keine Schuld geben für ein fehlerhaftes Verhalten, für das alleine ein fragwürdiger Hundehalter verantwortlich ist.

Unter diesen Bemühungen ging es anfangs fast unter, oder ich hatte jedenfalls nicht den Kopf dafür, dass die Ärzte zufällig beim Röntgen zu einer schrecklichen Diagnose gekommen waren. Dann wurde mir schließlich gesagt, dass ich Knochenkrebs hatte, und ich wurde auf diese Station verlegt.

Von einem Tag auf den anderen brach eine Welt für mich zusammen. Es war ein unglaublicher Schmerz, zu ahnen und schließlich zu wissen, dass mein ganzes früheres Leben damit schlagartig vorbei war. Ich konnte ab nun nie wieder dorthin zurück, wo ich einmal war, der Weg zurück in mein früheres Leben war für alle Zeit versperrt. Dazu kommt, dass ich unglaublich viel verloren habe mit diesem Verlust. Denn ich habe mein altes Leben geliebt.

Ich hatte Mathematik und Chemie studiert und als Professorin, oder vielmehr erst einmal als Unterrichtspraktikantin, unterrichtet. Ich habe gelebt für meine Schüler und für meinen Beruf. Es war also anfangs ein Gedanke, der mich zu nichts mehr als einem ungläubigen Lachen brachte, dass dies alles nun plötzlich vorbei sein sollte. Allmählich wurde mir bewusst, dass ich mich nicht in einem Scherz, sondern in der knallharten Wirklichkeit befand. Und ich verstand, dass es im Leben oftmals nicht so kommt, wie man es sich erwartet.

Das Leben ist ein hämisches Spiel, das alles von uns fordert, wie in einem Boxwettkampf im Ring vermag es einem ins Gesicht zu prügeln, bis man gefährlich nahe an einem endgültigen Sturz zu wanken beginnt, woraufhin es uns mit donnernder Stimme auszuzählen beginnt.

Ich erzähle dir das alles nur, damit du nicht denkst, dass du alleine bist, Kai. Auch ich habe viel verloren, was mir lieb gewesen ist. Und es sind noch viele, viele mehr, die ebenfalls in dieser Situation sind. Es ist eine verdammt große Gruppe, die gelernt hat, was Leben bedeuten kann … und wenn man konzentriert durch die Welt geht, wird man sie wahrscheinlich auch aus allen anderen Menschen herausstechend erkennen können. Die Vergangenheit flüstert, sie ist in den Menschengesichtern eingegraben.

Wenn man dort draußen einem Gesicht begegnet, das man mit einem unerklärlichen Drang küssen möchte, weil der Ausdruck einen im Inneren schmerzlich intensiv zu berühren vermag, dann ist es wahrscheinlich einer von der Truppe.

Aber etwas Entscheidendes unterscheidet uns zwei … denn es ist bei mir ja nicht nur so, dass ich zurücklassen musste, was mir etwas bedeutet hat. Auch meine Zukunft gibt es nicht mehr.

Ziele, die ich mir gesetzt habe, Dinge, von denen ich träumte, sie zu erleben. Die konnte ich damals ab diesem Augenblick vergessen. Ich habe zum Beispiel Verwandte in Kanada, ich wollte sie alle irgendwann einmal aufspüren und kennen lernen. Das kann ich nun nicht mehr tun. Ich komme hier nie wieder raus.

Aber du, Kai, du hast mit der Operation eine neue Zukunft geschenkt bekommen. Also nimm dein Leben in die Hand und lebe weiter, wenn du in die Wirklichkeit zurückkehrst, ich bitte dich. Die Welt braucht dein Gesicht, damit sie vor Schönheit, vor Einzigartigkeit strahlen kann.

Du darfst dich nicht aufgeben, biete dem Leben jetzt Paroli, und ich verspreche dir, es zieht den Hut vor dir. Das wollte ich dir nur gesagt haben."

Ich stehe auf und umarme das Mädchen, das mir mit ihren letzten Worten bloßfüßig und leicht wie eine Feder entgegengelaufen kommt.

Behutsam schlinge ich meine Arme um den kleinen Körper, aus ängstlicher Vorsicht, keine Flügel zu zerdrücken.

11

Am nächsten Morgen und nach einem endlos erscheinenden Aufenthalt in diesem Spital werde ich endlich wieder entlassen und bis zur nächsten Nachsorgeuntersuchung in einer Woche verabschiedet.

Als ich durch die Gänge des Spitals gehe, bekomme ich von allen Ärzten und Schwestern, mit denen ich zu tun gehabt habe, Wünsche für eine gute Genesung, viel Glück, eine gewaltige Portion Durchhaltevermögen für den Anfang und ähnliches dergleichen gewünscht, was man eben so wünscht, wenn man im Grunde überhaupt nichts wünscht.

Ich gehe an dem Taxistandplatz vor dem Krankenhaus vorbei und wende mich in eine mir unbekannte Straße, die ich ziellos entlangzuhechten beginne.

Immer wieder beginnt plötzlich ein impulsiver Vorsatz in mein Bewusstsein hochzuschnellen, der von weit drinnen zu kommen scheint, was meine Gedanken dann für einen Sekundenbruchteil lähmt und meine Füße auf dem Gehsteig in ihrer Bewegung verharren lässt.

In diesem Stop-and-go-Rhythmus renne ich durch die Straßen und ziehe viele Blicke auf mich. Keiner davon würde jemals vermuten, dass ich mich in der Krise meines Lebens befinde.

Schließlich bin ich so weit, dass dieser hervorbrechende Wille meinen ganzen Körper ausfüllt, und ich bleibe endlich stehen.

So fühlt es sich also an, wenn man einem klaren Gedanken hinterherrennt und ihn auch erreicht! Ich werde mir dieses Schritttempo, in dem es mir ihn einzufangen gelingt, gut merken müssen.

Es wird mir gelingen, mich in den Griff zu bekommen! Ich werde wieder sprechen lernen, ich weiß, dass ich es schaffen werde! Meine Schauspielerei werde ich hinter mir lassen müssen wie ein fertig gelesenes Kapitel, über das man nach dem Lesen der letzten Zeile unbewusst zärtlich mit dem Daumen streicht.

Ich werde mich anders in der Welt zu behaupten lernen. Ganz bestimmt.

Ich kann mich ab nun nicht mehr so treiben lassen wie bisher in meinem Leben. Muss stark sein. Aktiv sein. Neues in und aus mir entstehen lassen.

Die Entsetzlichkeit dieser Wende in meinem Leben gibt mir das Gefühl, als könnte ich durch die Bewältigung davon zu einer starken Persönlichkeit reifen. Es ist eine makabre Angelegenheit, doch ich werde diese Chance dafür nutzen, um an mir zu arbeiten. Jetzt oder nie. Warum sollte es nicht möglich sein, aus einem bewusstseinslähmenden Verlust einen unschätzbaren Gewinn herauszuholen. Ich werde mich an den Gedanken gewöhnen müssen, eine Gewinnernatur zu sein, der so etwas ab nun gelingen wird!

Mit diesem euphorischen Gefühl in mir biege ich um eine Straßenecke. Ich gelange an eine Kreuzung und verleibe mich der Menschenmenge ein, die über die Straße möchte. Das Wechseln der Straßenseite und das Entgegenkommen all der Menschen erlebe ich in einem Zeitlupentempo, bis meine Blicke auf ihre Augen treffen. Beide bleiben wir unwillkürlich in der Mitte der Straße stehen und sehen uns einfach nur an.

Nie hätte ich es für möglich gehalten, dass sie in diesem Augenblick leise lächelt, und etwas in mir beginnt fühlbar zu schmelzen.

Martina!

Ich berühre sie mit meiner Hand an der Schläfe, fasse spielerisch in ihr Haar. Ihre leeren, ausdruckslosen Augen sehen mich an. Dann dreht sie sich um und fasst nach meiner Hand, um mich mit ihr zu ziehen.

Nach wenigen Minuten weiß sie alles, das schnelle Gebärden verursacht in meinen Händen einen süßen Schmerz wie bei lange untrainierten Muskeln, wenn man nach einer Weile Ruhepause ein heißgeliebtes Sporttraining voller Leidenschaft wieder aufnimmt.

Sie fasst nach meinem Hals und berührt mich mit ihrer Handfläche, legt den Kopf schief. Ich befürchte, unsere Haut würde aneinander kleben bleiben und zusammenfließen, doch es geschieht nicht. Ich lächle. Ich habe plötzlich eine Grenze.

Sie nimmt mich an diesem Abend mit zu sich nach Hause. Ich kauere mich zum Schlafen neben sie ins Bett, und mein Kopf ruht auf ihrer Schulter. Ich kann sie atmen hören. Ruhige, gleichmäßige Züge. Von einer Sekunde zur anderen beschließe ich etwas in mir, das zu meinen ursprünglichen Gedankengängen in einem völligen Widerspruch steht … und Tausende von Träumen stürzen in einem Sekundenbruchteil ein, sodass ich merke, dass sie im Grunde in völlige Leere errichtet und innen hohl waren. Es ist besser so, das sehe ich jetzt ein.

Zum Teufel mit einem gefestigten Ich, mit dem ich die Welt bestreiten soll! Was sollen fest gesteckte Ziele, was soll all das Kämpfen, um zu seiner ureigenen, geprägten Persönlichkeit zu finden. Alles Blödsinn, nie hätte ich das geschafft, ich wäre nur erneut gescheitert! Das weiß ich jetzt. Ich habe etwas viel Besseres gefunden. Ich höre wieder in der Stille Martinas Atemzügen nach.

Ich werde einfach so zu denken und so zu fühlen, so zu handeln und so zu leben lernen wie sie ... endlich habe ich einen Menschen gefunden, der mir vormacht, was sich kopieren lässt. Ich werde nach Martinas Prinzip zu leben lernen, bis ich das bin, was sie ist.

Jemand sein! Die Möglichkeit ist so nah. Ich werde nichts aus mir entstehen lassen, was für ein unsinniger Gedanke. Ich werde einfach bewusst aufnehmen und in mich eingliedern, was ich sehe und beobachte. Nun ist mir etwas möglich, wofür ich früher alles gegeben hätte. Ich lasse mir diese Möglichkeit nicht nehmen. Ich habe keine Stimme mehr, was soll es, ich habe es gelernt, mit meinen Händen zu sprechen, ich ... ich werde zu den Gehörlosen gehören! Nun kann ich es. Ich werde ab nun in der Welt der Gehörlosen leben. Und keiner wird etwas merken. Rein gar niemand, ich werde ab jetzt bleiben, wo ich bin. Keiner kann mich mehr von hier verstoßen. Nun nicht mehr.

Die Euphorie von vorher beginnt sich erneut in mir auszubreiten. Doch nun erscheint sie mir anders. Sie schmeckt metallisch nach Blut, als wäre in ihr eine Wunde aufgerissen, deren Blutschwall nicht zum Stillstand kommt. Sie blutet und blutet, als wären es Tränen. Kann sich nicht beruhigen.

Ab nun bin ich ihnen auf den Fersen. Den Gehörlosen. Folge ihnen auf Schritt und Tritt, hüpfe die von ihnen betretenen Stellen des Fußbodens und ihren Stapfen im Schnee nach, um mich in ihren Rhythmus einzupendeln, um Schritt für Schritt aufzusammeln, was sie sind.

Ich lasse mich nicht abschütteln, bin ein Schatten aller. Registriere und speichere, was auf mich zukommt. Darüber vergeht der Winter.

Der Erfolg macht mich trunken und schwindelig, denn mit der Zeit gehöre ich nun wirklich dazu.

Wenn ich mich im Gehörlosenlokal eifrig nach vorne lehne und erzähle, bin ich ein nicht wegdenkbarer Teil von ihnen. Ich habe es geschafft, und diese Befriedigung löst alsbald eine solche Ruhe in mir aus, von der ich nicht wusste, dass ich sie zu empfinden fähig war. War viel zu klein für ein solch überschäumendes Gefühl, es trägt mich in leichten Wogen einem jeden in die Arme.

Sie berühren mich. Wenn wir herum albern auf der Straße, in Diskussionen und Gesprächen sind sie mir nahe und berühren mich zwischen den Sätzen, als würden sie ihre Worte vor dem Deuten von mir abstreifen. Haut dringt an Haut, ihre Kleidung bedeckt in diesem Nahsein meinen Körper, wenn ich mich an sie lehne. Am liebsten würde ich ihnen in meiner Nacktheit in den Ärmel schlüpfen. Ich rieche den Geruch von Menschen, nehme den befremdlichen, aufregend unheimlichen Duft in mich auf, bis er mich zu einem völligen Rausch ausfüllt, ich lasse alle in mich kriechen.

Sie drängen sich an mich, und ich habe das Gefühl, als rissen sie schmerzhaft schön an meiner Haut, sie schlitzen mich auf, bis sie gemeinsam nach den entstandenen Wundrändern packen und sie tief ins Fleisch einreißen. Alte, zu Narben geblichene feine Linien platzen sofort wieder bereitwillig auf. Dort finden sie einen dunklen Spiegel, der nun das Bild der zusammengelegten Köpfe dieser gebückt spähenden Gestalten über mir wiedergibt, bis sich ihre Gesichter tief in die Glasfläche einbrennen. Jetzt trage ich sie in mir und kann sie unter der Haut rumoren fühlen. Tausende Bläschen von Kohlensäure.

Sie sind mir nahe gekommen! Sind in mich eingedrungen. Füllen mich aus und machen mich schwer, bis ich mich nicht mehr rühren kann und ermattet liegen bleibe. Es war vorauszusehen, dass es wieder geschehen würde. Ich hatte es nicht anders gewollt.

Ein verschwommenes, vergangenes Bild tritt vor meine Augen ... Doktor Reinders mit seinem faltigen Gesicht. Ich mit meinen verschlungenen Händen, noch in den ausgeleierten Bühnensachen von der Probe eines Vormittags.

„Vor was fürchten Sie sich, wenn Sie Menschen an sich heranlassen?"

„Ich ertrage keine Nähe. Sie bringt mir den Tod."

„Was passiert Ihnen in diesen Situationen?"

„Ich werde einfach schwer und steif, kann mich nicht mehr rühren. Gehöre nicht mehr mir."

„Wem denn dann?"

„Ihr, die mir nahe ist, mich berührt, mich von oben bis unten betrachtet. Sie kann mit mir machen, was sie will, einfach, weil sie da ist."

Unmerklich rinnen mir Tränen herunter, und ich grabe heftig die Hände in die Augenhöhlen, presse wirre Haarsträhnen damit ins Gesicht, die salzig auf den Lippen liegen.

„Und das ist das Schreckliche. Tritt sie in meine Nähe, werde ich schwerer und schwerer, felsenschwer, von ihrem Willen ausgefüllt. Sie kann mit mir machen, was sie will."

„Fräulein David, wer ist ... ‚sie'?"

„Meine Mutter."

„Ihre Nähe haben Sie nicht vertragen?"

„… sobald sie zu mir kam, übernahm sie Herrschaft über meinen Körper, ich spürte ihre Atemzüge auf meiner Haut, die mich fordernd abtasteten."

„Haben Sie ihre Berührungen nicht vertragen?"

Ich schüttele den Kopf, will nichts mehr hören oder sagen, lege mich mit fest verschlossenen Augen und ruckartigem Atem auf den Boden und kauere mich zu einem Bündel.

Spüre Doktor Reinders' Füße an meinem zusammengepressten Körper, als verharre er einen Augenblick, bevor er mich zu treten beginnt, worauf ich einen zufriedenen Seufzer ausstoße.

Vor meinen geschlossenen Augenlidern brechen die Erinnerungen hervor, und Doktor Reinders' Worte verschmelzen zu einem undeutlichen Murmeln.

„Du bist so geistesabwesend", flüstert meine Mutter, in ihrer sanften Stimme läuten kleine Glöckchen. Ein leises Klingeln winziger Schellen, es schwingt in ihrer Gegenwart, lullt mich ein wie eine Decke, scheint mal lauter, mal leiser rund um mich zu fließen.

Sie fährt mit ihrer Zunge über meine Zahnreihen, wandert aufwärts zu meinem Ohr, und ich fühle ihren kitzelnden Atem.

„Wo bist du schon wieder mit deinen Gedanken? Wo bist du, Kai? Wo bist du?" Ein geflüsterter Singsang. Fährt fort zu kitzeln und zu summen.

„Wo bist du, Kai? Wo ist die kleine Kai? Ist sie hier?"

Ich reiße mich quietschend los und grinse breit, ein kleines Mädchen im lila Kleid, die Haare zu zwei seitlichen Zöpfchen geflochten.

Ich kenne das Spiel, und meine Augen leuchten. Schlage stürmisch die winzigen Hände vor die Augen, bis ich nur mehr heimlich durch die Finger blinzle.

„Wo bist du, Kai?", lächelt sie wieder. „Weg. Bin nicht hier", murmle ich durch meine Handflächen. „Wo steckst du denn …?" Mit einer schnellen Geste fasst sie nach meinen Händen und zieht sie herunter.

Ich quieke vor Vergnügen und möchte fortlaufen, den Kopf strahlend über die Schulter hinweg zu ihr gedreht. Doch sie hält mich fest und zieht mich mit starken Armen zu sich. Streicht mir eine wirre Haarsträhne hinters Ohr. Ihre Hände sind hell und schmal. Wie meine. Ich lege meine winzige Hand auf ihre und beobachte, wie sich eine gemeinsame Hautschicht über unsere Finger spannt.

Sie ist ich und ich bin sie. Sie weiß all die Dinge, von denen nur ich weiß. Wir sind eins.

Ich beuge den Kopf nach hinten und merke, wie schwer es ist, in dieser Haltung zu schlucken, während ihre Hand unter mein Kleid wandert, bis sie mich trägt wie eine Fingerpuppe. Füllt ein Stoffgewebe mit Leben. Sie fährt mit ihren Lippen über meinen winzigen Körper und setzt die Zähne hier und da ins Fleisch, um sie daraufhin aus den entstehenden Kerben meiner Haut wieder zu lösen. Beißt tiefer. Ich betrachte die gebissenen Abdrücke meines kleinen, gespannten Körpers aus leicht geöffneten Augen. Sie wirken wie Eselsohren, mit denen man bei der Verschlingung eines Schriftstückes ein lieb gewonnenes Detail einer Seite kennzeichnet.

Der Text bin ich. Sie saugt die Buchstaben aus meinen Poren, die ich selbst noch nicht einmal zu entziffern gelernt habe.

Beginnt in mich zu kriechen, bis sie völlig in meinem Ich steckt. Drückt mich gierig nach unten. Dringt als gewichtige Schwere in mich. Hält mich fest von innen wie außen.

Sie schließt die Türe und lässt mich alleine zurück. Bin noch immer klein und schwer. Meine Arme und Beine hängen leblos herab, und ich weiß nicht, was ich mit ihnen anfangen soll. Kann mich nicht rühren. Wüsste auch nicht, wohin. Alleine bin ich nichts. Kann nichts tun.

Ich hebe sachte meinen Kopf, es knirscht im steinernen Nacken. Verharre mit dem Blick zur Türe, bis sie wiederkommt.

Monate später sitze ich genauso vor der Türe, nur meine Mimik ist eine andere. Ich gehe beinahe über vor Zorn und Wut.

Wenn ich alleine bin, dann kommst du zu mir! Gehst du weg, bin ich allein! Es gibt nur diese zwei Dinge in dieser Welt.

Du musst mit mir leben, ich bin notwendig!, sagt eine jede der Situationen. Bist du nicht! Ihr beide nicht!, sage ich.

Ich ziehe die Schultern trotzig hoch und merke, wie sich dabei mein Selbst in mir hinaufziehen lässt wie eine heruntergerutschte Hose die Hüfte. Beäuge mich kurz kritisch und beschließe, so leben zu können. Meine kleinen Finger verflechten sich scheu mit meinen.

Noch nicht wissend, dass ich damit eben das stärkste, auszehrendste Hassbündnis geschlossen habe, zu dem ich je im Leben fähig sein würde. Allein von langsam wachsender, leidenschaftlicher Ablehnung geprägt.

Außen um mich herum errichte ich in diesem Augenblick ein Türschloss, das mich von außen schützt, damit ich mich voll und ganz auf dieses neu erworbene Bündnis konzentrieren kann. Konnte noch nicht ahnen, dass eine Zeit kommen würde, in der weitere Menschen der Welt in meine unmittelbare Nähe treten und dabei mit einem Bein in diesem Schlüsselloch stecken bleiben würden. Allerdings sollte es ihnen verborgen bleiben, dass sie mit der Anstrengung, sich aus dieser misslichen Lage zu befreien, mit dem Drehen und Wenden des eingeklemmten Beines, mich auf- und zusperren konnten.

Menschliche Schlüssel. Schlüsselhafte Menschen.

Wir sind unterwegs in der Innenstadt, die Gehörlosen und ich, bis uns die Idee kommt, den Donaukanal entlangzulaufen.

In wilder Horde rennen wir die Stiegen abwärts, hechten an den Bootanlageplätzen vorbei. Rund um mich nichts als glühende, fröhliche Gesichter, der wilde Lauf vom vielen Alkohol ungezügelt torkelnd. Ein heftiger Wind weht uns entgegen, dass man auf der Stelle zu treten scheint, so straffen wir die Schultern und kämpfen dagegen an. Vom Geruch des schmutzigen, nach Fischen stinkenden Gewässers eingehüllt beschleunigen wir keuchend den übermütigen Lauf.

Der Wind klatscht gegen meine Wangen, sodass er lautstark beiderseits meines Gesichtes tobt, mit betäubendem Dröhnen bläst er in meine Ohren.

Abgeprallt von der Wucht des Dröhnens verlieren meine Beine die Kraft, und ich werde langsamer, meine Arme schlenkern erschöpft neben meinem Körper hin und her. Ich falle zurück, während alle anderen vergnügt dem intensiv auf dem Gesicht streichelnden Wind entgegenlaufen. Ich möchte wieder nachkommen und spurte erneut los, prompt klatscht mir der tobend laute Wind wie zahlreiche Ohrfeigen gegen das zusammenzuckende Gesicht.

Ich gebe auf und wechsle die Gangart, gehe mit weiten Schritten den anderen nach, bis sie sich nach weitem Abstand ebenfalls einbremsen.

Sie haben mein Zurückfallen nicht bemerkt. Aber ich. Atemlos und erschöpft trete ich ans Ufer, blicke in das pechschwarze Wasser im Kanal, ein schwarzer Schatten wackelt schemenhaft als mein Abbild auf der Wasseroberfläche. Habe das Gefühl, als würde mein Bild unmerklich bis tief hinab auf den Grund sinken.

Wende mich ab und gehe wieder weiter.

Hebe die Füße mühselig, als würde ich eine Leiter besteigen.

Ein altes Gefühl bricht kochend heiß aus mir hervor und beginnt mich schäumend auszufüllen, und eine Sturzflut von Tränen rinnt über mein Gesicht. Ich fühle mich wieder als das kleine Mädchen meiner Kindheit, das ich einmal war, als ich mit der Trauer zu kämpfen hatte, zugunsten eines Gehörlosen zurückgesetzt zu werden. Das Gefühl, nicht mithalten zu können. Dieser alte Stachel ist da wie eh und je.

Martina steht eines Tages mit einem Blumenstrauß vor mir, frisch aufgeblühte rosarote Rosen wie aus Zuckerguss.

Unser Streit aus alten Tagen war dumm und kindisch, meint sie, sie würde sich gerne dafür entschuldigen. „Schön, dich zu haben", formt sie nun mit den Lippen, ohne die Hände zu gebrauchen, der stumme Ton weht aus zum leichten Lächeln verzogenen Mundwinkeln zu mir herüber. Mit klarem, kühlem Blick sieht sie mich an.

Ich meine sehr wohl zu wissen, was mir diese Wendung von Martinas Auffassung beschert hat – ich bin nun kompromisslos eine von ihnen. Bin nicht mehr suspekt in Martinas Augen, weil ich beides möchte, diese innere wie die äußere, hörende Welt. Alles, was sie anscheinend wollte, war eine simple Entscheidung. Ein Wählen des einen oder anderen und ein völliger Abschluss des Übriggebliebenen. Keine Balanceakte mehr. Nun gut, dieser Wunsch konnte ihr erfüllt werden, schließlich war mir die Entscheidung abgenommen worden.

12

Ihre Augen heften gespannt auf mir. Ihr glänzender Stein in der Nase blitzt ebenfalls wie ein drittes Auge, und es ist mir ein Rätsel, warum sie sich zum fixierenden Anfunkeln Verstärkung besorgt hat.

Ja, nun ist es Marie, die vor mir steht, in einer ähnlichen Pose wie Martina vor kurzem. Oder damals. Vor Wochen oder vor einigen Sekunden. Es ist gleichgültig, ich kenne keine Zeit mehr. Doch nun ändert sich ihr Ausdruck, und jede Ähnlichkeit verfliegt, Marie spannt die Glieder wie ein zitterndes Reh, bangend für die Flucht. Doch sie steht still, entschlossen harrend auf einen gewaltigen Ausbruch.

„Ich sehe mir das nun nicht mehr länger an, es ist wirklich eine reife Leistung, die du da vollbracht hast! Ich muss es ausnutzen, dass ich dich endlich wieder einmal zu Gesicht bekomme, um dir das zu sagen. Du versteckst dich nun seit Wochen vor dem Leben und hast lieber einen gewaltigen Rückzieher gemacht, als dich den Tatsachen zu stellen und mit der neuen Situation zu leben. Mein Gott, diese Kraft musst du jetzt aber aufbringen! Es ist fünf vor zwölf, sonst hast du den Anschluss auf ewig verpasst … Mach das Bestmögliche und sei stark! Um Himmels willen, Kai, eine Gehörlose sein! Was hast du dir dabei gedacht? Weil du deine Stimme verloren hast, denkst du, die Welt der Gebärdensprache ist dein neues Zuhause? Merkst du dabei nicht eine Kleinigkeit, eine winzige Tatsache, die dich von allen anderen unterscheidet? Sie sind gehörlos, Kai, du aber kannst hören! Es ist nichts als ein feiger Rückzieher, dass du dich nur noch mit Gehörlosen umgibst. Du gehörst nicht dorthin. Begreife das doch!"

Ihre blassgrünen Augen blitzen gefährlich, am liebsten würde sie mich wohl an den Schultern packen und schütteln, doch ihre Glieder sind so gestrafft, dass sie wie gemeißelt wirken.

„Verlangst du nun überhaupt nichts mehr von dir? Du musst für dich kämpfen! Hier kannst du dir nichts beweisen, geschweige denn eine Bestätigung finden. Hast du denn völlig den Verstand verloren?"

Ich wende mein Gesicht ohne die kleinste Regung ab und gehe weiter, nach einem Zögern ruckt Marie mit einem Satz nach vorne aus ihrer Starre und eilt neben mir her.

Ohne auf sie zu achten, gehe ich im Laufschritt die schmale Straße entlang, neben uns am Gehsteig taucht eine Bushaltestelle auf. Meine Augen bleiben daran hängen, einige zerrissene Plakate hängen an der Wand des Wartehäuschens neben- und übereinander, einige davon bereits ausgeblichen, andere in Fetzen herabhängend.

Ich wende mich in diese Richtung und steuere entschlossen die Haltestelle an, ziehe während meiner letzten Schritte einen abgenagten Kugelschreiber aus meiner Manteltasche und stelle mich vor ein Plakat mit einer weißen Hintergrundfläche. Beginne darauf zu schreiben.

‚Wie schön, dass du mir wenigstens zugestehst, dass ich nicht mehr dieselbe wie früher bin. Trotzdem scheinst du nicht zu verstehen, was es wirklich bedeutet, mit einem solchen Schicksalsschlag gestraft zu werden … Ich kann weder so weitermachen wie bisher, noch habe ich die Kraft, etwas zu ändern. Sieh es ein, ich bin als gesamte Person einfach zu kümmerlich und zu schwach, um einen anderen Weg einzuschlagen als den, mich eben eine Stufe zurückzusetzen. Das Schicksal hat mich dorthin verfrachtet und hinuntergerissen, wo ich jetzt bin, und ich habe nicht die Kraft, dagegen zu rebellieren. Verstehe das doch!' Ich rutsche mit dem Stift an der Wand ab und bringe es nicht fertig, ihr in die Augen zu sehen.

Mit einem heftigen Atemzug reißt mich Marie an den Schultern zu sich herum.

„Was willst du mir hier eigentlich für einen Blödsinn erzählen … dich eine Stufe herunterzusetzen! Was für ein Schwachsinn! Für dich waren Gehörlose doch immer bewundernswert, wahrhaftige Gottheiten waren sie für dich! Wenn ich auch sonst nicht viel von dir weiß, das ist mir klar. Gehörlose Menschen galten für dich stets als so beeindruckend, dass du sie schon immer nachahmen wolltest und hinter ihnen her warst, um ihnen nachzuschnüffeln. Schon ewig hast du, wahrscheinlich unentdeckt von allen anderen, alles darangesetzt, sie heimlich und im Stillen ein wenig zu kopieren. Wolltest eine von ihnen sein. Mir ist das allerdings nicht entgangen. Anscheinend stehe ich dir näher, als dir lieb ist, verdammt noch mal! Und jetzt scheinst du eine Gelegenheit gefunden zu haben, dich für diese Bemühungen auch noch mit deiner Behinderung rechtfertigen zu können. Tue das nicht weiter, sonst bist du verloren … Allein dein verdrehtes Denken reißt dich in die Tiefe, wie du dich ausdrückst, nichts anderes!"

Sie blickt mich jetzt ruhig an, ihre langen Wimpern sind von der Wimperntusche an den Spitzen zu kleinen Sträußen miteinander verklebt.

„Bitte lüge mich nicht wieder an, Kai. Warum bloß hast du zu lügen begonnen, nie hast du das getan … Du warst früher ein so nettes Mädchen, warum muss das nun vorbei sein? Merkst du es nicht, wie sehr du dich immer mehr selbst entfremdest, wenn du schon lügen musst? Wenn du schon mir nicht glaubst, so glaube doch wenigstens dir selbst, wie es mit deiner Wesensart bergab geht. Nimm es endlich wahr, was mit dir los ist …"

Ich drehe und wende ruckartig die Schultern, um mich aus Maries Klammergriff zu befreien, und wende mich wieder zu meinem Plakat.

„Was soll ich denn machen, wenn ich nicht mehr in das System passe … Wer nicht einzugliedern ist, muss eben weg, dass ist doch das Prinzip der Welt, in der wir leben! Sag nicht, ich müsste dir erst die Augen öffnen, wie das Leben funktioniert. Es ist hart, demnach muss ich auch hart mit mir selbst sein, es bleibt einem nichts anderes übrig."

Als ich mich wieder unsicher umdrehe, wandern Maries konzentrierte Augen gerade von den letzten Buchstaben zu meinem Gesicht´, und ich glaube, ein Lächeln in ihren Augen zu erkennen, das sich langsam auf das gesamte Gesicht auszubreiten beginnt.

Sie blickt mich jetzt milde und spöttisch an, schüttelt unmerklich den Kopf.

„Was hast du es nötig, Kai, von Systemen zu sprechen! Du hast nie in irgendein System gepasst, du nicht. Niemals! Du warst immer nur du. Die letzte Person, die sich an etwas angleichen kann, weil sie solch ein starker Individualist ist … Deswegen sind wohl auch alle deine Bemühungen, scheinbaren Idealen nachzujagen und dich in etwas einzugliedern, immer wieder kläglich gescheitert. Durchaus möglich, dass du darüber gar nicht einmal Bescheid weißt, was für ein exzentrischer Mensch du bist, der niemals einem Zweiten auch nur ein wenig ähnlich sein wird. Ja, ich denke, es ist dir gar nicht bewusst. Ebenso wenig wie die Tatsache, dass ich dich im Stillen für deine originelle Einzigartigkeit stets beneidet habe, so, jetzt weißt du es. Es wird Zeit, dass du dein besonderes Wesen einmal zu schätzen lernst … Doch was soll ich dir Honig ums Maul schmieren, du musst selber dahinterkommen, wer du wirklich bist. Also setze dich endlich auf den Hosenboden und mach etwas aus dir, behaupte dich in der Welt und lasse dich nicht unterkriegen. Du bist du, stütze dich nicht mehr auf andere. Deine Wege musst du alleine gehen. Abgesehen davon, dass dich die anderen mit deinem immensen Gewicht gar nicht tragen könnten – ein hilfloses, gebrechliches Persönchen, das sich an anderer Leute Schultern lehnen kann, bist du einfach nicht, in dir steckt eine starke Persönlichkeit. Mach schon, Kai, los doch! Zeige uns allen, was in dir steckt, genauso wie dir selbst. Schlafe jetzt einmal eine Nacht darüber und denke darüber nach. Und danach lasse dich nicht mehr davon beirren, was rund um dich geschieht, mach die Augen nach außen zu. Du darfst dich drinnen nicht selbst verlieren …!"

Sie hält mich noch immer an den Schultern, doch steht sie mit nach vorne gebeugtem Oberkörper in einem sicheren Abstand vor mir, gerade so, als würde sie eine Flasche Cola öffnen und dabei befürchten, dass der Inhalt beim Aufschrauben zischend aufschäumt und sprudelnd übergeht.

Noch während ich ihren Worten lausche, füllt mich ein heißer Gedanke aus, dass ich Marie eigentlich nur mit einer unausstehlichen Art zu vergraulen bräuchte, damit sie ihr Interesse an mir verliert und ich ungestört weitermachen könnte wie bisher. Ich müsste sie nur dazu bringen, keinen Gedanken mehr an mich zu verschwenden – und schon wäre ich sie los.

Noch während dieser Überlegung beginnt plötzlich in meinem Brustkorb etwas schmerzlich zu ziehen, was parallel zu meinen lebhaften Ideen im Kopf auf etwas ganz Anderes gestoßen ist …. Noch nie hat mich ein Mensch gerne gehabt und aus diesem Gefühl heraus so eindringlich zu mir gesprochen! Und das Bewusstsein davon, dass genau dies in dem Moment jetzt geschieht, jagt mir einen eisigen Schauer über den Rücken.

Ich habe so etwas noch nie erlebt. Es ist fremd und macht mir Angst. Und gleichzeitig ist es doch wunderschön.

Nein, ich darf jetzt nicht schon wieder alles falsch machen. Die Zeit ist gekommen, einen richtigen Weg einzuschlagen. ,Du darfst dich nicht selbst verlieren …!', hallt Maries letzter Satz durch mich, und als ich überlege, dass eine Reihe von Menschen mir mit dieser Warnung, ja mit dieser immer gleichen Drohung nichts als helfen wollen, steigen mir unweigerlich Tränen in die Augen. Es muss etwas geschehen. Sofort und ehe es zu spät ist. Sie hat Recht. Sie alle haben Recht! Nur ich, ich lag falsch und komplett neben mir. Während einige mich mit gutem Herzen immer wieder in mich zurückzurollen versuchten, wie Greenpeace die gestrandeten Meerestiere ins Wasser. Auch ich hätte wohl nicht viel länger außerhalb meines Lebensraumes bestehen können.

An diesem Abend sitze ich mit leerem Kopf in meinem Bett und esse gebrannte Haselnüsse, Martinas rosarote Rosen liegen auf meinen ausgestreckten Beinen. Ich klatsche die Blütenkelche rhythmisch auf meine Knie, starre darauf und in Wahrheit mitten durch sie hindurch ins Nirgendwo.

Unbewusst beginne ich die Blütenblätter abzureißen und ordne sie zu einem duftenden Kreis auf dem Leintuch, bin von allem, was ich tue, weit entfernt.

Plötzlich beginnt sich mein Gesicht wieder zu regen, wie nach einem kurzen Einnicken in einen seltsam fortreißenden Schlaf. Ich blinzle ein paar Mal, strecke meine Arme nach hinten, in meinen Schultern knackst es leise.

Habe eine Idee.

Ich stehe auf und krame aus dem Schrank beim Fenster ein Reisenähtäschchen hervor, komme mit Nadel und Faden wieder zurück.

Langsam und bedächtig beginne ich die samtenen Blütenblätter auf mein Kopfkissen zu nähen. Hefte die Ränder mit sauberen Stichen an den Stoff. Pendele leicht mit dem Oberkörper , tiefe Meditation. Ich brauche lange und sitze bis in den frühen Morgen in diese seltsame Näharbeit versunken. Ohne einen Gedanken, ohne ein Geräusch. Es ist ganz still.

Konzentriert verfolge ich meine Nähstiche.

Nach und nach füllt sich das gesamte Kissen mit den Rosenblüten. Als ich fertig bin, bette ich meinen Kopf darauf und schließe die Augen. Mein Kopf trägt mich mit verwirrtem Schwindel in den Schlaf, weil er seine Träume plötzlich von außen anstatt von innen fühlt.

Ich wache erst am späten Vormittag wieder auf. Die Blüten am Kissen sind nun eingetrocknet, zerknitterte Fetzchen abgerissen und im ganzen Bett verstreut. Ich ziehe den eingenähten Zwirn aus dem Polster wie Nähte aus Wunden. Bin in diesem Moment eine nüchtern denkende Ärztin, die sorgsam die Fäden einer alten, vor kurzem mit neuem Eiter gefüllten Wunde zieht und mit einem befriedigenden Nicken denkt, dass einem endgültigen, sauberen Wundverschluss nun nichts mehr im Wege steht.

Als ich nachmittags das Spital nach einer Untersuchung verlasse, nehme ich den Bus, der mich bis knapp vor Maries Haustür bringt.

Sie hat mich eingeladen, sie auf einen Sprung zu besuchen, und ich muss mir an der Haltestelle, an der ich aussteige, ehrlich eingestehen, dass ich mich auf diese Einladung unglaublich freue.

Als sie mir öffnet, empfängt sie mich ebenso strahlend wie ihre hell erleuchtete freundliche Wohnung, die einem so unsagbar frisch erscheint. Marie, der Latein- und Altgriechisch-Fan, hat ihre kleine Wohnung nämlich eingerichtet, als befände sich ihr Heim auf der griechischen Insel Santorini.

Die Wände blinken in strahlendstem Weiß, und alle Türen und Fensterläden sind mit tiefem Dunkelblau bemalt. Die Fenster sind nun weit geöffnet, und das Licht scheint in glimmenden Streifen herein, sodass der blitzblanke Parkettboden in den Sonnenflecken leuchtet. Man hat das Gefühl, als könnte man hier ein herrlich brausendes Meeresrauschen hören, würde man nur näher an die Fenster treten und sich in Richtung der Klippen hinunterbeugen.

Ich war erst einmal zuvor in Maries Wohnung gewesen, als sie mich einmal nach einer Probe zu sich eingeladen hat, und trotzdem fühle ich mich hier geborgen, als wären mir die Räume zutiefst vertraut.

„Komm mit in die Küche und suche dir etwas zu trinken aus", schlägt sie vor und winkt mich durch das Wohnzimmer.

Ich folge ihr und streiche mit einer Hand beim Schlendern sanft die Küchenwand entlang, fege einige Brösel in das Abwaschbecken. Frage mich ratlos, warum es mich kümmert, wie es hier aussieht, und ziehe schnell die Hand zurück.

Marie öffnet den Kühlschrank und zieht eine Colaflasche hervor, die sie mir mit schief gelegtem Kopf hinhält. „Hm?", meint sie fragend, und ich nicke, woraufhin sie uns zwei Gläser einschenkt.

Wir setzen uns im Wohnzimmer auf ein knalloranges Sofa inmitten der weißen Wände. Sie beugt ihren Oberkörper nach vorne und legt die zierlichen Arme auf die Knie, stützt die Wange schließlich in eine der Handflächen, während sie mich lächelnd ansieht. Ein ehrliches Lächeln. Ohne Aufforderung zu irgendetwas, keine Überspielung einer Unsicherheit, keine Geste zur Überbrückung einer beklemmenden Lücke. Sie schaut und lächelt, ohne den Blick von mir abzuwenden oder zu Boden zu blinzeln.

Ich nippe an meinem Glas und muss daran denken, dass ich einen Menschen wie Marie kein zweites Mal erleben werde, es ist, als würde sie jede einzelne Sekunde intensiv leben, in der sie mit jemandem Zeit verbringt. Anstatt sich von Moment zu Moment zu hieven, in dem sie spricht oder etwas tut, und die Lücken dazwischen aus ihrer Zeitrechnung zu streichen.

In diesen Minuten kommt mir Marie so leuchtend orange vor wie das Sofa unter uns, ihre knisternden Locken, die wachen Augen, die rosige, frische Haut in ihrem Gesicht unter den Sommersprossen, alles scheint von der lebendigen Farbe überzogen zu werden, bis Marie selbst Teil des aufgeweckten Inventars ihrer lebhaften Wohnung geworden ist. Alles kommt mir hier so laut vor, dass ich mit meiner innerlichen wie äußerlichen Stille direkt verschluckt und übertönt werde.

Wir sind Gegenteile voneinander, wir beide. In diesem Augenblick verschmelzen wir zu einem überdimensionalen Yin-Yang-Zeichen.

Als würde Marie wissen, dass ich eben mit einem angenehmen Gedanken zu Ende gekommen bin, ändert sie mit fließenden Bewegungen ihre Haltung und fährt mit beiden Handflächen über ihr Gesicht, streckt sich anschließend weit nach hinten, wobei sie den Kopf in den Nacken legt.

„Ich muss dir etwas erzählen", strahlt sie schließlich und wendet ihr Gesicht wieder zu mir, unter ihren leuchtenden Augen beginnen die Sommersprossen auf der hellen Haut in der Aufregung plötzlich wie bronzene Funken zu springen. „Ich ziehe zu Patrizio nach Naxos. Wir haben beschlossen zusammenzuziehen. Ich verkaufe meine Wohnung und werde danach ganz fix in Griechenland leben."

Ich fühle mich in der Sekunde wie vor den Kopf gestoßen und blicke sie erschrocken an. Meinte sie das wirklich ernst? Das konnte sie doch nicht wirklich wollen. Fragend, mit hoch erhobenen Augenbrauen lege ich die Stirne in Falten. „Aber ja doch, schau mich nicht so ungläubig an!", lacht sie jetzt und boxt mich in die Rippen.

„Ich habe dir doch schon im Spital von Patrizio erzählt. Eigentlich wollte er bereits längst zurückfliegen … aber dann hat er seinen Flug in letzter Minute storniert und gemeint, er fliegt nur mit mir zusammen. So etwas nennt man die große Liebe! Wir werden uns ein Häuschen in der Nähe des Hotels zulegen, in dem er arbeitet. Und ich werde wohl … nun, ich kann dir ja sagen, was mir im Kopf vorschwebt. Ich habe doch eine Tanzausbildung gemacht, bevor ich mich der Schauspielerei verschrieben habe und diese Leidenschaft schließlich lediglich zum Bühnentanz schrumpfen ließ. Und ich habe mir gedacht … nun, vielleicht nehmen sie mich im Hotel ja als Tanzlehrerin oder Aerobic- Trainerin. Das wäre doch etwas, meinst du nicht?"

Das meine ich wahrlich nicht, aber ich versuche erst gar nicht, mich auszudrücken. Mit welchem Recht sollte ich auch etwas gegen ihr Glück vorzubringen haben. Sie strahlt, wirkt dermaßen aufgekratzt. Wenn es einen aus dem Herzen heraus wohin zieht, dann hält einen schließlich nichts mehr.

Ein Animateur auf einer griechischen Insel! Obwohl ich mich innerlich dagegen sträube, denke ich doch, dass die zwei ein gutes Gespann abgeben würden. Ein lebhafter, aufgeweckter Mensch, der andere mit seinem fröhlichen Naturell mitreißen konnte, alle zum Tanzen und Feiern und für Unternehmungen begeistert, war wahrscheinlich ohnehin das einzige Wesen, das mit Marie Schritt halten konnte. Es schaffte, neben ihrem Funken sprühenden Charisma zu bestehen. Aller Wahrscheinlichkeit nach waren die beiden also füreinander geschaffen. Noch dazu ließ sich damit Maries sehnlichster Traum nach Griechenland erfüllen … Der Handel erscheint also zu perfekt, als dafür nicht sein Leben zu ändern und Neues zu wagen.

Vor meinem geistigen Auge erscheint ein lebhaftes Bild: Ich sehe Marie ausgelassen tanzen in einem wehenden Sommerkleid, in den Armen eines braun gebrannten jungen Mannes, ein schmaler, sehniger Körper, im kohlschwarzen Haar schimmern einige goldblond gefärbte Strähnchen. Ein Gesicht mit weichen, ehrlichen Zügen und einem offenen Lächeln. Die beiden haben einander die Arme fest um die Schulter gelegt und tanzen lebhaft Sirtaki zu griechischen Klängen.

Zwei winzige Mädchen, Kinder von Gästen des Hotels, schwirren mit schmollendem Mund um den Clubanimateur herum, mit bittend großen Augen, er möge doch wieder mit ihnen und der restlichen Kinderschar über die Tanzfläche toben. Sie kicken wütend mit kleinen, flinken Beinchen in seine Richtung.

In den Seitwärtsschritten des Tanzes bückt er sich plötzlich zu ihnen hinunter und schmatzt ihnen einen Kuss durch die Luft zu, sodass sich ihre zornigen Züge sofort zu einem breiten Grinsen weiten und sie quietschend davonflitzen.

Marie schnippt vor meinem Gesicht mit zwei Fingern, und abrupt erstirbt die griechische Musik in meinem Kopf, das Bild der Tanzfläche mit den kugelförmigen Lichtern rundherum, den zwei wiegenden, vom Schweiß feuchten Körpern im lebhaften Tanz inmitten zweier hopsender Mädchen zerfällt in Splitter. „Woran denkst du denn so verträumt, Kai? Du warst ja eben ganz versunken", schmunzelt sie. „Erzähl mir bloß nicht, du hast ebenfalls einen Kavalier, dem du mit Haut und Haar verfallen bist und von dem du träumst. Gönnen würde ich ihn dir, das kannst du mir glauben! Wenn ich daran denke, dass du das gleiche Glück empfinden könntest, das ich zur Zeit in mir trage, dann wünsche ich es dir tausendmal."

Sie blinzelt mir zu, und ich sinke wieder zurück in meine Gedanken.

Es ist wahr, ich wünschte, ich hätte ebenfalls ein Wesen, das ich lieben könnte! Ich habe mich noch nie damit auseinander gesetzt, was das für ein Mensch sein müsste, für den ich Liebe empfinden könnte.

Beginne nun in diesem Augenblick zum ersten Mal Bruchstücke, die ich um mich herum finde, aufzuklauben und aneinander zu fügen, um mir im Gedanken ein derartiges Wesen zu kreieren.

Ich sehe einen jungen Mann mit italienischem Flair vor mir, mit einer zarten Linie schwarzer Härchen unter dem Bauchnabel herablaufend, einem kantigen, feinen Gesicht wie gemeißelt. Schwarze Glutaugen unter dunklen Locken und einem gleichmäßigen Bartschatten, anreizend zum Darüberstreichen. Schmaler Hals und muskulöse, kantige Schultern. Schmale Hände mit langen, ästhetischen Fingern und eckig hervorstehenden Handgelenken. Eine schmale, kompakte Hüfte und sehnige Beine.

Ein Traum von Mensch, ein überirdisch schönes Wesen.

Ja, genau so!

Ein sehniges Mädchen mit langen, glutroten Haaren, ein zierliches Gesicht mit einer kantigen Nase unter blassgrünen, leeren Augen inmitten eines rußschwarzen Wimpernkranzes. Die weiße Haut übersät von winzigen Sommersprossen, die sich bis hinunter zu den festen Brüsten verteilen. Hervorstehende Beckenknochen innerhalb eines schmalen, eckigen Beckens. Ein flacher Bauch mit zart hervorstehenden Muskeln, starke, sehnige Beine unter einer kleinen, festen Taille mit einem winzigen Bauchnabel, die gesamte zierliche Statur bebend balancierend auf gemeißelt kleinen Füßen.

So sollte dieser Mensch sein, all dieses in sich vereinen!

Ein androgynes Wesen von überirdischer Schönheit und Ästhetik, einem Duft wie ein Bouquet aus Wasserlilien und mit fließenden, weiten Bewegungen und formvollendeten Gestiken wie im klassischen Tanz.

Ein Wesen, das ich in einer durchsichtigen Flasche verstöpseln könnte, bis die atemberaubende Schönheit in der Gefangenschaft zu feinen, bunten Sandkörnern unterschiedlicher Farbe zerfällt, kleine Körnchen glimmernder Brillanz. Sodass bei jedem Schütteln von mir ein anderes Sandbild entsteht – ja, schon auf die kleinste Regung von mir, und sei es nur ein Anstupsen eines einzigen Fingers, es mit einer Veränderung seiner kleinsten Teilchen reagiert und so seine Gesamtheit ändert.

13

„Kai? He, Kai …?"

Maries Gesicht erscheint wieder vor mir, und ihre Stirne ist nun in Falten gelegt. Sie sieht mich ein wenig bekümmert an und seufzt leise.

„Du hörst mir ja gar nicht zu. Dir geht es nicht gut, stimmt's?"

Der Einfachheit halber nicke ich.

Sie lehnt sich wieder zurück. „Dann will ich dich auch nicht länger mit meinen Plänen belästigen. Nur so viel … es wird mir nicht leicht fallen, von dir Abschied zu nehmen", meint sie noch, und daraufhin fällt sie in Schweigen. Eine Weile sieht Marie nachdenklich auf ihre Nägel und ich über ihre Schulter hinweg. Als ich meinen Blick dazwischen kurz auf ihr Gesicht richte, fliegt ihr Kopf sofort wieder in die Höhe, und ihre Augen heften sich an meine.

„Meine Wohnung hier … die möchte ich natürlich verkaufen, ich habe auch schon Interessenten, das ist also bereits erledigt. So, wie sie hier steht, ich möchte nichts mitnehmen. Ich lasse alle Möbel hier. Warum sollte ich mein kleines, privates Griechenland auch mitnehmen, wenn ich dorthin ziehe …", fährt sie dann doch fort und lacht leise über ihren Scherz.

„Jetzt muss ich nur noch mein Auto loswerden", meint sie und nagt an ihrer Unterlippe. „Am besten, ich gebe eine Anzeige auf, es sollte jedenfalls rasch gehen."

Von einem Gedankengang zum nächsten schnelle ich mit meinem Oberkörper ruckartig in die Höhe und richte die Schultern nach vorne, nicke eifrig mit dem Kopf. Das ist es! Mit leuchtenden Augen tippe ich auf mich und fahre fort zu nicken.

Marie sieht mich überrascht an. Dann hebt sie die Augenbrauen und reißt die Augen auf. „Was … du? Möchtest du wirklich mein Auto kaufen, ist das dein Ernst?" Ich nicke.

„Ja … kannst du denn überhaupt fahren?" Jetzt kräusele ich gespielt die Stirne und ziehe den Mund breit, sehe sie spöttisch an, während ich meine Arme in die Hüften stemme. Marie weiß ganz genau, dass ich den Führerschein besitze. Wir haben einmal darüber gesprochen, dass wir ihn zufällig beide während des Schulstresses knapp vor der Reifeprüfung gemacht haben.

Jetzt scheint sie sich zu erinnern, und ein Lächeln breitet sich auf ihrem Gesicht aus.

„Ach ja, stimmt. Ja, wenn das so ist … du kannst meinen kleinen Golf natürlich haben. Je schneller ich ihn los bin, desto besser. Dein Interesse ist also so etwas wie ein Geschenk des Himmels für mich."

Marie nickt mir, sichtlich noch immer überrascht, zu.

Ich unterschreibe augenblicklich einen Scheck, bevor ich es mir noch anders überlege.

Eigentlich weiß ich gar nicht, warum mich die Idee sofort begeistert hat, auf die Schnelle plötzlich zu einem Auto zu kommen. Schließlich hatte ich niemals wirklich ein Auto gebraucht und war auch gut ohne eines ausgekommen.

Es war, als hätte mir eine leise innere Stimme geflüstert, dass ich demnächst einen fahrbaren Untersatz dringend nötig haben würde. Es ist mir nicht möglich, ein solches Flüstern aus dem Bauch zu ignorieren, die Gewohnheit, in mich hineinzuhorchen, steckt einfach zu tief in mir.

Es gibt keinen Grund, nicht auf mein wisperndes Inneres zu hören, es würde mich schon nicht täuschen. Denn warum sollte es das, nach allem, was ich für es getan habe.

Pünktlich zu meinem Spitalstermin komme ich an, und bereits durch die verglasten Flügeltüren sehe ich, dass mich die mir zugewiesene Sprachtherapeutin ebenfalls erwartet. So gehe ich mit gemischten Gefühlen auf den Behandlungsraum zu.

Doch dann gebe ich mir einen Ruck. Die Stimmrehabilitation ist schließlich wirklich notwendig. Ich hatte keinem Menschen zu verstehen gegeben, dass ich verzichten wollte, obwohl ich das eigentlich ursprünglich vorgehabt hatte. Ich hatte mich stattdessen nur immer wieder um die Termine gedrückt und den Behandlungsbeginn so vor mir hergeschoben. Es wird nie jemand erfahren, dass ich eigentlich vorhatte, keine Ersatzstimme zu erlernen.

Ich betrete den Raum und lasse die Fragen von Doktor Amon über mich ergehen, nicke zu allem bejahend, was mein Wohlbefinden betrifft. Dabei lasse ich die Sprachtherapeutin nicht aus den Augen, und zum ersten Mal studiere ich sie bewusst, versuche, in ihrem Gesicht zu lesen.

Ja, es würde gehen. Musste es schließlich. Ich denke, dass ich mit ihr arbeiten können werde.

Natürlich nimmt sie die Gelegenheit, mich wieder einmal anzutreffen, sofort wahr.

„Frau David, denken Sie, wir können dann die Stimmrehabilitation nun langsam anlaufen lassen?"

Mein eifriges Nicken nach einer kleinen Pause scheint ihr einen unerwarteten

Schlag zu versetzen, und sie blickt mich eine Weile entgeistert an. Es hätte nicht viel gefehlt, und die Überraschung hätte sie torkeln lassen. Es ist leicht zu bemerken, dass sie eigentlich nur da war, um von dieser sonderbaren Patientin eine neuerliche Abfuhr in Kauf zu nehmen, um der Formalität Genüge zu tun und danach schnellstmöglich wieder zu verschwinden.

Doch diesmal hat sie Pech gehabt.

„Wirklich, Frau David? Ja das ist ja grandios. Endlich haben Sie ein Einsehen, dass ein Anfang schön langsam gemacht werden muss. Sie werden schon sehen, wie wir beide das hinkriegen werden", klingt sie nun ganz selbstsicher und überspielt damit den letzten Rest ihrer Überraschung.

„Und wissen Sie was – wenn Sie nichts dagegen haben, beginnen wir gleich damit. Mein Sprachlabor befindet sich hinter dem Spitalsgelände. Wenn Sie nichts anderes vorhaben natürlich, versteht sich."

Ich zucke mit den Schultern und nicke erneut. Soll mir recht sein. Erst einmal abwarten, was auf mich zukommt, dieser Herausforderung werde ich mich sicher spielend stellen können. Ich habe schließlich immer schon leicht gelernt und schnell begriffen.

Meine Leichtfertigkeit sollte ich schnell bereuen, denn schon bald beginne ich vor dem riesigen Spiegel, vor dem wir beide in dem winzigen, hell erleuchteten Sprachlabor sitzen, gehörig zu schwitzen.

Wir beginnen ganz am Anfang. Ich soll erst einmal das Alphabet mit diesem mir unbekannten System neu zu sprechen lernen. Die fremdartigen, verzerrten Laute, die anfangs aus mir dringen, erschrecken mich so sehr, dass ich immer länger brauche, um mich zu überwinden, einen erneuten Versuch zu wagen.

Ich muss daran denken, welche Überwindung es Gehörlose bei Sprechversuchen erst kosten muss, andere etwas von sich vernehmen zu lassen, was sie sich selber nicht einmal vorstellen, geschweige denn kontrollieren können. Da gehörte wohl unglaublicher Mut dazu.

Ich schüttele mitten in einer Sprechübung energisch den Kopf, um diesen Gedanken loszuwerden. Ich wollte keine Parallelen zwischen mir und Gehörlosen aufstellen! Das sollte nun ein für alle Mal vorbei sein.

Die Sprachtherapeutin versteht mein Kopfschütteln als Unwillen und beginnt mich prompt beruhigend an der Schulter zu streicheln, während ich angestrengt weiter übe.

Langsam bekomme ich ein Gefühl dafür, wie ich mit diesem neuen System später einmal ganze Worte und Sätze sprechen sollte. Doch noch sind alle meine Konsonanten zu weich, und die Vokale rutschen immer wieder irgendwohin ab, es gelingt mir nicht, sie zu halten.

Während ich versuche, die einzelnen Buchstaben zu formen, analysiere ich sofort mit dem Gehör, was ich anders machen muss, und meist gelingt mir beim nächsten Versuch bereits eine kleine Besserung.

Wie viel langsamer und komplizierter musste diese Arbeit also bei Gehörlosen sein, bei denen die Berichtigungen mit fremden Ohren erarbeitet werden müssen, um sie anschließend der übenden Person begreiflich zu machen.

Diese Erkenntnis drängt sich mir aus einer seltsamen Tiefe heraus auf, und wenn mir in diesem Augenblick bewusst gewesen wäre, dass ich jetzt eben eine Nähe zu den Gehörlosen erlangte, genau jetzt in dieser Situation, die das Leben schuf, eine Nähe mit unvergleichlicher Tiefe, verglichen mit all meinen früheren Bemühungen, wäre ich just in diesem Augenblick aufgestanden und gegangen, weil ich die Ironie dieser Welt nicht länger hätte ertragen können.

So bemerke ich nichts und bleibe, denke nur unwillkürlich an Martinas damalige Worte.

Sie meinte, die Gehörlosen leben in einer Welt mit Lautsprache und müssen es lernen, mit ihren Mitmenschen zusammenzuleben. Es ist notwendig, draußen in der Welt bestehen lernen zu können, und wenn es einem erst mit Härte näher gebracht werden muss, dass dort draußen keiner Rücksicht nehmen wird. Hier geht es ums Überleben. Um das eigene Bestehen.

Und langsam begreife ich, dass ihre Worte wahr sind und sie Recht hatte. Und trotz des eisernen Vorsatzes, mich nicht mehr mit Gehörlosen zu vergleichen, wird mir klar, dass ich mich gerade in derselben Situation befinde.

Vor die Herausforderung gestellt, einen Weg finden zu müssen, mich nicht nur im geschützten Raum, sondern auch draußen im Alltag zu behaupten.

Ich musste also am eigenen Leib erst spüren, was ich nicht gewillt war zu begreifen. Nun gut, ich habe es nun letztendlich zu spüren bekommen, wer von uns beiden im Recht ist.

Doch anders konnte es mir anscheinend nicht eingetrichtert werden.

Ich habe schließlich noch nie leicht gelernt oder schnell begriffen.

Den Kopf in den Nacken gelegt, sitze ich in meiner kleinen Küche auf einem Drehschemel, drehe mich langsam immer wieder im Kreis herum. Die in einem Kreis angeordnet eingemauerten Lichtpunkte in der Decke über mir, die nicht mehr als ein sanftes Licht durch die Küche werfen und die hintersten Schatten erfolglos zu erreichen versuchen, scheinen sich ebenfalls im Kreis zu drehen.

Wie aus einem Dämmerzustand bin ich eben gerade vor einigen Minuten aufgewacht, die letzte Zeit völlig überdeckt und benebelt vom puren, ungefilterten Leben gewesen. Ich rücke nun ab von mir und denke über das Leben nach. Über die Menschen, die darin eine Rolle spielen.

Martina kommt mir in den Sinn. Ein leises Lächeln breitet sich auf meinem Gesicht aus.

Sie war es, die mir als erste einen Tritt verpasste, nicht ins Nirgendwo zu leben, sondern geradewegs zu mir hin. *Warum du!,* frage ich mich. Warum hast du es partout nicht zugelassen, dass ich an mir selbst scheiterte. *Warum du!* Warum warst du hier, als ich dich brauchte. Was konnte ich dir schon geben, damit es die Sache überhaupt wert war. – gar nichts. Außer mein eigenes zerknirschtes Einsehen, dass du Recht behalten hast. Damit, dass ich mich sonst selbst verloren hätte.

Marina schiebt sich vor meine Augen und mit ihr das gesamte sterile Krankenzimmer, eine jede Falte auf den Leintüchern erscheint wieder vor mir, das Bild ist frisch und unverzerrt, noch völlig da, ohne Schlieren des beginnenden Vergessens. Ich sehe wieder ihre glimmenden Augen aus ihrem über sich geworfenen Deckenberg funkeln.

Warum du!, frage ich mich unwillkürlich. Warum hast du mich mit dem Kopf darauf gestoßen, dass ich falsch lag mit meinen Einbildungen von mir selbst – schließlich hattest du genug mit dir selbst zu tun, und trotzdem machtest du es dir zur Aufgabe, mich aus mir herauszuholen, damit ich mich der Welt stellte. Und mir. *Warum du!* Du kanntest mich nicht einmal und verhalfst mir dennoch zu einem Start in Richtung geradewegs zu … nun, zu mir. Ja, du hattest Recht … und diese Zugabe ist das Einzige, was ich dir für all dies zurückgeben kann. Es stimmt, ich hätte mich in meinen Einbildungen verlaufen und mich selbst verloren.

Das Bild wird unscharf, und Marie schiebt sich davor, bis ich sie deutlich vor meinen Augen sehe. Das Lächeln um meine Mundwinkel breitet sich weiter aus.

Und du! *Warum du!* Warum bist du nicht von meiner Seite gewichen, die ganze Zeit lang. Ein unsichtbares Band hat dich und mich die ganze Zeit über zusammengehalten, mit einer Dehnbereitschaft eines neuwertigen Gummibandes, das allen Umständen standhielt, auch wenn ich in die Ferne rückte und mich allem und jedem entfremdete. Du warst hier, der ewig stille Beobachter, um mich von einem erneuten Einschlagen in einen falschen Weg abzuhalten.

Warum du!, frage ich mich immer wieder, und die Worte schallen so laut in mir, dass sie in Wellen bis hinaus in den Körper fluten und ich sie unbewusst lautlos mit meinen Lippen bilde.

Ja, du, Marie! Und jetzt willst du also gehen. Dann tue es doch, kehre mir den Rücken zu und geh deinen Weg. Verschwinde! Ich brauche dich nicht. Ich brauche dich sowieso nicht!

Warum du!, dringt es noch einmal durch mich. *Warum du!* Geh nicht! *Warum du ...!*

Als ich das nächste Mal durch die Stadt gehe, werfe ich einen kritischen Blick rund um mich. Beobachte, was um mich geschieht. Merke erstmals, wie normal alles ist, solange ich es nicht selbst für meine Augen verfremde.

Die Sonne durchflutet Straßen, in denen Menschen einherhasten. Sie sehen einander nicht in die Augen, hechten der Sonne entgegen. Sie sind so furchtbar entstellt vom Licht, das von ihren Gesichtern tropft. So warte ich den Abend ab, um die Menschen zu sehen.

Doch ich finde sie nicht und jage nichts als Schatten, die über die Häuserwände zucken. Flackern, wie der Schatten von Kerzenlichtern, die zitternd wackeln und aus ihren Konturen gleiten.

Ich lebe dieses Leben, während die Minuten aus den Uhren tropfen, werde Teil der Menschen in den Supermärkten, während ich durch die Gänge an den Regalen vorbeischlendere. Auf den Parkbänken und in den Straßenbahnen sitzen die Menschen, sie sind auf allen Plätzen und stecken in engen Gassen wie verklumptes Blut in schmalen Arterien. Je länger ich mich hier draußen aufhalte, desto weniger rümpft sich meine Nase vor dem Menschengeruch, desto weniger weicht mein Körper aus und zieht mich zu den Straßenrändern.

Alles hier ist normal. Alles alltäglich. Ein leitender purpurroter Faden zieht sich durch die Gegenwart, von Menschenhand gesponnen, der vorgibt, wie alles zu sein hat. Wie alles richtig zu laufen hat. Die Menschen stehen hintereinander gereiht und halten ihn mit zwei Fingern einer Hand. Wer ihn geschaffen hat, ist längst vergessen. Nur das Werk ist geblieben, eine Idealvorstellung eines Einzigen.

Ich ziehe die Gleichgewicht haltenden Arme ein und lege sie an den Körper, gleiche kurz mein Gewicht mit dem Becken aus, um mich oben zu halten und nicht sofort zu stürzen, dann springe ich ab vom purpurroten Faden, ohne die Menschenschlange unter mir zu streifen, und reihe mich ebenfalls ein.

Beim Ergreifen des Fadens schneidet sich die fremde Berührung in die Haut meiner Finger ein und hinterlässt linienförmige Kerben, das Blut tritt rot an meine Hände, und ich weiß nicht, ob nicht vielleicht der purpurrote Faden selbst sich auf mich abfärbt. Vor Schmerz lasse ich los und weiche zur Seite, die Karawane zieht im Gänsemarsch an mir vorbei.

Ich bleibe stehen und sehe mich um, wo niemand sonst mehr ist. Gehe in eine gleichgültige Richtung davon. Ich selbst bin mein purpurroter Faden, den ich nicht verlieren darf.

Ein seltsames Gefühl strömt aus einer mir unbekannten Stelle in mir, und unbewusst weiß ich, dass dies ein menschliches Grundwasser ist, das hier hervorsickert.

Alles ist Bestimmung, wir leben mit einem Schicksal, das uns leitet. Wir brauchen nur geschehen zu lassen. Kein Mensch dieser Welt ist berechtigt, einen leitenden purpurroten Faden in die Welt zu setzen, nicht für sich selbst und auch nicht, noch schlimmer, für andere. Wie dumm zu glauben, dass man nach den Vorstellungen eines Menschenkindes handeln sollte. Man braucht doch nur die längst vorbereiteten Fügungen der Göttin geschehen zu lassen.

Wie dumm war es doch zu glauben, dass ein Mensch selbstständig das Leben meistern könnte, es fertigbrächte zu planen. Als ob wir dafür nicht viel zu klein wären! Nie könnten wir die Gesamtheit in unsere Pläne eingliedern, dafür sind wir viel zu kurzsichtig, Augen und Herz sind nicht genug in die Höhe gehoben, um genug der Welt überschauen zu können.

Am Boden kriechende Winzlinge, die sich auf eine Führung aus sich selbst heraus verlassen, könnten nie wahrnehmen, wie ein fremdes, möglicherweise bisweilen noch unbekanntes Land sie ruft, eine Sehnsucht heraufbeschwört, um den Menschen in die kosmisch zugeteilte Heimat zu rufen. Sie könnten nie einen von höheren Kräften ihnen zugeteilten Menschen finden, solange er nicht innerhalb der nächsten sichtbaren Ecke in ihrem Gesichtsfeld auftaucht; wäre er indes Bezirke, Städte, Länder oder Kontinente entfernt, so würde das Treffen ohne göttliche Fügung nicht stattfinden können.

So musste es sein, ich bin mir ganz sicher. Mit jedem Menschen ist in dieser Welt etwas geplant. Etwas vorgesehen. Was wohl mit mir noch alles geschehen sollte.

Ich kneife fest die Augen zusammen, bis sich meine Nase kräuselt und mein Gesicht von der zusammengezogenen Mimik die Zähne bleckt. Mein eiserner Wille, jetzt und hier und in diesem Augenblick etwas spüren zu können, was um mich herum in der Luft knistert, löst überraschend diese aggressive Mimik aus.

Ich möchte die geschriebene Zukunft wissen, sie wahrnehmen, wie sie um mich stiebt wie ein Wirbelwind und im eigenen Zeitrhythmus in mich einfließt. Möchte Bilder vor ihrer Zeit sehen, die ich noch nicht wissen soll.

Zögernd und wie durch einen Schleier erkenne ich vor meinen geistigen Augen einen jungen Mann, der auf mich zugeht, die letzten Meter die Hand in meine Richtung ausstreckt und abwartend stehen bleibt.

Er hat schwarz gelocktes Haar und eine südländisch braun gebrannte Haut, seine Augen blicken mich ruhig, aber funkelnd vor Verlangen an. Die Sicherheit seiner gespannten Körperhaltung, meine Gewissheit, dass er mich erwartet, lässt mich in Bewegung setzen, langsam auf ihn zu.

Plötzlich erscheint im Hintergrund Marie, mit einer raschen Bewegung legt sie ihm einen angewinkelten Arm um die Schulter, lehnt sich für eine Sekunde an ihn und stupst ihre Nase gegen seinen Hals. Dann erblickt sie mich und wirft mir ein stolzes Lächeln zu. Schielt zur Seite auf ihren Freund und wirft mir einen weiteren überglücklichen, strahlenden Blick zu, nun mit der Aufforderung, ihr bei ihrem zweifellosen Glück zuzustimmen.

Ich schaue von ihrem zufriedenen Gesicht hinüber in seines, und die Mimik, die mich in seinem Gesicht erwartet, lässt mich erbeben.

Glühend sieht er mir entgegen, der Körper ein wenig zurückweichend vor Maries Körper, ein Arm berührt leicht ihre Hüfte, als wolle er sie unbewusst wegschieben. Ein Schmerz ist in seine Züge gebettet, und sein gesamter Körper scheint vor einem verzweifelten Verlangen zu zittern.

Ich spüre es, er will mich. Mich will er!

Einige Meter sind es nur, die uns beide trennen, und die Luft scheint zu brennen vor Leidenschaft, erstickt jeden kühlenden Windhauch zwischen uns, sodass sich die Hitze heftig aufstaut, bis die Luft in unserem Abstand flimmert wie in afrikanischem Tafelland.

Ich schrecke auf wie aus einem Tagtraum und lege verwirrt eine Hand an meine gerötete Wange.

Er ist für mich bestimmt! Er ist hier, um mich zu holen, angelockt durch Marie, die von der Regisseurin Schicksal als Nebenfigur auserkoren ist, uns beide zusammenzuführen. Es ist bestimmt, dass er hier auf mich trifft. Mit mir will er leben! Marie war nur der Lockvogel.

Je länger ich darüber nachdenke, desto sicherer werde ich mir darin. Es musste so sein. Ich weiß es. Ich weiß es ganz bestimmt! Mich will er haben!

14

Aufgepeitscht durch eine tobende Rastlosigkeit renne ich durch die Straßen. Wie ein gehetztes Tier schlage ich Straßenrichtungen ein, bis ich den Taxistandplatz erreiche.

Durch einen ziemlichen Verkehrstau manövriert mich der Fahrer Richtung Flughafen, und ich blicke nervös aus den Augenwinkeln auf meine Armbanduhr. Vergangene Woche bei meinem letzten Treffen mit Marie hatte sie mir ihre Abflugzeit gesagt und mir aufgeregt das Versprechen abgerungen, zum Flughafen zu kommen, um sie zu verabschieden, wenn sie zusammen mit ihrem Freund fliegt.

Jetzt ist der Zeitpunkt gekommen, an dem ich ihm gegenüberstehen werde! Er wird womöglich jetzt erst erkennen, was ihn in Wahrheit hierher geführt hatte. Es ist so aufregend! Ob er wohl schon fühlt, dass Marie die Falsche ist und er in wenigen Minuten der Richtigen gegenüberstehen wird? Vermutlich ist es noch zu früh, das Erkennen wird ihn erst nachher wie ein Blitz treffen, im Bruchteil einer Sekunde, in dem Augenblick, in dem er mich erblickt.

Aufgeregt winde ich meine kalten Hände in meinem Schoß.

Ich zwinkere vor dem unangenehmen, grell leuchtenden Licht am Flughafen, dann mache ich mich mit pochendem Herzen auf den Weg. Lasse meine Augen durch die Halle schweifen, bis ich den Schalter der richtigen Fluggesellschaft finde.

Dort! Dort steht Marie, sie lehnt ihr Gewicht kräftig gegen ein metallenes Gestell vor ihr, auf das eine Menge Gepäck geladen liegt, wohl aus Sorge, dass es von den schweren Koffern übermannt umkippen könnte.

Unter ihrer Kleidung zeichnen sich nervös angehobene Schulterblätter ab, mit einer Hand fährt sie sich aufgeregt durchs Haar, die andere streckt sie ohne den Kopf zu wenden zur Seite und verflicht ihre Finger mit … Dort! Dort steht er! Ruckartig bremse ich und hefte meine Augen an seinen Rücken.

Er dreht sich nun leicht zur Seite, und ich erkenne ihn sofort. Er ist es, den ich vor meinem geistigen Auge gesehen habe. Nun gibt es keine Zweifel mehr!

Ich spanne meinen Nacken an und fahre mit den feuchten Handflächen kurz über meine Jeans, meine Beine sind gestreckt, unbewusst zucken sie wie bei einem scheuenden Pferd, tragen mich trippelnd einen Schritt rückwärts.

Heftig befehle ich meinem Körper stillzustehen, und er verharrt vibrierend auf der Stelle. Jetzt darf ich keine Panik bekommen. Das Leben läuft, wie es laufen soll. Es ist bereits alles eingefädelt! Ich brauche gar nichts mehr zu tun, nur geschehen zu lassen.

Mit einem leisen Freudenschrei erblickt mich Marie und wirft ihren Kopf in meine Richtung, ihr Körper folgt ihr fließend, und sie landet hüpfend wie ein kleines Kind vor meinen Füßen, umfängt mich mit den Armen und legt ihren Kopf an meine Schulter.

„Schön, dass du gekommen bist", flüstert sie. „Glaube mir, meine Nerven fliegen. Ich bin total fertig! Ich muss jetzt nur noch den Flug überleben, dann fängt mein Leben an. Ich zittere schon den ganzen Tag vor diesem Augenblick. Oder besser gesagt, die letzten Dutzend Jahre."

Sie richtet sich wieder auf und klemmt eine Haarsträhne hinters Ohr, ihre kleine weiße Hand zittert, und die Ärmel eines langen grauen Pullovers hängen bis zu ihren Fingerspitzen.

Sie wirkt winzig und zerbrechlich. In ihren Augen funkelt glimmendes Glück, doch versteckt hinter einer großen Furcht, die sich unweigerlich davorschiebt und sich bis hinaus an ihre Wimpern hängt, um dort zu glänzen wie ein Stern. Nur aus den Augenwinkeln nehme ich diese einzelne Träne wahr und beobachte, wie er indessen die Koffer gerade am Schalter der Reihe nach auf das Band hievt.

Mein Herz beginnt wieder zu rasen. Jetzt muss es geschehen! Fiebrig überlege ich, wie Marie zu entfliehen ist, hätte sie am liebsten weggeschoben.

Sie bemerkt meine Unruhe nicht und umarmt mich erneut, verzweifelt durch ihren Griff spannen sich meine Halsmuskeln an. Ich stehe still und rühre mich nun nicht mehr, Schweißperlen treten auf meine Stirn. In meinem Magen kribbelt etwas, und der Wunsch, nach vorn zu preschen, um ihn zu erreichen, schnellt in mir hoch wie ein krampfhaftes Würgen.

Jetzt dreht er sich um und sucht Marie, tritt ratlos einen Schritt zurück. Da entdeckt er uns beide und nickt mit einem Lächeln. Sein Blick trifft auf meinen. Einen Augenblick lang. Einen Sekundenbruchteil. Er wendet sich wieder zum Schalter.

Maries Kopf hebt sich wieder. Mein Körper ist eiskalt, und mein Atem fliegt. Mit aufgerissenen Augen fiebere ich angestrengt, was ich tun soll. Meine Finger zittern, sodass ich die Hände zu angespannten Fäusten balle. Ein erneutes Würgen jagt aus dem Unterleib bis zu meiner Kehle hinauf.

„Kai. Meine liebe Kai. Ich werde immer an dich denken. Weißt du … die Menschen, die Menschen dieser Welt. Die sind alle anders. Ihre Füße sind voller Gleichgewicht, es klebt an ihren Sohlen und pappt sich wie Sand zwischen ihre Zehen, bis sich schließlich ganze Häufchen von Gleichgewicht um ihre Beine winden und sie darin versinken, um ein ganzes Leben lang darin fest verankert zu stehen. Nur du und ich, Kai, wir beide nicht! Wir zwei sind vom selben Schlag und anders als die anderen. Wir fliegen mit dem Wind, unsere Beine kann hier unten nichts halten. Wir müssen uns das erhalten! Wir müssen es einfach. Es ist ein so kostbares Gut."

Sie lässt mich los und lächelt mich an. Zuckt seufzend mit den Schultern und beginnt in ihrer Hosentasche zu kramen, zieht einen Autoschlüssel hervor und hält ihn mir baumelnd entgegen.

„Er steht in der Parkgarage, Ebene fünf. Jetzt gehört er dir."

Ich nehme ihr zögernd den Schlüssel aus der Hand.

„Also dann. Mach es gut, Kai!", sagt sie noch, wippt ein paar Mal auf den Zehenballen und küsst mich schmatzend auf den Mund, dann dreht sie sich um. Ihr Freund wartet bereits auf sie und empfängt sie mit einem ausgestreckten Arm, den er ihr um die Schulter legt, nickt dabei zum Gruß lächelnd in meine Richtung.

Dann gehen sie.

Ich schaue ihnen nach, bis meine Augen sie im Gedränge verlieren. Benommen verharre ich ohne kleinste Rührung. Fühle nichts.

Schließlich erwache ich aus meiner Starre, und mein Körper schnellt nach vorne, bis ich mich im raschen Lauf wiederfinde. Habe jetzt ein wichtiges Ziel.

Meine Laufschritte hämmern bis hinauf in meinen Kopf. Suchend fliegen meine Augen durch die Gegend, bis ich die beiden in der Menge wieder ausgemacht habe. Ich spurte los, um sie einzuholen, hefte mich an die zwei. Überhole sie und bleibe stehen, plötzlich wieder in Regungslosigkeit verfallen.

Überrascht flicht Marie ihre Finger aus seiner Hand und geht auf mich zu. In mir bebt und zittert es, ich versuche durch einen eisernen Ring in meinem Herzen zu atmen, und es gelingt mir nicht, mein Atem geht flach, bis ich vor der Anstrengung erröte. Es ist, als würde ich mich gegen eine geschlossene Türe drücken, eine unentrinnbare Dunkelheit hüllt mich ein, aus der ich entfliehen möchte. Je mehr ich mich anstrenge, desto heftiger rammen sich meine Füße in den Boden und halten mich fest.

Marie kommt noch ein Stück näher, jetzt beginnt sie zu lächeln.

„Lass los", flüstert sie und berührt mich an der Schulter. Augenblicklich lässt der Druck auf meiner Brust nach, und ich atme frei und tief ein, blinzle, als wäre ich plötzlich in strahlendes, befreiendes Licht getreten.

Von einem heftigen Krampf gelöst, trete ich einen Schritt auf Marie zu.

„Heraus damit", sagt sie nun unvermittelt, und in ihrer Stimme schwingt dasselbe Lächeln, das sich jetzt in ihrem Gesicht ausbreitet.

Sie weiß also, dass es keine Worte sind, die mich quälen, sondern dass ein drängendes Gefühl in mir losgelassen werden will, um noch außen zu strömen! Eine Regung, die herauswollte.

Ich berühre sie mit meiner Hand an der Schläfe, fasse spielerisch in ihr Haar. Ihre leeren, ausdruckslosen Augen sehen mich an. Dann dreht sie sich um, und ich winke Lebewohl, sobald sie mich nicht mehr sieht.

Jetzt kann ich gehen.

Eine Hoffnung weniger. Ich habe mich geirrt, was soll es.

Ich verbanne den Gedanken, auf den ich solche Hoffnungen setzte, sofort aus meinem Kopf, eliminiere ihn zur Gänze und löse mich von ihm auf Nimmerwiedersehen, als er sich hiermit nicht bestätigte und ich unter seiner Führung scheiterte.

Es gibt kein Schicksal in dieser Welt, keine längst vorhandenen Weisheiten, was einem bestimmt ist. Ich habe mich getäuscht. Es liegt wohl doch an uns Menschen, das Leben zu schreiben.

Ich warte einen Augenblick ab und halte die Luft eine Sekunde lang an, in der etwas in mir innerlich verstört kribbelt, dann füllt mich eine herrlich leichte Woge von Gleichgültigkeit aus.

Ich bin schneller geworden. Dinge wegzustecken, sie zu vergessen, um mit anderen Gedankengängen weiterzumachen, unvermutet einen anderen Weg einschlagen zu müssen. Sich von einer Einbildung zu verabschieden. Etwas hat nicht geklappt, erledigt, also Schwamm drüber.

Es ist Geschwindigkeit, die ein ungemein kostbares Gut auf Erden darstellt – keine Gabe, sondern vielmehr ein erarbeiteter Schatz. Unverzüglich weitermarschieren. Nun kann ich es. Und diese Bestätigung ist mir ebenfalls sehr viel wert.

Ich lehne meinen Oberkörper zurück und bette ihn in einen hellen Sonnenfleck am Boden, den das Fenster hereinwirft. Meine Haut an den bloßen Schultern und am

Hals nimmt sofort den Geruch von Wärme an und strahlt bronzefarben im Licht.

Ich kneife ein Auge zu und blinzele mit dem anderen in den gleißenden, stacheligen Stern von Sonnenlicht, der sich mit unregelmäßigen Strahlen durch die Zweige des Baumes vor der Häuserfassade hindurchstreckt.

Lichtpünktchen fangen sich an den Rändern der Zweige wie Tautropfen. Es ist, als hülle mich ein früher Morgen ein.

Alles ist offen, alles ist möglich. Ein eben erwachter, beginnender Tag steht frei, um ihn selbständig zu planen. Alles liegt in meiner Hand.

Ich wünsche mir einen eigenen leitenden purpurroten Faden, einen speziell für mich, den ich um einen Fußknöchel binden kann. Sodass der stumme, taube, blinde Führer die Vibrationen aller meiner Schritte fühlt, als wäre er an ein pochendes Herz gelegt. Damit er der Erste ist, der von meinem eingeschlagenen Weg erfährt und sich danach einbilden kann, auch der Erste von uns beiden gewesen zu sein, der ihn gewählt hat.

So könnten wir miteinander auskommen.

Ich habe es jetzt nicht mehr eilig, in meinem Haustor zu verschwinden, sondern streiche jeden Tag im Vorübergehen lächelnd über das quietschgelbe Auto mit dem Kuppeldach, das seit neuestem die Straße vor dem Wohnblock ziert. Ehrfürchtig ziehe ich die Schlüssel aus der Tasche und verschwinde ins Wageninnere. Noch kein einzies Mal bin ich mit meinem neuen Wagen ausgefahren, abgesehen von der Strecke von der Flughafengarage bis hierher.

Ein alter Wunderbaum baumelt noch über dem Armaturenbrett, ein früher wahrscheinlich stechend intensiver Duft von Zitrone existiert nur mehr als ein schwebendes, sanftes Geruchwölkchen knapp um das Baumprofil herum. Ich schnippe mit dem Finger dagegen, und das Bäumchen dreht sich einige Male müde schwankend um sich selbst, auf der Rückseite erkenne ich geschriebene Zeilen und halte es bei einer erneuten Umdrehung fest, um sie zu entziffern. Es ist zweifelsohne Maries kugelrunde Kinderschrift, gedrängt in eilige, hastig dahinstolpernde Buchstaben.

‚Hallo, hallo, hallo – wichtige Nachricht an mich! Ich darf nicht vergessen, Blumenerde zu kaufen. Bloß, bloß nicht vergessen!‘

Unter dem Sitz finde ich eine Zeitung, in der die Wochenendbeilagen fehlen. Beim Fernsehprogramm ist eine Talkshow am frühen Nachmittag mit dem Thema ‚Sommer, Sonne, Sex, Mallorca‘ einige Male übereinander eingeringelt, in einem anderen Programm ein mir unbekannter Spielfilm um 20.15 Uhr.

Ich blätterte weiter und finde plötzlich erneut Maries Schrift.

Es ist ein Gedicht, geschrieben auf dem hellgrauen Hintergrund einer Parfum-Werbung dieser Zeitschrift:

Patrizio

In einer großen Plastikflasche
fang ich meinen Herzschlag ein vor Lust;
setz die Öffnung ab von meinen Lippen und
leg sie wie unter fremder Führung
fest gegen meine linke Brust.
Mein Herz schlüpft prompt mit einem wilden Pochen –
denn ich denke: dich, ja dich, dich seh ich bald …! –
hinein dort in den Flaschenhals,
sodass dies Klopfen dann dort drinnen
kräftig in dem Plastik knallt.

Ich schlage die Zeitschrift zu, ihr Datum liegt bereits einige Wochen zurück. Die Zeit hier im Wageninneren ist stehen geblieben.

Ich öffne die Türe, und der kalte Wind strömt gleichzeitig mit der Gegenwart herein, drängt alles Vergangene in Ritzen und in Fältchen der Stoffsitze zurück. Nur Marie selbst könnte die alte Zeit jetzt noch hier wiederfinden.

Ich steige aus und schließe den Wagen ab, meine Hand gleitet dabei in eine kleine Delle neben der Türe hinein, und ich ziehe sie respektvoll zurück, als hätte ich etwas furchtbar Intimes, nur einem anderen Menschen Vertrautes berührt. Ich weiß nicht, woher die Delle kommt, und damit ist sie eine Erinnerung, an der ich nicht teilhaben kann und es auch nicht will. Das gehört Marie.

In der Innenstadt sind die Straßenkünstler verschwunden.

Wo sie früher ihre Plätze hatten – rund um sie herum eine respektvolle Leere und erst nach einem gebührenden Abstand zur Unwirklichkeit ein sich schließender Kreis von Passanten –, sind nur mehr Massen von Menschen, die kurz vor Ladenschluss die Geschäftsstraßen entlanghasten.

Die Bäume sind viel zu früh kahl, auch ihre Stämme, an denen früher Gedichte zum Pflücken auf einem Klebeband hingen, stehen leer, und ein absoluter Winter schmiegt sich gegen die Bäume, die jetzt all ihr Laub verloren haben.

Die Ecke, an der einst zwei Blinde russische Lieder gesungen haben, ruht nun unter einem Rechteck von ausgelegten Zeitungen eines Straßenverkäufers.

Vor mir tollt ein Vater mit seinem kleinen Sohn auf der Straße, er schiebt den kleinen Jungen an den Schultern spielerisch an und setzt seine eigenen Schritte gleichzeitig mit dem Kind, stellt dabei die Füße eng von außen neben seine winzigen, darauf bedacht, den Kontakt der Fußkanten nicht zu verlieren. Sodass es den Anschein hat, als würde das Kind von den Schritten des Vaters mitgerissen werden und als vollführe der Junge, lehrend vom Vater angeleitet, die Bewegung ein jedes Mal im geschützten Inneren mit.

Ich husche in eine Parfümerie hinein, da ich so knapp daran vorbeigehe, dass sich die elektrische Türe öffnet und ich mich von dem Gruß eingeladen fühle.

Eine einfache, dahinplätschernde Musik empfängt mich im Inneren, die mir ebenso gekünstelt vorkommt wie der intensive Raumduft, aus einem leise schnurrenden Gerät strömt ein Duft von Sandelholz.

Einige Verkäuferinnen tummeln sich um die Regale, schlichten und sortieren, stehen beratend mit Kunden zusammen.

Ihre Hände sind gepflegt, und die polierten Fingernägel schimmern allesamt im Licht, sie duften nach Leben, ihre Gesichter sind überraschend frisch und natürlich, sie tragen ausnahmslos hochgesteckte, klassische Frisuren und sind ungeschminkt bis auf einen sanften Hauch von Wimperntusche, der wie herabgerieselter Kohlenstaub daran schimmert.

Um weiterhin ungehindert beobachten zu können, nehme ich wahllos etwas aus einem Regal und drehe es in den Händen, lasse meinen Blick weiter durch die Verkaufshalle gleiten. Nach einer Weile finde ich eine Verkäuferin neben mir stehen, die mich längst über das Produkt in meinen Händen informiert. Ich beginne ihr zuzuhören, und aus einem fernen Singsang formen sich Worte. Ich versuche mich darauf zu konzentrieren, doch verliere bald wieder die Fähigkeit, eine Bedeutung daraus zu klauben, versuche es erneut und scheitere daran, dass sich meine Augen bei einem losen Faden am Knopf ihres korrekten Kittels verlieren, der mich überraschend beruhigt und einen innerlichen Seufzer aus einer versteckten Tiefe hervorholt.

Beim Ausgang wird mir beim Verlassen ein Parfum aufgesprüht, was mir wie das Einsetzen eines Metallsenders unter die Haut vorkommt, alleine dafür gedacht, damit sie mich draußen wiederfinden.

Als ich heimkomme, lasse ich die Schuhe an, als wäre ich eine Fremde. Nur eine Besucherin in meinem Zuhause, der ich angesichts des kurzen Bleibens beim Eintritt höflich abwinke, als sie die Schuhe beim Eingang abstreifen möchte.

Ich setze mich in der Küche auf einen Schemel, und die Hunde kommen aus zwei verschiedenen Richtungen auf mich zu, um sich zu meinen Füßen sinken zu lassen.

Nach ein paar Stunden Wirklichkeit tun mir die Augen nun weh von der Welt, und ich schließe sie, um nichts mehr sehen zu müssen. Langsam sinke ich mit dem Oberkörper auf die Tischplatte und beginne allmählich in den Schlaf zu nicken.

Eine Art Wegtauchen, eine Ohnmacht infolge der Erschöpfung. Wie ein Schutzmechanismus meines Körpers, der sich nach zu viel Realität wie ein Sicherheitsschalter ausklinkt.

Es erinnert mich an Maries frühere Erschöpfungsschlafanfälle, nur umgekehrt. Bei ihr war es die Intensität der Innenwelt gewesen, vor der sie geschützt werden musste, da ihr Körper durch die Magerkeit zu sehr nach innen drang, bis er zu nah an ihr selbst ankam und diese Berührung den Kurzschluss auslöste. Bei mir ist es die Außenwelt, vor der ich in den Schlaf fliehe. Marie lebt nach außen, ich aber lebe nach innen.

Hinter meinen Schläfen pocht die weiche, angenehme Erschöpfung in einem eigenen Rhythmus. Die wohlige Müdigkeit beginnt sich in mir weiter auszubreiten und wandert in meinen Brustkorb, um sich von dort in den gesamten Körper zu vernetzen, bis ich von innen in ihren klebrigen Fäden hänge.

Schlaf setzt sich schwer auf meine Schultern und drückt sie fest und sicher nach unten, macht meinen Nacken locker und den Kopf schwer.

Versteckt unter leichten Träumen ruht meine eigene innere Stadt nun unter der Hitze des Schlafes.

Eine Stadt, die nur mir gehört, ausgefüllt mit ihren eigenen Gassen und Märkten, Biegungen und einem gut verzweigten Straßennetz. Mein höchstpersönliches Revier, wo meine Wurzeln sind, meine innere Heimat.

Der Asphalt dampft in der Mittagssonne, und der Straßenstaub tanzt in der geballten, schweren Luft nahe dem Boden, die Kreuzung liegt in völlig leer gefegter Ruhe, und nur vereinzelte Vordächer der umliegenden Gebäude werfen ihren spärlichen Schatten auf die Straßen. Neben dem Gehsteig liegen zwei magere, ausgemergelte Kühe und haben die Köpfe auf den Asphalt gelegt, dösen in der sengenden Hitze. Ein Bild, vergleichbar mit einem zur Ruhe gebetteten Katmandu, flimmert in heiß zuckenden, spiegelnden Luftwogen.

15

Eine gleißend blendende, heiße Schreibtischlampe scheint mir ins Gesicht, sodass ich den glimmenden Faden in der Glühbirne hinter meinen geschlossenen Lidern beim Zwinkern als bunte, tanzende Punkte sehen kann, als ich mich an diesem Tag im Behandlungsraum der Sprachtherapeutin vor den Spiegel sinken lasse.

Während sie geschäftig ihre Mappen hervorholt und aufschlägt, drehe ich den biegsamen Hals der Lampe von meinem Gesicht weg.

Ich muss einen kurzen Text vorlesen, in dem alle Worte mit dem von mir neuerdings verhassten Buchstaben P beginnen. Es ist mühsam, und die Worte kippen tief und knatternd aus meinen Lippen, um als schwere Brocken hinabzustürzen. Ich kann mich selber nicht verstehen in den verzerrten Lauten, die mehr einem abstoßenden Ploppen gleichen, und wende mich angewidert vom Spiegel ab, drehe den Lampenschirm wieder zu mir, bis er die Augen blendet.

Mit schnellem Griff fasst die Therapeutin hinter mir nach der Lampe und biegt den Schirm wieder von mir weg.

Als sie die Hand zurückführt, lehne ich mich nach hinten, um ihr mit dem Oberkörper den Weg zu versperren, und angele die Lampe wieder in meine Richtung, schließe die Augen, und hinter meinen geschlossenen Lidern färbt sich eine leuchtend rote Fläche.

Sie lächelt mir mit schüttelndem Kopf ins Gesicht, als ich die Augen wieder öffne, und wohl zur Strafe muss ich mich nun für Atemübungen auf die Matte hinter uns legen.

Ich lege mich auf den Rücken, und die Logopädin winkelt meine Beine mit sicherem Griff an den Knien ab, bis sie aufgestellt auf der Matte ruhen. Ich muss die Hände auf die Bauchdecke legen und das anschwellende Heben davon bewusst fühlen, wenn ich einatme und sich der Brustkorbrand weitet. Meine Hände senken sich beim Ausatmen, und die Bauchdecke zieht sich wieder ein.

Nach einer Atempause soll ich die Bauchatmung vertiefen, um sie von einem Mal zum nächsten zu intensivieren.

Ich komme nicht umhin, mich wie in einer Schwangerschaftsgymnastik zu fühlen, wie beim Üben der Atemtechnik, um einem die Wehen zu erleichtern.

Vielleicht war es ja auch etwas in dieser Art, was ich hier tat. Vielleicht ist es notwendig, mich selbst aus mir heraus neu zu erschaffen, eine Art neuerliche Geburt. Ich musste mich neu aus mir gebären, um dieselbe zu bleiben. Mich aus mir herauspressen, um anders und mit einer neuen Einstellung weiterzuleben, damit das Leben weitergeht. Altes hinter mir lassen wie eine ausgediente Hülle, damit Neues gedeihen und wachsen kann, zum einfachen Sinn und Zweck … um eben weiterhin dieselbe zu bleiben.

Die Straße vor meinem Hauseingang ruht bereits in der allmählich einbrechenden Finsternis, und über den Häusern schimmert der Himmel in einem trägen, vollen Dunkelblau im Zwielicht, als ich, den Oberkörper in eine verschlissene dicke Lederjacke gemummt, die Wagentüre aufsperre und den Motor starte.

Mit einem aufgeregten Kribbeln höre ich zu, wie der Motor schnurrt, und lenke das Auto durch die Straßen in Richtung Stadtgrenze.

Nachdem ich die letzten Häuser Wiens hinter mir gelassen habe, zeichnen sich in der Ferne die Berge mit zerfließenden Linien am Horizont ab und wirken im sanften Abendlicht wie geschliffene Edelsteine. Die Landschaft Niederösterreichs liegt nass von einem Sprühregen am Nachmittag und leuchtend grün außerhalb des Fensters, und der Wind trägt durch das heruntergekurbelte Fenster den Geruch von feuchter Erde und Gras herein.

Ich fahre bei der Biegung zum Stift, wo sich der Kirchturm schemenhaft über den Häusern abzeichnet, vorbei und atme ein paar Mal tief ein bei der Erinnerung an den Gehörlosengottesdienst hier, sodass sich meine Lungen dabei mit dem holzigen Duft der Landschaft füllen.

Lenke bald darauf in einen schmalen Abhang hinein, in den es mich zieht; einige nasse Zweige klatschen dabei an die Windschutzscheibe, während der Wagen ruckelnd hinunterrollt. Hinter dem Dickicht öffnet sich die dunkle, in Schatten gehüllte Wiese, und im kleinen Weiher spiegeln sich einige Lichtpunkte wie ein Abbild von Sternen, die nicht am Himmel hängen; das Wasser scheint als eine auffangende Schale gedient zu haben, als sie sich einst herunterstürzen ließen.

Ich steige aus und klappe die Autotür hinter mir zu, die Scheinwerfer angelassen, sodass die Lichter nun als zwei gleißende Kreise, ein Zeichen von Gegenwart, in die Dunkelheit hineinleuchten. Einen blenden, sollte man zu lange die Augen daran heften. Sie sollen mit einem einzigen, schnellen Blick zum Einfangen sein und mir Ruhe schenken, wenn ich mich jetzt auf den Weg hier hinein in die Zeitlosigkeit mache.

Ich stapfe durch das hohe, raue Gras auf eine Baumgruppe vor dem Weiher zu, sinke mit dem Rücken an einen Baumstamm gelehnt hinunter, und die knorrige Rinde presst sich hart gegen meine Wirbelsäule.

Eine Weile starre ich in die Dunkelheit und in die vertraute Umgebung, atme tief und lausche in die Stille, die keine ist. Im Weiher zerreißt ein Fisch geräuschvoll für einen Sekundenbruchteil die Wasseroberfläche, und der Wind bewegt die Blätter über mir zu einem leisen Rauschen. Aus der Baumkrone fällt ein einzelner Tropfen in mein Auge herab, als würde der Baum in stillem Verständnis mir eine Träne schenken, da ich momentan keines der vielen, an Tränen geknüpften Gefühle zu empfinden fähig bin und sie so nicht selber weinen kann.

Ich beuge den Kopf zurück, sodass sich mein Hinterkopf die Baumrinde entlangschiebt und das Haar sich wirr um mein weiß leuchtendes Gesicht herumbettet.

Bin wach und konzentriert, mein Atem geht ruhig und regelmäßig, während das Bild vor meinem geistigen Auge aufsteigt, das sich einst hier abspielte.

Meine Mutter sitzt neben dem Weiher in einem leinengewebten Sommerkleid, hat die Knie an den Körper herangezogen und die Arme darüber gelegt, während sie ins Wasser blickt.

Ihre bronzene, aus Gold gegossene Haut leuchtet im Licht, und in dem dunkelblonden Flaum ihrer Schultern bis hinauf in den Nacken fangen sich glitzernd die Sonnenstrahlen. Das Haar fällt ihr in dem leuchtenden Dunkelblond mit dem kräftigen rostgoldenen Kupferschimmer, das sich in der Gesamtheit nicht von der Farbe ihrer Haut abzuheben scheint, wirr um eine Schulter. Regungslos sitzt sie, ein einziger goldener Tupfen in der Landschaft.

Als sie den Kopf zurückwirft und über die Schulter zu uns unter den Bäumen herüberlächelt, blitzen zusätzlich die goldenen Pünktchen ihrer braunen Augen auf und scheinen sie vollends als einen gebündelten Strahl der Sonne wirken zu lassen.

Neben mir sitzt Kuniko, die kleine, zierliche Japanerin, und ihr scheppernes Lachen klebt sich zäh wie Kaugummi an den Wind, der vorüberzieht, sodass er es bis weit über die Berge trägt. Sie hat ihren Kopf an meine winzige Schulter gelehnt, und ich hebe mit einem dicken Halm rauen Grases in meiner kleinen Hand eine ihrer schimmernd schwarzen, hüftlangen Haarsträhnen in die Höhe.

Sie ist Mutters Freundin und lebt nun seit einigen Monaten bei uns. Nebeneinander blicken wir zum Weiher und sehen zu, wie Dorian sich an meine Mutter heranpirscht, sie mit starken Armen umfängt und zu sich hochzieht.

Er hält sie fest und streicht ihr liebevoll eine Haarsträhne hinter das Ohr, seine Augen leuchten lebhaft in die ihren, sodass sich ihre Blicke in der Mitte der erhitzten Gesichter an einer gebündelten Stelle treffen und sich dort als Abdruck in den Vorhang des Hier und Jetzt einbrennen.

Dorian ist mein Vater.

Sanft löst sie sich nun aus seinen Armen und kommt auf mich und Kuniko zu, Dorian hält die Arme immer noch nach ihr ausgestreckt und blickt ihr nach.

Sie lässt sich langsam vor uns beiden unter den Baum sinken. Kuniko hebt dabei den Kopf zu ihr hoch, sodass ich die Sonne in ihren dunklen Augen spiegeln sehen kann, und sie lächelt ihr verschmitztes Grinsen. Meine Mutter beugt sich zu ihr und küsst sie sanft, legt beide Hände auf ihr liebes, herzförmiges Gesicht. Kunikos Hände umfassen ihre, und sie zieht den schmalen Körper meiner Mutter zu sich, bis sie in unserer Mitte liegt und den Kopf auf Kunikos Schoß bettet, die ihr immer wieder über das goldene Haar streicht.

Dorian stakst durch das hohe Gras zu uns herüber und vergräbt die Hände in den Hosentaschen, sein Gesicht scheint von Wind und Wetter gekennzeichnet, die Falten nur dadurch entstanden, dass sich dann und wann ein gut gesinnter Wind zu einer Linie geballt wie ein scharf geschliffener Säbel an sein Gesicht legte, um es mit sanftem Druck in eine Richtung zu wenden, wo die Wirklichkeit seinen Blick haben wollte.

Er setzt sich neben mich und legt seinen Arm locker um meine Schulter, blickt geradeaus, während ich weiterhin sein liebes, liebes Gesicht betrachte.

Kuniko und meine Mutter verschwinden mit den Händen in ihren Kleidern, nun sitzen wir alle in einer Reihe und berühren uns an den Schultern, wir alle vier.

Ein Wind weht von der Seite an uns vorbei und streichelt uns alle an der gleichen Wange, so als könnte es eine einzige sein.

Es ist späte Nacht, als ich mich erhebe, überall zirpen die Grillen im Gras, und ein brauner Falter torkelt wie ein verdorrtes Blatt von den Zweigen, als ich durch das Gestrüpp zurückwandere.

Verlassen steht mein Auto am Rande der Wiese, und das Licht der Scheinwerfer glänzt in der Finsternis, zahlreiche Mücken und Falter schwirren und flattern knapp davor ihre Kreise. Dicke, massive Grashalme schlingen sich bei jedem Schritt wie Schlaufen um meine Füße und machen das Gehen mühsam, versuchen mich zurückzuhalten. Schließlich habe ich es geschafft und lasse mich in den Autositz fallen, kurble das Fenster zu, bevor ich starte. Das Aufschnurren des Motors wirkt befremdend in der Stille.

Ich fahre ziellos und doch wie von einer unbekannten Macht geleitet in die Dunkelheit hinein. Nach einer Biegung öffnet sich zu einer Seite ein Rapsfeld, in das ich hineinlenke und eine hellgelb blühende Staude knicke, bevor ich ruckartig bremse.

Ich schließe ab und wandere die harte Erde zwischen den Stauden entlang, bis ich weiter im Inneren des Feldes einen dünnen Fußweg finde, den ich weiter entlanggehe. Schließlich trete ich vorsichtig zwischen die Stauden hinein und kauere mich auf den Boden, lege meine Jacke auf die Erde und bette müde den Kopf darauf.

Der hellgelbe Raps umringt mich, und die Köpfe schaukeln ruhig über mir im Wind, anklagend und dabei gesammelt wie von innerer Stärke. Beschützt und beobachtet von diesen Blicken schließe ich die Augen und ziehe die Knie eng an meinen Körper.

Ich drehe einige hölzerne Halme am Boden durch die Finger, und es knackt, als ob ich ein Genick brechen würde. Mitten im Feld schlafe ich ein.

Von einem knatternden, fernen Traktor in einem der umliegenden Felder werde ich am nächsten Morgen geweckt, was mich sofort taumelnd in die Hocke springen lässt. Ich drücke meine Jacke an mich und spähe durch den Raps hindurch, nach einigen Metern verschwimmt einem der Blick, wo die Landschaft noch schlummernd in einem Morgennebel versunken ruht. Mit gebücktem Oberkörper husche ich durch das Feld bis zu dem schmalen Weg, der mich zum Auto bringt, der Raps raschelt an meinen Seiten, als ich hindurchhechte, und klatscht bei den Laufschritten gegen meinen Körper.

Mein Auto erwartet mich schief und mit einem Reifen im Feld steckend, das gelbe Kuppeldach taucht getarnt vom Raps hinter den Stauden auf.

Ich husche hinein und hoffe, dass der Wagen nach seiner schrägen Nachtruhe anspringt, habe Glück und rolle langsam auf die Straße hinaus.

Ich halte an einem Bahnhof an der Grenze Wiens, um zu frühstücken.

Mit kleinen Schlucken nippe ich an einem viel zu starken Kaffee aus einem Pappbecher, der die Handinnenflächen wärmt, beiße in ein noch heißes Kipferl, das sich weich und warm an den Gaumen legt, und trinke einen Schluck nach. Meinen Mund von Wärme und Süße gefüllt, sehe ich auf meine Armbanduhr, was mich schnell nach dem Pappbecher greifen lässt, um die letzten Schlucke zu leeren.

Ich habe in einigen Minuten einen Spitalstermin, springe auf und schwinge die Jacke beim Gehen über die Schulter.

Ich baumele bei der Untersuchung mit den Beinen von der Liege im Behandlungsraum. Meine Gleichgültigkeit scheint den Arzt zu irritieren, und er sieht mich mit hochgezogenen Augenbrauen und gerunzelter Stirn einmal kurz an, woraufhin ich stillsitze.

Er fragt mich, ob ich mit der Pflege der Kanüle klarkomme, woraufhin ich beteuernd nicke.

Nach und nach im Gespräch merke ich, dass der Arzt in geschwiegenen Pausen von mir bereits erwartet, mit ihm zu sprechen, und fühle mich entrüstet, dass er das von mir angesichts der kurzen Stimmrehabilitationszeit verlangt. Bei niemandem außer meiner Therapeutin selbst wage ich es, meine neue Stimme zu gebrauchen und mich darin zu üben, nicht einmal in meiner Wohnung war mir bis jetzt aus Scheu auch nur ein einziges Wort über die Lippen gekommen. Dafür bin ich noch nicht bereit, meine Stimme jagt mir noch zu viel Angst ein.

Ich bekomme Nahrungszusätze verschrieben, die ich mit den Mahlzeiten einnehmen kann, falls mir der Speichelfluss einmal als nicht zu bewältigen vorkommt und mir das Schlucken schwer fällt.

Geschockt verlasse ich die Klinik und fülle mich dabei sehr krank und schwach.

Verwirrt fahre ich wieder hinaus in die offene Landschaft. Will hier nichts mehr hören und sehen, sondern wieder fort in die Erinnerung. Möchte zurückschauen, um die Welt rund um mich aus dem Blickfeld meiner Augen zu zerren. Selbst wenn Vergangenes wehtut, so kann es einem doch nichts mehr antun, es hat Macht über einen und ist doch ungefährlich. Ein sehr kurioses Ding, die Vergangenheit. Sie ist so unwirklich fern und doch immerfort anwesend. Ein rätselhaftes Gespinn des Geistes voller Gegensätze.

Ich dringe diesmal tiefer in die alten Geschehnisse und damit auch in mich selbst, indem ich noch ein Stück weiter fahre und nun auch das Rapsfeld hinter mir lasse.

Nach einigen Kurven eines Waldweges bin ich an meinem Ziel, halte verborgen unter den Zweigen einer tief herabhängenden Föhre und schaue durch die krummen Äste vor der Windschutzscheibe hindurch auf das kleine Blockhaus vor mir. Die Fenster sind schmutzig, und auf der Veranda vor der Haustüre steht nur ein einziger verlassener Stuhl auf den dunklen Holzplanken, das rostbraune Dach ist übersät von Nadeln, und in der Dachrinne stecken einige Kiefernzapfen der umliegenden Nadelbäume, die ihre Äste weit über das Dach emporstrecken. Ein kleines Fenster an der Seitenfront ist geöffnet und gibt einen winzigen Blick in einen dunklen Gang frei, der trist wirkt neben der wärmenden Sonne am strahlend blauen Himmel über dem Haus.

Ich schließe für einen Moment die Augen, bis das heftige Pochen meines Herzens gegen die zitternden Liddeckel hallt und zwischen meinen Augen eine Gestalt heraussteigt, die durch die Windschutzscheibe fliegt und mit winzigen bloßen Füßen auf der Veranda zu stehen kommt.

Ich betrachte mich mit den beiden seitlichen Zöpfen und dem dünnen Kleid, wie ich vor Jahren dort auf der Veranda stand, und meine Augen werden feucht, als ich den Kopf recke, um zu sehen, wie ich mit beiden Händen fest die Türklinke drücke und in das Haus hineinhüpfe. Wie immer lasse ich die Türe offen, und in den Sonnenstrahlen, die nun in den dunklen Vorgang hineinleuchten, tanzen ineinander wirbelnd winzige Staubkörner.

Dorian hält mich fest im Arm, als ich übermütig auf den Ballen zu springen beginne und die Arme angewinkelt an den Körper heranziehe, um schnell loszulaufen. Er zieht mich zurück und legt eine Hand über meine Augen, ich lasse meinen Rücken auf sein weiches Hemd mit dem verschlissenen Kragen zurücksinken.

„Du musst warten, Kai, los, zähl bis dreißig, und dann kannst du loslaufen."

Er schubst mich neben die Wand und wendet mein Gesicht dorthin, damit mir auch das Hindurchspähen zwischen den Fingern nichts bringt, und huscht aus der Türe. Ich höre ihn die knarrende Holztreppe hinunterlaufen, in einem der Räume neben mir fällt etwas polternd um und wird verschoben, ich höre Kunikos Lachen von irgendwoher und Mutters dumpfe Schritte aus einer anderen Richtung. Schnell zähle ich bis dreißig, um mich auf die Suche zu machen.

Ich trete in den finstereren Gang hinaus, der so schmal ist, dass ich ihn beinahe mit den Fingerspitzen meiner beiden Hände berühren kann, wenn ich genau in der Mitte gehe, die knarrenden Holzbretter verraten jeden meiner Schritte. Das Haus ist unglaublich verwinkelt, und an jeder der zahllosen Ecken bleibe ich stehen, um mit angehaltenem Atem auf ein verräterisches Geräusch zu achten, doch nun ist es ganz still.

Zwischen den schmalen Balken, die hier am Dachboden alle paar Schritte schräg von der Decke zu beiden Seiten verlaufen, hängen unzählige Spinnennetze, in denen der Staub hell schimmert und sich einige Holzschiefer gefangen haben. Ich wickle eines der klebrigen Netze wie Zuckerwatte um einen Zeigefinger, um ihn anschließend am Hosenboden wieder sauber zu wischen.

Öffne die zweite Tür nach dem Zimmer, in welchem ich gezählt habe, und sie geht quietschend auf. Erneute Dunkelheit erwartet mich, und nur durch ein kleines blindes Fenster knapp unter der Decke scheint matt die Sonne herein. Im Licht, das die Sonnenstrahlen hereinwerfen, tanzt der Staub, und ich kneife die Augen zusammen, um einen Stapel aufgeschnittener Matratzen in einer hinteren Ecke zu erkennen und einen alten Schrank neben der Türe. Auf Zehenspitzen trete ich ein und sehe mich lauschend um. Ein hellblauer Stofffetzen hebt sich von der dunklen Holzwand ab, und ich erkenne darunter Kunikos gewölbten Rücken. Sie kniet hinter dem Matratzenberg und hat den Kopf fest auf die Knie gelegt, die helle Haut ihres angespannten, gewölbten Nackens, weiß und glatt wie Milch, schimmert im Dunkeln.

Ich pirsche mich an sie heran und stürze mich dann schreiend auf sie, hänge mich an ihren Hals, als sie sich lachend aufrichtet und mich mit emporzieht, ich den Boden unter den Füßen verliere und strampele, bis ich mich fallen lasse.

Wir fassen uns Hand in Hand und rennen aus dem Zimmer, um die anderen aufzuspüren. Kuniko hält den schmalen Oberkörper nach vorne gebeugt, als würde sie dann beim Laufen mit weniger Gewicht auf die knarrenden Holzbretter drücken.

Wir trennen uns, und ich wiesele in eine andere Richtung als sie davon. Als ich den winzigen Waschraum durchsuche, höre ich Schreien vom anderen Ende des Ganges und spurte los. Mutters glöckchenbimmelndes Lachen fegt durch den Gang mir entgegen und hängt sich in Flocken in die Spinnennetze. Ich laufe auf das Zimmer zu, in dem Kuniko und Mutter hinter der Türe herumtollen, sehe die beiden ausgelassen am Boden albern, Kunikos Arme um ihre Hüften geschwungen. Sie presst ihren Körper eng an ihren, und Mutter schlingt ein Bein um ihren Rücken, richtet sich plötzlich mühsam unter ihrem Druck auf und hebt Kuniko hoch, bis Mutter sie ausgestreckt auf den Armen trägt. Die beiden torkeln neben mir aus der Türe, wo Mutter sie erhitzt loslässt und wieder auf die Füße setzt.

Ich spurte los und dränge mich rasch zwischen die beiden. Schlimme Eifersucht. Ein feiner Film von Schweiß hängt auf unseren Körpern, wie aus einer gemeinsamen Hautschicht über unseren Köpfen ausgetreten, als wir drei mit geröteten Wangen die schmale Treppen hinunterdonnern, Mutter legt dabei ihren Arm fest um meine Schultern und zieht mich mit eiligen Schritten mit sich.

Unten angekommen, bleiben wir lauschend stehen und teilen uns nach vergeblich geschwiegenen Sekunden, Mutter zieht mich an der Hand ins Wohnzimmer, während Kuniko in die andere Richtung hüpft.

Der schwere, grobe Teppich im Wohnzimmer liegt flauschig unter meinen bloßen Fußsohlen, und die dicken Fasern drücken sich zwischen meinen Zehen hindurch. Mutter schwingt sich lebhaft auf das Ledersofa und schaut von oben über die Lehne hinunter in den breiten Zwischenspalt zur Wand. Aus der Küche drüben erschallen plötzlich Stimmen, und sie lässt sich daraufhin erledigt auf das Sofa fallen, um kurz zu verschnaufen, legt beide Arme weit ausgestreckt über die Rückenlehne.

Die Stimmen werden leiser drüben, und Mutter fährt mit einer Hand schnell über ihr Gesicht und durch einige über die Stirne hängende Fransen.

Ich möchte sofort aus dem Zimmer hinüber laufen, aber nicht ohne sie. Ihr Gesicht wirkt für eine Sekunde gedankenverloren und träumerisch weich. Ich möchte sie rufen, sie zurückholen. Aber sie ist zu weit fort. Und meine Stimme wagt es nicht. Sie macht mich ganz stumm.

Schließlich steht sie auf. Als sie an mir vorbeikommt, drücke ich mich fest an sie, und wir gehen nebeneinander aus dem Zimmer.

Als wir auf die Küche zugehen, sind darin die Stimmen verstummt. Man hört nun schepperndes Geschirr dort drinnen, der Tisch ruckt immer wieder kratzend über den Boden, und Besteck fällt klirrend von der Platte hinunter. Das Rucken geht weiter, und das eine kürzere Tischbein, wodurch der ganze Küchentisch schon immer wackelt, tippt immer wieder auf dem Boden auf.

Mutter wendet sich ab von der Türe und zieht mich am Handgelenk mit sich, setzt sich an die Wand gelehnt auf den Boden und zieht die Knie an den Körper.

Wir finden ein Stück meiner Spielkreiden unter einigen alten, ausgebreiteten Zeitungen, und Mutter lehrt mich die Buchstaben A, B, C, D, E, F, indem sie diese groß auf den Holzboden schreibt und ich meine krakelige Kopie darunter setze.

16

Ich öffne die Augen wieder und atme einmal langsam durch.

Lehne mein heißes Gesicht auf den Arm, der abgewinkelt und abgestützt auf dem Lenkrad liegt. Richte mich daraufhin kerzengerade im Autositz auf und werfe einen letzten Blick auf das dunkle, knarrende, lebendige Haus. Ein Heim, das nur uns vieren gehört, über uns nur der Himmel und sonst gar nichts auf der Welt.

Ich lege beide Handflächen kurz auf die geröteten Wangen, bevor ich losfahre und das Lenkrad energisch drehe.

Möchte den geschwungenen Waldweg wieder zurück und ramme bei der ersten Biegung gegen eine unsichtbare Wand, die mich abrupt aufs Gaspedal treten lässt, sodass der Wagen beim Bremsen zur Seite schlingert. Atemlos sitze ich stocksteif und starre auf zwei zusammengewachsene Bäume. Heiße Tränen fließen über mein Gesicht, und mein Kinn zuckt, während ich mein Gesicht bis zur Nasenspitze in meinen Armen vergrabe und auf das Loch, welches sich zwischen den beiden Baumstämmen öffnet, starre.

Ich baumele mit meinen kleinen, dünnen Beinen herunter und trommele mit den matschigen Absätzen meiner Sportschuhe gegen die Baumstämme, lehne mich weit in die Öffnung zwischen den beiden Bäumen zurück.

Die raue Rinde kratzt auf beiden Seiten gegen meinen Körper, und über mir wölbt sich ein leuchtend grünes Dach von Blättern.

Einige Meter vor mir steht Dorian im Waldweg und hält einen flachen, grauen Stein in der Hand, den er hochhebt und dabei ein Auge zukneift, bis er diesen in seinem Blick offensichtlich vor die Sonne rückt.

Ich springe ab, und unter meinen Füßen knacken die Zweige, was Dorian aufhorchen lässt und woraufhin er sich umdreht. Er schaut in meine Richtung, als ich durch die Sträucher zu ihm hinüberstreife, und lächelt. Setzt den Stein ab und wirft ihn mit einer Hand immer wieder in die Höhe.

„Kannst du durch Steine sehen?", frage ich ihn grinsend und zwinkere, die Sonne über seiner Schulter scheint mir in die Augen. Dorians warmes, offenes Gesicht weitet sich zu einem breiten Lächeln, und die tausend Lachfältchen um seine Augen blitzen auf.

„Und ob ich das kann. Ich kann sogar durch Menschen sehen."

Er lässt sich zu einer Hocke sinken und legt beide Hände stützend auf die Knie, lässt den Stein fallen und federt mit den Fußballen auf und ab.

Ich stehe still und umfasse meine Hände auf dem Rücken. In den Falten von Dorians Hemd fangen sich die Sonnenstrahlen und fließen in die Einbuchtungen des Stoffes hinein, wandern in ihnen entlang, bis sie daraufhin von Kragen und Hosenbund an seine Haut treten, um sich dort in jeder Pore festzusetzen und diese mit Licht zu verstopfen. Es würden wohl gleißende Funken sprühen, berührte man ihn jetzt.

Ich hebe den Brustkorb und stemme die Arme majestätisch in die kleinen Hüften.

„Ach wirklich? Und was siehst du denn, wenn du mich anschaust?"

Er schmunzelt und lenkt das Gesicht zu Boden. Hebt den Kopf wieder und wirft mit einer Bewegung lästige Haarsträhnen aus dem Gesicht.

„Ich sehe deine Umrisse und darin hellgrüne Sträucher mit vielen wirren Zweigen, Fichtennadeln auf weicher Erde und einen blühenden Haselnussstrauch."

Ich schaue ihn mit offenem Mund an und drehe mich um, erkenne hinter mir sein beschriebenes Bild.

„Das siehst du? Und sonst nichts, mich nicht?"

Ich grinse. Dorian hoppelt in der Hocke zu mir nach vorne und fängt an, mich zu kitzeln, ich beginne zu quietschen, bis er mich festhält, aufsteht und mich zu einer Baumkrone hinaufstemmt, wo ich mich auf einem Ast niederlasse und von dort weit in die grüne Landschaft schaue.

Mit aufheulendem Motor gebe ich abrupt Gas und lasse im Fahrtwind alles hinter mir.

Zu Hause zünde ich im Dunkeln ein kleines Teelicht an, lege meine gewölbten Handflächen darüber, und das kleine flackernde Feuer brennt heiß auf der Haut. An der Decke wird es gleichzeitig dunkel, und als ich den Blick nach oben wende, hängen die Schattenbilder riesiger Finger darauf.

Ich hebe die Hände ein Stück höher über die Flamme, und die Schattenumrisse schrumpfen, bis die Schatten meiner beiden ganzen Hände die Zimmerdecke ausfüllen.

Ich beginne ein wirres Selbstgespräch über der Flamme zu gebärden, und die Worte füllen den gesamten Raum, die dunklen Schatten erreichen jede Ritze, machen das Zimmer voll und warm. Riesig wandern meine Hände über die Wände. Mit einer unvorsichtigen Berührung des Dochtes in der Flamme erlischt die Kerze, eine schmale Linie Rauch schwebt vom Docht empor, als hätte das Feuer seine Seele ausgehaucht.

Verstummt sitze ich im Dunkeln.

Vorsichtig stehe ich auf, balanciere mein Gewicht eine Weile mit wackligen Beinen aus und halte mich dabei mit beiden Armen an dem Baumstamm fest, schiele kurz hinunter zu dem massiven Ast, der mich trägt.

Ich stehe erhoben mitten in der Baumkrone und sehe auf die Seitenfront des Hauses wenige Meter vor mir herab. Schiebe mit einer Hand die Zweige vor meinem Gesicht zur Seite, um freie Sicht zu bekommen.

Alle Fenster stehen heute offen, und über den Zaun der Veranda liegt eine hellblaue Decke geschwungen, vielleicht aber auch ein Handtuch.

Ich hebe den Kopf und schaue in die Blätter hinauf.

Dieser Baum hier leuchtet im Herbst in einem wundervollem Dunkelrot. Schon als ich noch klein war und dieser Baum ebenfalls ein ganzes Stück kleiner war, schien er bereits von innen heraus zu leuchten, als nach den herrlich zu erkletternden massiven Ästen noch kein solch verzweigtes Blätterdach begann.

Kuniko steht mit einem Korb voller schmaler, weißer Zettel neben dem Stamm und schaut konzentriert hinauf in die leuchtend roten Zweige. Fischt ohne hinzusehen einen der Zettel heraus und biegt mit der anderen Hand einen Ast zu sich, beginnt behutsam, den Papierstreifen darum zu verknoten, und lässt den Ast daraufhin zurückschnellen, der verknotete Zettel hüpft in seinem Aufwippen ebenfalls auf und ab. Sie streckt sich und angelt einen weiteren Zweig zu sich, zupft einen weiteren Zettel aus dem Korb.

Ich komme gerade von der Kellertreppe heraufgehüpft und beobachte sie ratlos, stelle mich interessiert neben sie.

„Kuniko, was tust du da?"

Sie bindet den Zettel mit einem lockeren Knoten an und stellt ihren auf die Zehenspitzen erhobenen Körper wieder auf die Fersen zurück.

„Ich knote Glückszettel an den Baum. Das habe ich mit meinen Freundinnen in Japan immer im Tempelgarten gemacht und die bedruckten Papierstreifen auf die blühenden Kirschbäume, in die Maschen von Zäunen und in die Hecken geknotet. Und der Baum hier ist so wunderschön in diesem Herbst, da habe ich mir eben gedacht …"

Sie lächelt schüchtern, und ich lächele mit.

„Und dann erfüllen sie sich?", frage ich neugierig und schaue in die dunkelrote Baumkrone hinauf. Sie nimmt meine kleine Hand in ihre und schaut ebenfalls zu ihren beiden weißen Papierstreifen.

„Nun, jedenfalls hängen sie zum Lüften im Wind."

Ich lasse Kuniko weiter knoten und laufe ins Haus hinein.

Dorian steht hinter einer geöffneten Türe mit nacktem Oberkörper, hält einen Pinsel zwischen die Zähnen geklemmt und einen zweiten in der Hand. Ich lehne mich gegen den Türrahmen, und er tritt näher an seine Staffelei heran, die mitten im Raum steht. Behutsam steige ich über all die auf dem Fußboden ausgelegten Farbpaletten hinweg zu der Wand an der gegenüberliegenden Seite, wo ein neues Bild hängt.

Ich höre, wie Dorian hinter mir zögernd seinen Pinsel weglegt, und nehme aus den Augenwinkeln wahr, wie er mit einem Stofffetzen seine Hände abreibt und zu mir hinübersieht.

Eingehend betrachte ich das Bild und halte verwirrt den Atem an. Es ist ein Einhorn, aber nicht das wunderschöne, strahlende Fabelwesen, wie man es kennt. Es hat keine wogende, seidige Mähne, nicht den zu erwartenden stolz gewölbten Nacken und den gut bemuskelten Hals, kein strahlend weißes Fell und auch keinen seidig langen, fließenden Schweif, nicht den feinen Fesselbehang über zierlichen, fein gemeißelten Hufen.

Im Gegenteil, es ist vollkommen haarlos, nur von fahler, grauer Haut überzogen, ein schwächlicher Hals wird von einem groben, klobigen Kopf herabgezogen, in dem riesig gewölbte, ausgestülpt hervortretende Augäpfel geschwollen und mit von Eiter verklebten Lidern verschlossen sind, die Ohren sind nach vorne geklappt am Kopf angelegt, und nur das kleine, silbrig schimmernde Horn an der Stirn verrät es als Einhorn. Es ist so dürr, dass die Rippen herausstehen, die magere Kruppe fällt herab zu einem seltsam verkrüppelten Stummelschwänzchen ohne ein einziges Schweifhaar.

Taumelnd und kränklich steht es auf gespaltenen Hufen in sonderbarer Beinstellung, den einen Huf verletzt hochgezogen, das Gewicht bucklig mit gewölbtem Rücken auf die drei Beine verteilt. Winzig, krank und kahl, die Lippen abstoßend geöffnet, scheint es auf der Leinwand lebendig mit rasselndem Atem zu uns herabzukeuchen.

Dorian tritt zu mir herüber und legt seinen Arm wie zum Trost über meine Schulter, als ich es eingehend betrachte.

Ich atme erschrocken aus geöffnetem Mund.

„Warum? Warum ist es so?", frage ich ihn mit heftig ausgestoßenem Atem und möchte mich aus seiner Umarmung winden. Doch er hält mich fest.

„Die Kunst macht sichtbar, was die Menschen nicht sehen wollen. Wer sagt denn, dass die Einhörner von strahlender, atemberaubender Schönheit sein müssen? Ist dieses hier etwa weniger ein Einhorn, weil es die äußeren Eigenschaften nicht besitzt? Auch wenn solche Äußerlichkeiten verpuffen, ist es doch immer noch dasselbe Wesen. Es ist und bleibt ein Einhorn."

Ich rucke mit den Schultern und drehe mich damit aus Dorians Griff, um aus dem Zimmer zu laufen.

Bleibe auf der Veranda stehen und stütze die Hände auf das Geländer. Kuniko sitzt im dunkelroten Baum und lässt die Beine herunterhängen. Das Wippen ihrer schlammverkrusteten Sportschuhe und das Rauschen der roten Blätter im Wind scheint im Rhythmus abgestimmt zu sein.

Ich gehe auf sie zu und erkenne bald ihr Gesicht hinter den Zweigen. Ihr Korb liegt leer im Gras, und überall um sie herum hängen die weißen Zettel in den Zweigen, versteckt unter den Blättern. Sie wippen im Wind an den Zweigspitzen, hier und dort blitzt ein wirres, scheinbar übereinander geknüpftes Geflecht von Papier auf, dass als weißes Knäuel im Baum hängt.

„Was wünschst du dir denn am meisten?", frage ich sie gespannt und sinke vor dem Baumstamm in die Hocke. Kuniko wendet ihren Blick hinauf in die papierstückchenlose Baumkrone über ihr.

„Deine Mutter", antwortet sie nach einer Weile. „Aber die hast du doch!", lache ich vergnügt. Kunikos Gesicht bleibt ernst, und sie lacht nicht mit.

Am Abend läuft im Wohnzimmer der kleine Fernseher mit den Nachrichten. Ich sitze mit untergeschlagenen Beinen im Sessel davor und sehe geradeaus daran vorbei. Habe die Handflächen unter die Knie geschoben.

Rechts von mir neben der Wand kauert meine Mutter auf dem Ledersofa, einen Arm angewinkelt vor das Gesicht geschoben, scheinbar in Gedanken versunken. Es gibt wohl niemanden, der so lautlos weinen kann wie meine Mutter. Kuniko hat nach einer heftigen Diskussion mit Mutter gerade das Zimmer mit raschen Laufschritten verlassen.

Jetzt liegt Kuniko im Nebenzimmer und hat sich auf einer Bank zum Schlafen zusammengerollt, ihre Haare hängen im geöffneten Türspalt zum Boden hinunter, und die Spitzen erreichen ihn dabei fast.

Ihre kleine weiße Hand streicht bei einem Seufzen im Schlaf ihr Haar entlang und bleibt verdreht und mit angewinkelten Fingern auf der Bankkante liegen.

Ich drehe mich vorsichtig und lehne mich mit dem Rücken gegen den Baumstamm, hebe die Hände von der rauen Rinde und streiche beide Handflächen übereinander, um die abgebröselten Rindenteilchen von ihnen zu fegen.

Der knorrige Stamm hat während meines Klammergriffs die Oberfläche seiner Rinde in die Handinnenflächen gezeichnet, die nun als gerötete Flecken und Kerben darin liegen. Dort sind die Hände jetzt auf leichten Druck empfindlich, als ich sie aneinander presse.

Es sind doch fähige Hände, diese beiden hier. Ein Paar, das seine Aufgabe stets gemeistert hat. Die entlegensten und äußersten Plätze meiner Körperlandschaft, die Peripheriebezirke sind sie. Orte, wo mein Körper endet, ohne dass sie seine Grenzen bilden und ihn abrupt anhalten; sie lassen in winzigen Fingerküppchen das Wichtige und Wesentliche zusammenlaufen. Dort, wo alles Grobe und lediglich Raumfüllende aussortiert ist und unter einer dünnen Hautschicht nur mehr die empfindliche, reine Wahrheit steckt. Mit der man dann mit einem Fingerabdruck zweifelsohne für ewig den Schatten seines intimsten Selbst überall dort haften lässt, was man nur berührt. Richtige Zauberstellen.

Ich hebe ruckartig meinen Blick, als meine Mutter aus dem Haus auf die Veranda tritt.

Sie setzt sich in den Korbsessel und starrt in die Landschaft, drückt einen weißen Morgenmantel mit ihren verschränkten Armen fest an den Körper. Ich kann ihr Gesicht nicht sehen, und doch weiß ich, dass es durch die Jahre hinweg sicher mit zahlreichen Linien übersät ist. Die gespannte, goldene Haut eingekerbt vom Leben, das sich um ihre Augen gelegt hat, um dort in den Winkeln zusammenzufließen und in viele kleine Fältchen zu zersplittern.

Ihr Brustkorb hebt und senkt sich in einer regelmäßigen Atmung, und einige Haarsträhnen im Nacken unter einem fest gesteckten Haarknoten flattern im Wind. Auch die Decke am Geländer hinter ihr wiegt sich im Wind und lässt mit ihrem sanften Schaukeln langsame Schatten über ihren Nacken zucken.

Jetzt dreht sie das Gesicht zur Seite in die Richtung des Windes, und ich sehe ihr Profil.

Sie schließt die Augen. Langsam verändert sich ihr Gesichtsausdruck. Wird sanft, die Mundwinkel kräuseln sich, die Stirne wird allmählich glatter.

Lautlos und ohne verräterisches Geräusch klettere ich aus dem Baum und pirsche mich gebückt durch das Geäst zurück zum Wagen, entferne mich mit Laufschritten durch das leise raschelnde Laub aus ihrer Gegenwart, laufe immer schneller.

Merke deutlich und überrascht, wie ich sie von meinen Fersen abgeschüttelt habe, sodass sie nun hinter mir bleibt und mir nicht mehr weiter folgen kann.

Beinahe ehrfürchtig betrete ich das kleine Theater, bleibe eine Weile im Eingang stehen und blicke mich um, nicht ohne eine Weile mit mir zu kämpfen, ob ich nicht doch besser sofort wieder fliehen sollte.

Dort hat einst der runde Tisch gestanden, an dem wir lange und schöne Abende gesessen haben, um die Texte durchzugehen. Auf der kleinen Bühne hier vor mir hatte sich meine Welt, wie mir früher schien, abgespielt. Dies alles hier war früher auch mein Theater, dies das Arbeiten mit meiner Schauspielgruppe, das Proben für unsere Premiere, der wir entgegenfieberten. Der Tag der Premiere ist nun gekommen. Nur ich bin heute eine Außenstehende.

Ich habe lange mit mir gehadert, ob ich wirklich zu der Premiere gehen sollte. Ich habe die falsche Entscheidung getroffen und werde nun im Türrahmen von den nachkommenden Leuten und dem Stimmengewirr weitergeschoben, was mich aus meinen Träumen aufweckt und mich meine Karte zögernd aus der Hosentasche ziehen lässt, um mich langsam zu meinem Sitzplatz vorzubewegen.

Mein Hals ist von dem Zeug verstopft, das einem bei Kummer dort entlang hochzuwandern beginnt, und wenn ich auch keine Stimme mehr habe, so bin ich mir trotzdem sicher, dass aus diesem Schleimgeflecht ein Schluchzen hervordringen könnte, als gehöre diese Stelle nicht zu meinem verstummten Körper.

Ich habe das alles hier so geliebt. So wahnsinnig geliebt. Und zum Teufel auch dafür gelebt. Langsam setze ich mich wie alle anderen, um darauf zu warten, dass sich der Vorhang hebt. Um eine Inszenierung anzusehen, zu der ich nicht mehr dazugehöre. Eine Produktion, für die ich bangte und die mir so viel bedeutete und doch jetzt kein Teil mehr von mir ist. Als Fremde bin ich hier, und als Fremde werde ich die Texte nun auch miterleben, um sie nur im Verborgenen, von allen und auch von mir unentdeckt, mit den Lippen mitzusprechen.

Das Licht geht aus, und aus meinen Augen treten die Tränen, welche die ganze Zeit darin gezittert haben. Wie eine Geste der gespannten Konzentration lege ich eine Hand schräg über die Nase, um die kullernden Tropfen aufzufangen.

Wer wohl überhaupt meine Rolle übernommen hat?, schießt mir durch den Kopf. Marie hatte mir ja nichts erzählt. Und auch ihre Besetzung, wer mag sie einstudiert haben? Schließlich ist die Premiere nur um drei Wochen verschoben worden, als ursprünglich der geplante Termin gewesen wäre. Maries Ausstieg war daneben noch um ein ganzes Stück später gewesen als meiner.

Vielleicht wollte ich es auch gar nicht wissen, um mir einfach die Erinnerung an das Stück zu behalten, wie es einmal gewesen ist. Ohne über die Änderungen nachzudenken, die unvermeidlich waren, nachdem beide Hauptrollen ausfielen. Erst jetzt wird mir klar, was für eine Katastrophe das in der Gruppe gegeben haben muss, die Rollen neu einzustudieren, und unglaubliche Schuldgefühle beginnen an mir zu nagen. Doch sie haben die Herausforderung angenommen. Für den heutigen Tag die Premiere angesetzt. Es ist beinahe unvorstellbar.

Warum habe ich nur die ganze Zeit über nicht einmal überlegt, was ich eigentlich angerichtet habe?

Perplex und überrascht darüber, dass ich mir nie Gedanken über diese Dinge gemacht habe, halte ich nun vor Spannung den Atem im Dunkeln an.

In völliger Stille wandern die schwarzen Kapuzen aus verschiedenen Falten des hinteren Vorhangs hervor und schlurfen in die Formation ihres Halbkreises. Hinter mir ertönt noch ein unterdrücktes Hüsteln, dann ist es ganz still.

Es erscheinen die beiden identischen Gestalten in wiegenden, zeitlupenartigen Seitwärtsschritten, von den hinteren Ecken der Bühne aufeinander zuschreitend, die Blicke irritiert aufeinander geheftet, noch nie zuvor hat sich dieser Mensch gespalten wahrgenommen. Gespannt blickt das Publikum auf die Bühne, die ersten Minuten noch völlig unwissend, worum es geht. Bis zum Dialog sollten sie nicht verstehen, wer die beiden Gestalten sind, die bald wirr den Halbkreis entlanggeschleudert und -gedreht werden sollten.

Mit fliegendem Atem richte ich mich im Sitz auf.

Marius und Peter haben die Hauptrollen übernommen, und in der Besetzung von zwei Männern bekommen die Figuren nun einen ganz anderen Charakter, als wir damals die Szene geprobt haben.

Sie sehen grandios aus. Beide haben die Gesichter kalkweiß geschminkt und mit einem eiskalten Blau die spitzwinkeligen, kantigen Teile des Gesichts stechend betont, es gibt den Gesichtern etwas Vogelartiges und zugleich etwas einmalig Irres, Verwirrtes. Krankes.

Die Oberkörper sind bloß, und die weiße Farbe bedeckt auch hier stellenweise die Haut wie gerieselter Kalk.

Sie beginnen sich nun langsam um sich selbst zu drehen, die Beine leicht angewinkelt und damit die Oberkörper bebend geduckt, die Glieder fest gespannt, am Hals treten die Muskeln hervor, die Finger der angespannten Hände zittern gespreizt.

Sie werden alsbald von den Kapuzen an den Schultern herumgerissen und weiter die Reihe entlanggezerrt, drehen sich immer wieder torkelnd um sich selbst, die Köpfe rollen haltlos in den Nacken, die Arme federn in den Bewegungen trotz der Anspannung mit. Sie werden nach vorne geworfen und bleiben mit einem donnernden Knall nebeneinander am Bauch auf den Bühnenbrettern liegen, die Blicke zueinander gerichtet. Die Hände bereits wieder mit gespreizten Fingern auf den Boden gestützt, um gleichzeitig mit einem Ruck aufzuspringen, weichen einige Schritte voneinander zurück und bleiben mit bebenden Körpern schließlich stehen, die Arme mit verkrampften Muskeln nach hinten gewinkelt, alles perfekt synchron.

17

Unweigerlich sehe ich wieder Marie und mich selbst auf der Bühne. Wir beide in diesen Rollen. Es ist ursprünglich *unser* Traum gewesen, jetzt hier zu stehen und zu spielen. Doch nichts kommt bekanntlich so, wie man es erwartet. Ich war wohl die Letzte, die sich dies vor Augen halten musste.

Doch Marius und Peter machen es großartig. Sie haben schon viel zu lange eine große Chance verdient, um zu zeigen, was in ihnen steckt … und mit dem Ausscheiden von Marie und mir ist ihnen der Sprung endlich gelungen. Sie sind umwerfend gute Schauspieler. Alle beide. Und heute ist ihr großer Abend. Sie haben ihn zweifelsohne verdient.

Verschämt höre ich endlich auf zu weinen und fühle mich ertappt wie ein kleines, unvernünftiges Kind. Stattdessen breitet sich nun ein kleines Lächeln auf meinem Gesicht aus.

In der Lichtpause werde ich mit der Menge hinaus zum Büffet geschoben, als ich mich vom Platz erhebe. Ich entwische dort aus dem fließenden Strom und biege nach hinten ab, um zögernd in den kleinen leeren Gang zur Garderobe hineinzuhuschen.

Einige Meter vor der Türe bleibe ich stehen. Es ist ein Geraune und ein Stimmengewirr dort drinnen, die Letzten scheinen von ihren Winkeln hinter der Bühne durch den hintersten Vorhang hinein in die Garderobe gesaust zu sein, eine Türe im Inneren klappt zum letzten Mal zu.

Das Stimmengewirr schwillt an, bis es zu einem freudigen Grölen wird, es mischen sich herzliches Lachen und aufgeregte Schreie hinein, eine einzige unruhige, sich tummelnde Wabe scheint hinter der Türe zu liegen. Langsam verebbt der Lärm und schraubt sich herunter zu einem hektischen Wispern mit unzähligen durcheinander sprechenden Stimmen.

Ich bin so nahe daran. Ich bin fast dabei, wie sich die anderen über den Erfolg des ersten Akts freuen, nur einige Zentimeter davor. Beinahe ist es so, als würde ich doch noch dazugehören. Irgendwie. Auf eine bestimmte Art und Weise.

Ich wende mich wieder ab und schlendere zum Saaleingang zurück, setze mich noch vor dem letzten Läuten zurück auf meinen Sitzplatz.

Die Pause läutet aus, und der Saal wird wieder dunkel.

Nach einer versunkenen Ewigkeit, in der ich wie weggetragen unserem eigenen Stück lausche und die endgültige Fassung beobachte, ist die Szene gekommen, in der sich die Figur des Stückes nach einem langen Kampf wieder mit ihrem Inneren vereinigt und das Getrenntsein von ihrem Unterbewusstsein schließlich aus eigenem Willen beendet.

Im hinteren Teil der Bühne tauchen die Nebelmaschinen das Geschehen auf der Bühne in eine Unwirklichkeit. Das Publikum hält den Atem an, als sich Marius und Peter mit einer liebevollen Geste Stirn an Stirn berühren, die Arme zur Seite ausstrecken und die Handflächen aneinander pressen, als wollten sie ineinander kriechen, sich langsam im Kreis zu drehen beginnen. Sie halten die Augen geschlossen, alles scheint unheimlich, verfremdet und still. Es ist kein Laut zu hören.

Nach einer erneuten Umdrehung, als Peter dem Publikum den Rücken zudreht und der an ihn geschmiegte Marius vom Nebel verschluckt steht, dreht sich Peter plötzlich alleine wieder nach vorne, und sein Inneres als eigenständige Gestalt ist verschwunden. Noch eine Umdrehung dreht er sich alleine weiter, bevor er es begreift und mit fliegendem Atem stehen bleibt.

Noch immer hält er die Augen geschlossen. Die Scheinwerfer an den Seiten werden schemenhafter und hüllen ihn immer mehr in die hereinbrechende Dunkelheit ein. Im allmählichen Zwielicht öffnet er die Augen und umarmt sich mit einer zärtlichen Geste selbst, bevor ihn die Dunkelheit gänzlich verschluckt.

Donnernder Applaus schwillt an. Peter und Marius erscheinen als Erste mit wirrem Haar und erhitzten Wangen unter der Schminke am Bühnenrand zur Verbeugung, bevor all die anderen hervortreten und den Applaus entgegennehmen.

Lautstark klatsche ich dem Stück Beifall, so heftig, dass meine Handflächen bald zu schmerzen beginnen und sich weich und heiß im Inneren anfühlen, als ob sie zu einer Geste gezwungen wären, mit der sie nicht gerechnet haben, und vor dem unerwarteten Geschehen nun empfindlich rebellieren.

Ich laufe zurück zu der Garderobentür, und ohne mich diesmal vor dem Lärm im Inneren, der zu einem lautstarken Jubeln und Grölen angeschwollen ist, aufhalten und zurückprallen zu lassen, reiße ich die Türe auf.

Eben noch so hitzig, bleibe ich nun im Türrahmen abrupt stehen, als ich meine alte Gruppe sich dort tummeln sehe, alle mit leuchtenden Augen und Wangen in einer dicht gedrängten Traube, einander umarmend und küssend. Ein Strauß roter

Rosen wandert herum und wird über den Köpfen getragen, bis er auf die Akteure aufgeteilt wird.

Nach dem Bruchteil einer Sekunde ist die abrupt vor mir aufgetauchte trennende Mauer vor diesem Geschehen auch schon wieder verschwunden, und ich beginne zu lächeln.

Andi bemerkt mich als Erster aus den Augenwinkeln und erstarrt in seiner Bewegung, als er zu mir hinübersieht. Ich kann seinen Blick nicht deuten. All die anderen sehen mich nun ebenfalls und beginnen ihr Knäuel aufzulösen, um zu mir herüberzueilen und es um mich wieder zu schließen. Sie klopfen mir auf die Schulter und umarmen mich.

Eine angenehme Hitze breitet sich in meinem Körper aus, als würde ich wie ein Küken im Nest von den vielen, vielen rund um mich gewärmt werden. Allmählich setzt sich auch Andi in Bewegung und arbeitet sich durch die anderen rempelnd zu mir hindurch. Er schließt mich liebevoll in die Arme und legt seinen Kopf dabei auf meine Schulter, ich spüre seinen warmen Atem an meinem Nacken.

Schließlich beginnt er mich mit einer zögernden Geste an der Hüfte zu umschließen und hebt mich hoch, immer höher, so weit er mich hinauftragen kann, und dreht mich. Als ich den Kopf hebe, sehe ich über uns eine kleine Glühbirne mit ihrem schwachen Licht an einem einzigen Faden in der Luft baumeln und glaube augenblicklich, in Andis Geste einen verzweifelten Versuch zu erkennen, mich zu den Sternen heben zu wollen.

Er setzt mich wieder ab, und ich sinke wieder in das Stimmengewirr der Gruppe zurück. Ich schließe Peter und Marius in die Arme, um ihnen still und innig aus vollstem Herzen zu gratulieren. Peter sinkt nur zögernd in meine Berührung, als würde er befürchten, es wäre nur ein Höflichkeitsakt von mir.

Marius' feuchter Körper, noch getränkt von der Aufregung und der Bewegung auf der Bühne, drängt sich dagegen weich und zugleich fest an meinen, als wolle er ewig an mir haften bleiben. Sein weißes Vogelgesicht drückt kreidige Schlieren auf meine heißen Wangen.

Nach einer Weile brechen wir auf zu der Premierenfeier. Ich stecke in der Mitte des Pulks und werde einfach vom Eifer der anderen mitgetragen, den Kopf zu dem kühlen Sternenhimmel über uns gerichtet, und meine Blicke hüpfen die Sterne dort entlang, wo mich Andi eben noch, nur mehr eine greifende Handbewegung davon entfernt, hinaufgeschoben hat.

Auch mein alter Freund, der Mond, begleitet uns dort oben.

Wir betreten unser Stammlokal, das heute bis weit in den frühen Morgen gemietet und bereits jetzt schon zum Bersten voll ist. Eine ganze Reihe Leute springen bei unserem Anblick freudestrahlend von ihren Plätzen, um die Gruppe zu umringen und ihre Glückwünsche auszusprechen.

Die Hitze breitet sich immer weiter im Lokal aus, bis sie wie schwüle Feuchtigkeit in der Luft stockt und alles mit schweißnasser Lebendigkeit ausfüllt.

Der riesige, lang gezogene Tisch, an dem wir uns nun alle niederlassen, ist vom Licht der unzähligen Lampen an den Decken überflutet, das seine goldenen Schatten wirft, bis sie in den fröhlichen Gesichtern aller wie Sonnenstaub hängen bleiben.

Nach einigen Stunden in dieser Ausgelassenheit und Lautstärke beugt sich Marius neben mir plötzlich über mich, und sein Körper drückt sich über meinen, so wie eine gluckende Henne ihren Körper liebevoll über das Nest schiebt oder wie sich ein Vampir unter dem gehüllten Umhang gefährlich über sein Opfer lehnt, um seinen Biss zu tun. Noch immer ist das für mich ein und dasselbe.

Er legt sein Gesicht an mein Ohr, sodass mich seine Haarsträhnen an der Wange kitzeln.

„Was hältst du davon, noch einen Sprung zum Heurigen zu fahren? Lassen wir die anderen hier weiterfeiern und machen wir uns noch einen gemeinsamen Teil dieses Abends, nur du und ich, wir haben uns so lange nicht mehr gesehen …"

Überrascht darüber, dass er aus seiner eigenen Feier entfliehen will, nicke ich gerührt, und wir stehen auf, um uns zu verabschieden. Begleitet von vielen Blikken schieben wir uns aus der Tür hinaus auf die Straße.

Bei einem kurzen Spaziergang durch die kühle Nacht zu Marius' geparktem Wagen legt er seinen Arm um meine Schulter. Die Hitze aus seiner Haut ist nun verflogen, und der Wind bläst ihm wie mir kalt durch die Ärmel in die Kleidung, sodass wir einen Takt schneller gehen und uns fester aneinander drücken.

Wir fahren zu einem kleinen Heurigen an der Grenze Wiens. Hinter dem gewaltigen Eingangstor wie zu einer Scheune lodern uns grüne Ranken aller möglichen Pflanzen inmitten eines gepflasterten Innenhofes entgegen, überall stehen riesige Blumentöpfe mit roten und gelben Blütenmeeren.

In der Mitte gruppieren sich einige Musiker mit Ziehharmonika, Geige und Kontragitarre, die einander zu Heurigenliedern begleiten, an den vollen Tischen schunkeln die Leute dazu mit eingehakten Armen.

Wir lassen uns an einem kleinen Tisch nieder, und Marius bestellt eine Karaffe Weißwein und Sodawasser.

Eine Weile sehen wir einfach dem Treiben um uns herum zu. Einige Leute stehen auf, um auf der Tanzfläche vor den Spielern geschlossen zu tanzen, und die Kellner wieseln eilfertig mit den vollen Tabletts an den Tischen vorbei.

Marius und ich mischen uns zwei Weiße gespritzt, prosten uns mit leuchtenden Augen zu.

Aus den Augenwinkeln sehe ich einen Mann durch die Tische eilen und auf jede Tischplatte einen kleinen bunten Zettel hinlegen, welchen die Gäste dann lesen oder einfach unbeachtet liegen lassen. Neugierig folge ich ihm mit den Blikken, wie er sich mit schnellen Schritten durch die Reihen arbeitet. Er kommt an unserem Tisch vorbei und lässt auch bei uns einen Zettel liegen, danach verschwindet er hinter uns eine kleine Treppe hinauf, nach welcher der Heurige noch weitläufig und leuchtend grün nach hinten führt. Ich strecke mich sofort neugierig nach dem Zettel aus und ziehe ihn zu mir.

‚Ich bin taub und kann nicht sprechen. Bitte kaufen Sie mir mit einem kleinen Betrag das gehörlose Alphabet ab‘, steht darauf, und darunter sind die Handzeichen von A bis Z abgebildet.

Neugierig geworden durch meinen langen Blick, beugt sich Marius auch über den Zettel.

„Ein Gehörloser. Ich habe schon oft erzählt bekommen, dass sich auch viele Schwindler diese Methode zunutze machen und solche Zettelchen austeilen", meint er leise.

Ich höre ihm mit halbem Ohr zu und lege einen Geldschein daneben auf die Tischkante.

„Glaubst du nicht, dass es nur ein Trick ist?", versucht es Marius noch einmal vorsichtig, und ich zucke mit den Schultern. Im Grunde ist es mir auch egal. Glaube ich jedenfalls. Doch ich täusche mich mit meiner Gleichgültigkeit, und nach einigen Sekunden steckt bereits ein tränenerstickter Knoten in meiner Kehle, der wie ein altes, vergangenes Gefühle herausbricht. Ich sehe auf, als Marius fragend seine Hand über meine schiebt und mich mit überraschtem Blick mustert.

„Geht es dir gut …?", fragt er besorgt.

Ich kämpfe eine Weile mit mir selber, dann straffe ich energisch die Schultern, richte mich entschlossen auf.

Ich versuche es.

„Ich habe etwas mit Gehörlosen zu tun. Oder zu tun gehabt", sage ich langsam, und die Stimme aus mir schwebt schwerfällig, aber durchaus verständlich über den Tisch.

Marius verbirgt geschickt seine Überraschung, mich sprechen zu hören, legt nur aufgeregt seine Hände auf der Tischplatte übereinander. Mein Herz schlägt heftig, nachdem ich diese paar Worte gesprochen habe.

„Ehrlich? Das wusste ich ja gar nicht …", meint er nur und hält den Atem an. Ich konzentriere mich erneut.

„Es ist eine lange Geschichte. Wenn du willst, erzähle ich sie dir."

Im dunklen Atem der Nacht sitze ich meinem früheren Schauspielkollegen gegenüber und berichte langsam und in kurzen Sätzen meine Geschichte. Er unterbricht mich nicht in meinen Pausen und lässt seine Augen ruhig und konzentriert auf mir ruhen. Ich umreiße mit einigen wichtigen Erzählungen meine Zeit mit den Gehörlosen und gebe ihm so ein grobes Bild dieses Teils meines Lebens, und doch scheint er das Wesentliche herausgehört zu haben.

„Ich verstehe dich", meint er schließlich und wendet den Blick kurz auf seine Hände auf dem Tisch. „Es geht nicht immer gut, wenn man zu viel liebt."

„Wie meinst du das …?" Überrascht sehe ich ihn an.

„Nun ja, was du mir eben erzählt hast, ist die Geschichte eines Mädchens, das wegen einer Zuneigung aus vollstem Herzen daran zu zerbrechen drohte, dass Gehörlose ihr nicht nahe genug kommen konnten. Also blieb ihr nichts anderes übrig … als zu ihnen zu kommen. *Sie* musste sich *ihnen* nähern, andersherum ging es nicht."

„So siehst du das?"

„Kann man es denn anders sehen? Es ist schwer, nicht seinem Herzen zu folgen. Wo es hinmöchte, da muss der Körper auch mitziehen, was bleibt ihm anderes übrig. Und wenn man dabei auch unmerklich nach und nach aus seinem eigenen Leben herausschlittert und daraus langsam aber sicher ausbricht. Das würde man eben in Kauf nehmen … wenn man nur an sein Ziel kommt, an das man sein Herz verloren hat. Doch das Leben lässt dies schließlich dann doch nicht zu, weil es Anderes mit einem vorhat. Das ist das Problem dabei."

Gespannt und klein sitze ich vor ihm, nicht fähig, zu atmen oder die Augen von ihm zu wenden.

Während meiner Regungslosigkeit hüpft der Gehörlose plötzlich wieder die kleine Treppe herunter und nimmt mit freudigem Blick meinen Geldschein an sich. Nervös beginne ich auf meinem Platz herumzurutschen und fühle mich unbehaglich in der Situation, überlege fieberhaft, was ich in diesem Augenblick jetzt machen soll. Marius bemerkt meine Unsicherheit und steht prompt auf, um mich abzulenken und auf die Tanzfläche zu führen. Ich stehe bereitwillig auf und drehe mich auf dem Weg zu Marius' ausgestreckter Hand bei letzter Gelegenheit zu dem Gehörlosen um, bevor er weitergeht.

„Ich kann auch gebärden! Ich wünsche Ihnen alles Gute, bleiben Sie gesund", gebärde ich schnell, bevor mich Marius sanft mit sich zieht.

Ein breites, offenes Lächeln erstreckt sich über das Gesicht des Mannes, bis es zu leuchten scheint. Überrascht blickt er mir hinterher und schickt mir ein zögerndes *„Danke schön"* in meine Richtung nach. Ich lächele auch und sehe ihm eine Weile in die klaren Augen.

Langsam beginnen Marius und ich uns um die eigene Achse zur Musik zu drehen, rhythmisch wiegen wir uns im Takt.

Bevor der Mann aus dem Tor verschwindet, erhasche ich noch einen letzten Blick in seine Augen, als er hinter der Tanzfläche geschwind seine Zettel wieder einsammelt.

Ich lächle ihm ein letztes Mal zu, während ich mich zu der Musik bewege, die er nicht hören kann. Er erwidert den freundlichen Blick und nimmt etwas von mir mit seinen Schritten mit, als er sich umdreht, obwohl ich auf dieser Tanzfläche in Klänge verstrickt bin, wohin er mir nicht folgen kann.

Ich bemerke, dass es auch so geht. Eine Verbindung kann sich auch über zwei Welten erstrecken. Und ich verstehe erstmals, dass wir Menschen groß genug sind, um über angebliche Grenzen zu ragen. Auch, wenn wir bleiben, wo wir sind.

Am frühen Morgen lassen Marius und ich uns erst wieder in die Autositze sinken, taumelnd vom Wein und dem besonderen Abend, den schweren Kopf ausgefüllt mit so viel Schönem.

Er hält vor seinem Wohnhaus, und ich folge ihm hinauf in seine Wohnung. Als wir die Türe öffnen, streichen sofort drei silberne Perserkatzen durch meine Beine, die neben der Eingangstüre zu einem seidig weichen Knäuel nebeneinander gelegen haben, um dort wahrscheinlich darauf zu warten, sich beleidigt über die lange Einsamkeit nun liebebedürftig beschweren zu können. Sofort habe ich Echo und Psyche in meinem Kopf und wäre am liebsten sofort zu ihnen nach Hause geeilt.

Stattdessen finde ich mich bald darauf auf einem gemütlichen Sofa neben Marius wieder. Wie zwei junge Vögel liegen wir in einem Nest, die Beine ineinander verstrickt und das Gesicht in unser Haar gebettet. Ich habe einen angewinkelten Arm in unsere gegenseitige Wärme getaucht und presse nun einen Arm voll dieses Gefühls fest an meinen Körper, indem ich den Ellenbogen eng an mich ziehe.

Marius seufzt leise und blinzelt schläfrig in das dunkle Zimmer, als ich die Augen einen Spalt öffne. Ein wenig richtet er jetzt den Oberkörper auf und stützt sich dabei mit den Armen ab.

„Weißt du was? Ich hatte ein ganz seltsames Gefühl heute bei der Schlussszene", flüstert er mir leise zu und gleichzeitig geradewegs in die Dunkelheit.

„Als Peter und ich uns eng aneinandergeschmiegt um uns selber drehten und ich daraufhin im dichten Nebel zurückwich, sodass er sich danach alleine wieder nach vorne richtet. Ich habe im Hintergrund der Bühne gestanden, schon fast beim Vorhang, und habe noch ein letztes Mal zurückgeschaut. Schemenhaft konnte ich das Publikum hinter dem Nebel sehen, die Leute selbst mich dagegen nicht, jedenfalls … habe ich Peter zugesehen. Der so identisch zu meinem eigenen Körper auf der Bühne stand. Ich hätte ihn in diesem Augenblick mit mir selbst verwechseln können, wenn ich nicht über die phantastischen Fähigkeiten unserer Visagistin Bescheid gewusst hätte. Und außerdem … unsere Rollen, in denen wir schließlich identisch waren, in die wir uns eingelebt und eingefühlt hatten.

Es war, als würde ich mich selbst weiterhin auf der Bühne drehen, während ich mir dabei zuschaue. Als könnte ich mich selber aus einem anderen Blickwinkel sehen. Es war … ja, als wäre ich aus meinem Körper getreten und würde nun einen Blick von außerhalb auf mich werfen. Richtig unheimlich, mir ist in diesem Augenblick ganz kalt geworden. Es ist verrückt, aber … ich meine, ich habe nicht nur eine kurze Zeit fest gedacht, ich wäre in zwei Hälften getrennt … in dieser Sekunde war ich es auch wahrhaftig. Andererseits war es auch ein Gefühl, als wäre ich gerade eben gestorben", hallen seine Worte wie aus weiter Ferne zu mir, und ich bewege mich ein wenig im Halbschlaf.

Gestorben. Ja, Dorian ist gestorben. Mein Vater starb, als ich ein kleines Mädchen war.

Es war kein besonderer Tag gewesen, ein einfacher Wochentag. Und darauf folgte ein neuer Morgen, ganz ungeniert, so als hätte der heranbrechende Tag nicht gemerkt, dass da einer fehlte. Nach der Nacht ging das Licht einfach wieder an und tat, als ob nichts geschehen wäre.

Apathisch blieben Mutter, Kuniko und ich zurück. Nichts war, wie es vorher gewesen war.

Tage verstrichen, an denen wir einfach nur im Bett lagen, Mutter und ich den

Kopf an Kunikos hochschwangeren Bauch gelegt, der wegen ihrer zierlichen Statur nicht weit gewölbt hervorragte. So blieben wir liegen, mit einer seltsamen Wacht über das Ungeborene von Kuniko und Dorian. Das Letzte, was von meinem Vater übrig geblieben war.

Die Sonne hinter dem Vorhang warf nur schemenhafte Lichtschatten untertags auf das Bett, einsame Lichtstreifen, die nicht wärmten.

Die Lebendigkeit in den Räumen des Hauses schien erloschen, und wir schlichen gebückt durch die Gänge, als hätten wir Widerwillen davor, so wie früher diese vertrauten Zimmer zu betreten, in denen überall die Erinnerungen an uns vier hafteten.

Die Jahreszeiten schienen leiser und nicht mehr so lebhaft zu wechseln wie früher, als wäre die Welt dort draußen eingeschlafen.

18

Kunikos kleiner Sohn wurde geboren, und unser Leben erhielt eine Wende. Es ging weiter, anders als bisher, aber wir lebten wieder.

Ich wurde eingeschult und wuchs mit dem kleinen Jungen gemeinsam auf, war nun eine große Schwester. Das fröhliche Babylallen schwebte durch die Räume und füllte alles mit neuem Leben. Ständig war etwas los. Nach einiger Zeit stellte das Kind sein Gequietsche ein und verstummte. Die Zeit verging, und wir machten uns nicht so viele Gedanken.

„Er wird schon reden lernen", hieß es damals. Wie ein kleiner Wirbelwind sauste er unentwegt durch die Landschaft.

Mutter baute ihm und mir eine kleine Spielhütte hinter dem Haus, in der wir beide stundenlang saßen, bunte Blätter sammelten und Schätze anlegten, wie etwa platte, schillernde Steine, die wir im Fluss hinter dem Wald fanden.

Als der Kleine heranwuchs und immer noch kein einziges Wort gesprochen hatte, fuhren wir schließlich zu einem Arzt und erfuhren so, dass er gehörlos war.

Das war anfangs ein Schock für Kuniko, und wir alle waren ziemlich verwirrt in der Situation, die ganze Zeit über keine Ahnung davon gehabt zu haben.

In unserer Unsicherheit behandelten wir den Jungen daraufhin mit Samthandschuhen, und die Berührungen für ihn liefen auf Zehenspitzen, als fürchteten wir, dass er zerbrechen könnte; er schien plötzlich so zart und durchsichtig wie aus schillerndem Glas gegossen.

Die liebevoll gemeinten Bemühungen wurden eines Besseren belehrt, indem er mit einem wilden Temperament und einer fröhlichen Lebenslust durch die Landschaft sauste; nichts konnte ihn in seinem ungezügelten Drang nach der großen, weiten Welt halten.

Kuniko entschloss sich, zurück nach Japan zu gehen.

Seit Dorian an Krebs gestorben war, hatte unsere Gemeinschaft unaufhaltbar begonnen zu zerbröckeln, und die tiefen Risse, die uns inzwischen trennten, entfernten uns zu sehr voneinander, als dass wir einfach so weiterleben konnten wie bisher. Wir hatten uns zu sehr entfremdet.

Mit einem unglaublichen Eifer bestürmte ich Kuniko, mich mitzunehmen und bei ihnen beiden leben zu lassen. Ich wollte den Kleinen nicht verlassen, ertrug schon alleine den Gedanken daran nicht, von ihm getrennt zu sein. Ich wollte mit ihm und Kuniko leben, auch wenn ich dafür auch weit, weit weg von zu Hause musste. Sie durften einfach nicht gehen ohne mich.

Kuniko schloss mich immer sachte in den Arm, wenn ich erneut wütend aufstampfte, mit den kleinen Armen um mich schlug und schrie, dass ich mit ihr wollte. Am Abend vor ihrer Abreise zog sie mich schließlich zur Seite.

„Ich kann dich nicht mitnehmen, Kai, das ist unmöglich! Verstehe doch … ich würde es einfach nicht schaffen mit euch beiden. Ich bin keine geeignete Mutter für zwei kleine Kinder. Noch nicht einmal für eines … Höre zu, der Kleine ist alles, was mir etwas bedeutet, ich würde mein Leben dafür geben, könnte ich etwas für ihn tun und ihn hörend machen. Aber da das eben nicht geht, will ich all meine Kräfte dafür verwenden, für ihn da zu sein. Er braucht mich, Kai. Und ich habe keinen Platz in meinem Leben für etwas anderes als für mein Kind. Das musst du verstehen. Er ist doch alles, was ich habe. Ich will durch nichts anderes davon abgelenkt werden, ihm eine gute Mutter zu sein."

Beleidigt rutschte ich aus ihren Armen und wich einige Schritte zurück.

Ich fühlte mich unglaublich verletzt und zurückgesetzt. War gekränkt wie nie zuvor in meinem Leben.

Und das nagende Gefühl, dass der Kleine mir derart vorgezogen wurde, dass ich nicht einmal nebenher leben könnte, begann sich in diesem Augenblick als ein Stachel schmerzlich in mein gesamtes Sein zu bohren. Doch nie hätte ich gedacht, dass ich ihn mein ganzes folgendes Leben lang noch spüren würde.

Das gehörlose Nesthäkchen wurde mir vorgezogen. Und ich konnte nicht mithalten.

Vom Fenster aus sah ich zu, wie Kuniko sich von Mutter mit einem gehauchten Kuss auf die Wange verabschiedete.

Sie nahm ihr Kind auf den Arm, und der Taxifahrer marschierte durch den schmalen Waldweg zum Haus, um die Koffer abzuholen und sie zum Flughafentaxi zu tragen. Sie ging, ohne sich noch einmal zu uns umzudrehen.

Eine Weile wurde es still um Mutter. Das plötzlich unheimlich groß erscheinende dunkle Haus trennte uns so sehr voneinander, dass wir uns tagelang nicht einmal zu begegnen schienen. Mutter rumorte tagelang in ihrem Zimmer hinter der verschlossenen Türe, und wenn sie diese öffnete, schoben sich dichte Wolken von Zigarettenrauch daraus hervor.

Ich versuchte mich ihr zu nähern, doch ich erreichte sie nicht; bereits Meter vor ihrer Türe hielt mich etwas auf, das meine Schritte zurückzwang. Dies war ein Gebiet, in das ich nicht eindringen konnte.

Es ging nicht, ich konnte nicht zu ihr kommen.

Stattdessen kam sie zu mir. Unwirklich öffnete sich eines Tages die Türe, bevor sie im Rahmen stand und langsam in mein Zimmer wich. Sie wirkte fremd. Dünn und grau. Als wäre sie in den Tagen eine andere geworden.

Mit einem unglaublichen Schmerz in ihren Zügen ließ sie sich zu Boden sinken und wand sich um meine Füße. Eine so gewaltige, verzweifelte Trauer blickte aus ihren leeren, aufgerissenen Augen, dass ich erschrocken die Augen zusammenkniff und den Atem anhielt. Ich wollte einen solchen Ausdruck nie wieder sehen in meinem Leben.

Stattdessen öffnete ich die Augen wieder zaghaft und blickte erneut in die leidende, irre Anspannung ihrer früher so schönen Züge. Das war eine Fremde, die vor mir saß. Die blutleeren Lippen bebten, und die aufgerissenen, glasigen Augen irrten wirr durch die Gegend, als würde sie den Tod erwarten. Lautlose Tränen flossen um ihre nun eckig hervorstehenden Wangenknochen.

Die dürren, farblosen Hände wie aus Papier zuckten und zitterten unkontrolliert, und ihr Atem pfiff wie bei ungeheurer Anstrengung. Nein, das war nicht meine Mutter.

Wie ein verzweifelter, hilfloser Versuch nach Rettung streckte sie die Hand ins Leere, als würde sie nach etwas greifen, was ich nicht sehen konnte. Ihr Blick hing gebannt in der Ferne.

Unbehaglich wollte ich mich endlich aus ihrem Griff befreien und wich von ihrem kümmerlich gekrümmten Körper zurück, das Herz pochte mir bis in den Hals, ich wollte augenblicklich weg von dieser Fremden.

Als ich mich zu rühren begann, kam Regung in die pergamentene Gestalt; eine einzige Bewegung ließ sie sich haltlos zusammenkrümmen wie ein Schrei, sie nicht zu verlassen, und über meinem kleinen Körper zusammenbrechen. Irr riss sie an meinen Kleidern und stieß ihre Hände darunter auf meine Haut, im krampfhaften Zucken hielt sie mich fest und schob ihre Hand zwischen meine Beine, der andere angespannt zitternde Arm hielt mich fest in einem Klammergriff. Tränen traten mir in die Augen vor meinem eigenen Schmerz und noch viel mehr vor dem Leid zu meinen Füßen in diesem verrückten Gesicht. Zögernd und mit krampfhaft geschlossenen Augen strich ich immer wieder über ihren heißen Kopf und die wirren Haarsträhnen.

Sie presste ihre Finger tief in meinen Körper, und mein Blut floss heiß meine Beine hinab, um sich auf ihr wie auf mir zu schwarzen Krusten zu verhärten, die uns beide als ein zähes Geflecht zusammenzuhalten schienen.

Drängte uns gegeneinander, bis uns keine Kontur mehr trennte. Waren zu einem Stück geschmolzen.

Sie ließ mich schließlich allein im Zimmer zurück, regungslos und zu Boden gekrümmt. Und ich wusste nur, sie würde wiederkommen.

Ich drehe mich um und starre in die Dunkelheit, eine warme Hand wandert über meinen Körper und scheint in meine gewölbte Handfläche zu kullern, fest umschließen Marius' Finger die meinen.

Ich habe mein Gesicht an seinen Hals gebettet und tauche die Nase tief in seinen Nacken, um seinen Duft einzufangen.

Mit einem Seufzen schiebt Marius seinen Kopf unter meinem hervor und lässt ihn zur Seite fallen, blinzelt mit dunklen Augen zu mir. Vorsichtig und sanft legen sich seine Lippen auf meine. Weich und kühl.

Lange sehe ich hinaus in die Dunkelheit, die uns umgibt, in der wir geschützt wie in einem Boot dahintreiben. Marius' gleichmäßige, ruhige Atemzüge steuern uns wie Ruderschläge in das dunkle Meer hinaus.

Ich richte mich ein wenig auf und lege behutsam meine Finger auf sein schlafendes Gesicht, streiche zielsicher alle Wegbiegungen dieser menschlichen Landschaft entlang, bis kein Fleck mir mehr verborgen geblieben ist, zähle jedes Haar und Muttermal. Tauche meine Fingerspitzen in die feinen Lachfältchen um seine Augen, berühre sie mit meinen Zauberstellen. Dort bin ich nun für immer eingegraben, stecke fest in diesen Hautfältchen. Durch diese eine Berührung wird er mich nun immer mit sich tragen.

Ich gleite mit einem Fuß meinen anderen Knöchel entlang, spüre die leichte Decke über meiner nackten Haut kühl wie Seide liegen.

Ich bin *da*. Ich bin hier und neben dir.

„Ich bin hier und neben dir", sage ich bestimmt.

Marius brummelt im Schlaf. „Warum reimst du mitten in der Nacht?", flüstert er matt und setzt sich auf, bis sein Gesicht vor meinem hängt. Er berührt meine Wange vorsichtig mit seiner Hand, streichelt behutsam darüber.

„Ich bin hier und neben dir", sagt auch er, bevor er sich wieder niederlegt.

Mit einem leisen Lächeln lasse ich mich wieder in die Decke sinken, neben ihn, dorthin, wo sich mein Körper bereits als eine weiche, warme Delle eingegraben hat, eine auffangende Schale, in die ich jetzt wie zur Anprobe hineinschlüpfe. Sie passt perfekt.

Es ist früher Morgen, als ich aufwache. Das Fenster des Wohnzimmers ist mit einem gestreift gemusterten Vorhang verhangen, den die Sonnenstrahlen jetzt durchdringen und auf die Bettdecke werfen, wo sich die Streifen in verschieden hellen Lichtschatten abzeichnen.

Unsere Kleider liegen um das Bett verstreut, als wären jungen Vögeln einige Federn aus dem Nest geflattert und unten am Boden liegen geblieben.

Ich setze mich auf und fange die Sonnenstrahlen in meinen Haarsträhnen ein, die mir ins Gesicht fallen, und leuchtende Pünktchen davon bleiben schimmernd darin hängen.

Marius wacht auf neben mir und legt eine Hand warm auf meine Schulter. Sachte möchte er mich zurückziehen, doch ich stemme mich dagegen und lege meine Hand auf seine.

„Woher wusstest du eigentlich das alles?", sage ich nachdenklich und drehe mich zu ihm um. Setze mich aufrecht im Schneidersitz hin und ziehe mir die Decke über meine Schultern.

„Das mit den Gehörlosen, meine ich. Du hast mir gestern meine eigenen Empfindungen erzählt. Wieso kennst du dich damit aus, wie es mir ging und was ich fühlte? Das kann doch niemand wissen, nicht einmal ich selbst war mir darüber klar, warum und was ich eigentlich erreichen wollte."

„Denkst du, du bist die Einzige, die lebt?", fragt er mich daraufhin nur langsam, und da ich seinem Blick mit meiner verständnislosen Miene nicht ausweiche, richtet er ebenfalls den Oberkörper auf.

„Glaubst du, du bist eine Ausnahme der Menschheit, wenn du wohin möchtest, bei dessen Weg du dir die Zähne ausbeißt? Glaubst du wirklich, es gibt keine anderen, die ebenfalls aus Liebe heraus handeln und dabei nicht nach links und rechts sehen … ?"

Nun sieht er mich spöttisch an und zwickt mich spielerisch ins Ohrläppchen. Ich weiche ihm geschwind aus und rucke lächelnd mit dem Körper nach hinten, die Sonnenstrahlen aus meinen Haarspitzen fallen heraus und bleiben zwischen uns beiden irgendwo als funkelnde Splitter liegen.

„Ich habe auch geliebt und verloren, das ist wohl das Los der Menschheit." Er zuckt mit den Schultern.

„Ich denke, dass ein jeder sein Leben führen muss, ein jeder das seine. Man darf nicht anfangen zu denken, etwas zu sein, was man nicht ist. Nur weil man mithalten möchte mit anderen, deren Leben sich auf eine Weise abspielt, die einen fasziniert. Ein Fisch ist kein Vogel. So mannigfaltig und verschieden die Men-

schen voneinander sind, so wichtig ist es auch, dass wir uns nicht einander angleichen. Sonst geht die Kostbarkeit des Einzelnen verloren. An andere dranhängen
und mitschleifen lassen, gilt nicht", lacht er jetzt.

„Man kann sich bei anderen geborgen fühlen und für sie da sein wollen …
sobald man dabei sich selbst nicht vergisst. Das eigene Leben darf nicht zu sehr in
den Hintergrund geschubst werden. Weil man sich sonst leicht …"

„… selbst verliert?"

„Genauso ist es."

Er lächelt breit über das Gesicht.

Mit ausgebreiteten Armen, der vollen Spannweite meiner Flügel, wirbele ich durch
Marius' Zimmer, drehe mich um mich selbst.

Eine der Angorakatzen streift um meine Beine, und ich nehme sie behutsam
hoch. Sie beginnt zu schnurren und schließt die orangenen Augen zu feinen, schwarzen Linien zwischen den Silberlocken.

Ich lege Marius das schnurrende weiche Bündel in die Arme, wo es sich wohlig
in die nächste Armbeuge schmiegt.

„Und was hast du wie ich einst geliebt und verloren?", frage ich zum Abschied. Er
lächelt still in sich hinein.

„Ich habe das Ballett geliebt", beginnt er zögernd. „Ich dachte damals, Tanzen
wäre mein Welt, in der ich glücklich werde, ich wollte nichts anderes tun. Doch
ich habe spät erst damit begonnen, viel zu spät, um aus der Leidenschaft einen
Beruf werden zu lassen. Es hat mich eigentlich nur durch Zufall damals in die
Tanzstudios verschlagen, wo ich eben hängen geblieben bin. Mich hat es zu den
Tänzern einfach hingezogen, ich wollte so werden wie sie. Dass es dabei aber gar
nicht mein eigener Lebensweg sein sollte, ist in solch einer Blendung vor Leidenschaft eben untergegangen. Es war einfach nicht meine Berufung … die Schauspielerei, die Kunst mit der Sprache, das ist es, wo ich wirklich hingehöre."

Er wirft mir einen schelmischen Blick zu, wobei er die Augenbrauen hebt und
den Mund zu einem breiten Strich zieht.

Verflicht seine Hände miteinander und streckt sie mit den Handflächen nach
außen von sich.

„So ist das", sagt er leise, und der Wortlaut klingt so weich, als wolle er damit
etwas streicheln.

Bevor ich gehe, werfe ich einen schnellen, versteckten Blick hinter die Schulter zurück.

Er hat einen Fuß unbewusst in die Höhe gezogen, balanciert unsicher auf seinem einen Bein. Als würde er wegfliegen wollen, sich einfach in die Luft erheben … als ob er nur noch ein letztes Mal mit sich haderte, ob er es nun wirklich wagen soll.

„Flieg nicht!", denke ich unwillkürlich, dann fällt die Türe hinter mir ins Schloss.

Ich steuere auf die Straßenbahnstation zu und höre Musik aus einem weit geöffneten Fenster klingen, als ich eine Häuserfront entlanggehe.

,I say a little prayer for you.'

Leise summe ich mit, als der lebhafte Refrain anschwillt. I say a little prayer for you!, denke ich ganz fest und weiß genau, wen ich in diesem Augenblick anspreche und mit dem ,you' meine.

Ich meine sie alle. Alle Menschen, ich trage sie in meinem Herzen und spreche für sie ein Gebet.

Ich kann ganz intensiv ich selbst sein und trotzdem jedem meine Liebe schenken.

Es ist ein unsagbar großes Gefühl, das sich in mir auszubreiten beginnt, und mein Herz ist von der Fülle angeschwollen, sodass es schmerzhaft schön sowohl gegen meinen Körper als auch gegen mein Inneres drückt.

Ich bin nun groß genug, um dieses Gefühl zu empfinden. Es hat Platz in mir. Ich bin groß und weit genug.

Ich liebe!

Zwei kleine Worte, die versprechen, dass auch noch das kleinste Ding in meinem Inneren Platz hat. Ich trage alles in meinem Herzen. Jeden Schritt auf meinem Weg habe ich alle Geschöpfe dieser Erde bei mir.

Ich habe die Nähe gefunden.

Eine Leidenschaft und Begeisterung beginnt sich in mir auszubreiten, die mich entgegengesetzt zu allen bisherigen in meinem Leben nicht stürzen lässt in einem heillosen Fall.

Erstmals verliere ich mich nicht in einer Faszination für etwas. Im Gegenteil, ich erfahre in ihr eine Form. Meine Form. Meine eigene Form in dieser Welt, die neben allen anderen Individuen dieser Welt bestehen kann. Alle sind wir ein Stück und dennoch gleichzeitig jeder eines für sich. Für diese Erkenntnis gilt es wohl für mich, mein Leben zu leben.

Nachdem ich zu Hause angekommen bin, lege ich als Erstes mein Gesicht in das rote Fell meiner beiden Hunde, die mir mit ihren glänzenden, ehrlichen Augen entgegenkommen.

Sie setzen sich vor mich hin, lassen sich am Nacken kraulen, und ich versinke in die herrlich traurige Mimik dieser beiden, in die verträumte Miene, in die ich mich bei ihnen so verliebt habe.

Lege meine Wange an ihre roten, weichen Rücken.

Und fast ist es so, als schmiege ich mich damit in die roten Haarschöpfe all der wichtigen Menschen, die mir in meinem Leben begegnet sind. Unter dem rot lodernden Hundefell blitzen mit einem Mal Marinas unsagbar tiefe Augen hervor, Martinas weiße Hand scheint sich ebenfalls darunter zu verbergen, überlegend, ob ich sie wohl noch einmal brauche, sodass sie sich mir unterstützend entgegenstreckt. Maries Lachen hat sich an den seidig fließenden Haarsträhnen aufgehängt, wo es nun als glänzende Perlen schillert. Und Mutters feine, gleichgültige Züge scheinen tief unter der Wärme des Hundefells zu lauern.

Sie alle sind da. In diesem Augenblick.

Ich hebe meinen Kopf und streichele nun mit gebührendem Abstand über die roten Loden.

Es wird Zeit, damit aufzuhören, überall meine Mutter zu suchen. In allen Geschöpfen dieser Welt. Ich brauche es nicht mehr zu tun.

Mit einem schnellen Satz springe ich auf, angesteckt durch meinen Eifer schnellen auch die Hunde in die Höhe. Hektisch drehe ich mich einmal um mich selber, was die Aufregung der Hunde ebenfalls anspornt. Sie tänzeln auf der Stelle und springen an mir hoch, stimmen in ein freudiges, zweistimmiges Bellen ein.

Zu dritt laufen wir durch das Spiralgehäuse des Stiegenhauses hinunter auf die Straße. Im Laufschritt schlage ich den kurzen Weg zum Park ein, steigere mein Tempo zu einem ausgelassenen Voranstürmen, in einem eleganten Dreitakt galoppieren Echo und Psyche neben mir her, strecken ihre feingliedrigen Körper in der Luft.

Wir gelangen in den Park, und ich biege in das Tor ein, hinter dem sich eine weite, offene Wiese erstreckt. Ich falle in ein flottes Schritttempo zurück und gehe erschöpft auf einen kleinen Ententeich zu, streiche mir wirre Haarsträhnen aus dem erhitzten Gesicht und schlinge die Arme fest um meinen Körper, der im Augenblick alles ist, was ich jetzt bei mir haben möchte.

Die Atemluft strömt kühl durch die Öffnung in meinen Hals, wegen des nun kürzeren Weges pumpen sich die Lungen müheloser als früher mit Luft voll, woran ich mich inzwischen gewöhnt habe. Laue Frühlingsluft. Über mir in den Bäumen singen einige Vögel und feiern den schönen Frühlingstag mit eifrigem Zwitschern. Bald ist es Sommer.

Lange schließe ich die Augen, um ihrem Gesang intensiv zu lauschen, mit dem vollen Bewusstsein, dass ich sie hören kann. Mehr noch, es war mir in meinem Lebensweg bestimmt, sie hören zu können. Wir alle müssen unser Leben führen, ein jeder das seine. Es nehmen, wie es kommt.

Mit einer unbändigen Freude nehme ich allmählich das turbulente Zwitschern wahr, und nur ein leises Wissen schwingt in meinem Hinterkopf, dass ich auch ohne diese Laute auskommen könnte.

Doch ich höre, andere nicht. Andere atmen durch die Nase, ich nicht.

Wir dürfen uns selbst nicht vermischen. Jeder Einzelne ist eine zu kostbare Rarität, als dass dies geschehen dürfte.

Die einzige Bestimmung, der ich mich als Mensch nun füge …

‚… an andere dranhängen und mitschleifen lassen, gilt nicht …!‘

… man selbst sein und als das eigene Ich zu leben … und das ein ganzes Leben lang.

Ich lasse mich vor dem kleinen Ententeich ins Gras sinken, stemme die Beine im jungen, saftigen Grün ab und schlinge die Arme um die Knie.

Leuchtende Blätter wiegen sich in den Bäumen über mir. Ich habe noch die Herbstblätter im Kopf, das rote Netzwerk der Äderchen im grau zerbröselnden Blatt, wie gestocktes Blut. Jetzt blüht um mich herum nichts als Leben.

Ich schließe die Augen in der Sonne und lehne mich zurück, stütze mich auf den Ellenbogen ins feuchte Gras. Bleibe so liegen.

Wenn ich mich jetzt bewege, dann kommt die Explosion vor so viel Einzigartigkeit.

Dann platze ich.